ENCRENCA

NON PRATT

ENCRENCA

Tradução
Silvia M. C. Rezende

1ª edição
Rio de Janeiro-RJ / Campinas-SP, 2016

VERUS
EDITORA

Editora
Raïssa Castro

Coordenadora editorial
Ana Paula Gomes

Copidesque
Lígia Alves

Revisão
Cleide Salme

Capa
Adaptação da original (Lucy Ruth Cummins/Simon & Schuster)

Ilustração da capa
© Dermot Flynn, 2014

Projeto gráfico e diagramação
André S. Tavares da Silva

Título original
Trouble

ISBN: 978-85-7686-410-3

Text © 2014 Leonie Parish

Published by arrangement with Walker Books Limited, London SE11 5HJ.
All rights reserved. No part of this book may be reproduced, transmitted, broadcast or stored in an information retrieval system in any form or by any means, graphic, electronic or mechanical, including photocopying, taping and recording, without prior written permission from the publisher.

Tradução © Verus Editora, 2016

Direitos reservados em língua portuguesa, no Brasil, por Verus Editora. Nenhuma parte desta obra pode ser reproduzida ou transmitida por qualquer forma e/ou quaisquer meios (eletrônico ou mecânico, incluindo fotocópia e gravação) ou arquivada em qualquer sistema ou banco de dados sem permissão escrita da editora.

Verus Editora Ltda.
Rua Benedicto Aristides Ribeiro, 41, Jd. Santa Genebra II, Campinas/SP, 13084-753
Fone/Fax: (19) 3249-0001 | www.veruseditora.com.br

CIP-BRASIL. CATALOGAÇÃO NA FONTE
SINDICATO NACIONAL DOS EDITORES DE LIVROS, RJ

P927e

Pratt, Non
  Encrenca / Non Pratt ; tradução Silvia M. C. Rezende. - 1. ed. - Campinas, SP : Verus , 2016.
  23 cm

  Tradução de: Trouble
  ISBN 978-85-7686-410-3

  1. Romance inglês. I. Rezende, Silvia M. C. II. Título.

16-30222
CDD: 823
CDU: 813.111-3

Revisado conforme o novo acordo ortográfico

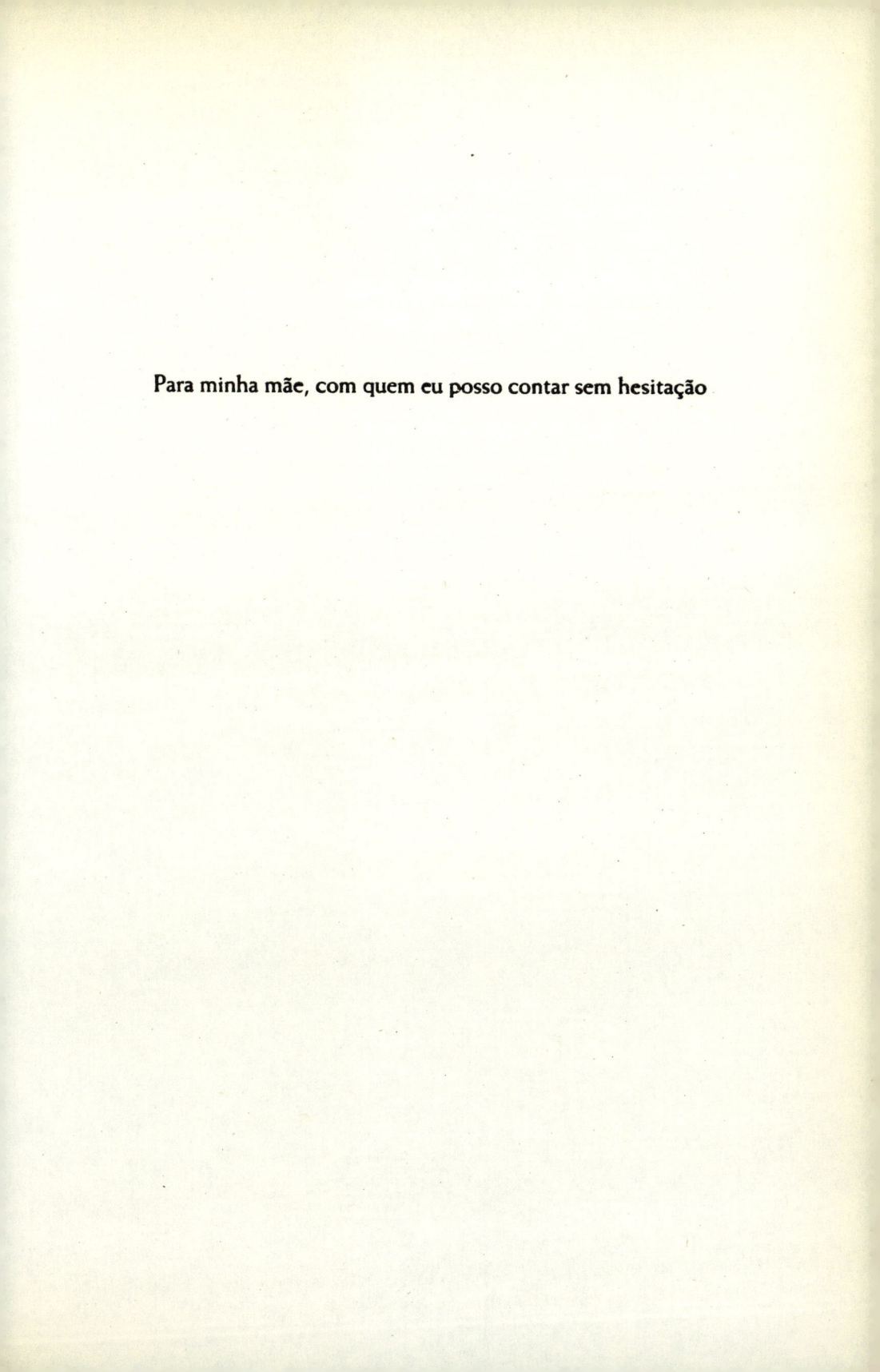

Para minha mãe, com quem eu posso contar sem hesitação

PRIMEIRO

QUARTA-FEIRA, 30 DE SETEMBRO

HANNAH

Transei com Fletch outra vez na noite passada. Foi bom, melhor que da última vez, e o Fletch é engraçado. E até que não é tão feio... apesar de não ser tudo isso sem roupa. Não ficamos abraçadinhos depois — as coisas não funcionam assim entre nós. Estávamos vestidos e no andar de baixo com nossos livros de história abertos quando a mãe dele chegou, apesar de dar para notar que não colou, pelo jeito feio como ela me olhou quando o irmãozinho de Fletch veio correndo me mostrar a coroa que tinha feito na escola. Ela pode até pensar que conhece o meu tipo pelo comprimento da minha saia, mas foi seu filho caçula quem me sacou. As crianças são capazes de ver até a alma da gente. A sua roupa e a sua aparência não dizem nada para elas.

Tomei um banho assim que cheguei em casa. Ninguém questionou. Por que iriam questionar? Costumo tomar vários banhos. Minha mãe perguntou sobre a lição de casa e eu menti, mas ela pediu para ver e nós brigamos. Houve muitos gritos (dela), algumas lágrimas (dela) e finalmente um resmungado "Vou fazer depois de *EastEnders*" (meu — apesar de preferir que ela tivesse se oferecido para fazer). Nem cheguei a começar a lição, pois estava exausta.

Eu planejava fazer hoje de manhã, antes de ir para a escola, mas Lola teve um chilique porque já tinha comido todos os seus cereais preferidos da caixa de sortidos. A tentativa da minha mãe de dar um jeito, adicionando mais leite com chocolate aos cereais, foi um tremendo fracasso, e Lola acabou derramando metade do cereal com leite no uniforme enquanto despejava tudo no lixo. Adivinhe quem teve de limpar a bagunça. Mal tive tempo de pegar minha torrada fria enquanto Robert nos apressava para entrarmos no carro.

Não tenho alternativa senão fazer a lição de casa agora.

Robert se segura por cinco minutos antes de começar.

— Pensei que você tivesse feito isso ontem à noite.

— É, eu não fiz — digo, sem tirar os olhos da folha de papel sobre o meu colo. Apesar da cantoria desafinada de Lola no banco de trás, ouço Robert respirar fundo e soltar o ar lentamente.

— Você mentiu para a sua mãe.

— Não menti não. Eu disse que ia fazer depois de *EastEnders*. Agora é depois de *EastEnders*, não é?

— Não banque a esperta.

Quase o lembro de que esperta é exatamente o que todos *esperam* que eu seja, mas não quero brigar.

— Ela só quer o melhor para você.

— Ãrrã — respondo, com os lábios cerrados, para encerrar a conversa.

— Você precisa parar de ser tão dura com a sua mãe, Hannah — diz ele, acionando a seta com o dedo médio.

— Ela precisa parar de ser tão dura comigo — respondo.

Juro que ouço um suspiro.

— É verdade — retruco. — Ela está sempre pegando no meu pé por causa de alguma coisa.

— Ela te ama. Se preocupa com você. — Isso só porque Lola ainda é muito pequena para eles se preocuparem com ela. Espere dez anos e ela vai ter de aguentar a mesma encheção de saco.

— Diga para ela não se incomodar com isso.

Isso *definitivamente* foi um suspiro.

— Quem sabe se você tentasse se dedicar um pouco mais aos estudos...

— O que te faz pensar que eu não me dedico?

— Você passa muito tempo com a Katie e... — Ergo os olhos e vejo uma ruga em sua testa. Ele não faz a menor ideia de com quem mais eu passo muito tempo e acaba completando com qualquer coisa. — ... com os seus amigos. E as suas notas não estão como deveriam.

— Elas deveriam ser mais parecidas com as do Jay? — pergunto, trocando o "4" pelo "7" na minha última resposta da lição. Agora ficou parecendo um símbolo chinês esquisito.

Robert esfrega o espaço entre as sobrancelhas com dois dedos — um sinal claro de que está cansado da conversa.

— Não quero que você se compare com ele.

Todos nós sabemos por quê. Robert pode ter o filho perfeito, mas minha mãe com certeza não tem a filha perfeita.

Escrevo por cima do "7" outra vez. Ficou pior ainda.

Depois de deixarmos Lola na escola dela e pararmos perto da entrada da Kingsway, já tive tempo suficiente para terminar, apesar de saber que terei de ouvir alguns comentários azedos sobre apresentação quando entregar a lição. Aviso Robert que vou para a casa de Katie depois da aula e abro a porta, acertando em cheio um garoto que estava passando.

— Desculpa — digo depois de descer do carro e bater a porta.

— Não tem problema. — É Aaron Tyler, o filho do novo professor de história. Ele olha de relance para mim. Um sorriso largo surge em seu rosto por um segundo antes de ele se virar e retomar o caminho da escola.

Fico observando-o por um momento. Ele até que fica bem naquela camisa enfiada dentro da calça e a gravata de comprimento perfeito. Qualquer outra pessoa acabaria sendo motivo de zoeira por parecer tão arrumado, mas tem algo no modo como ele se porta que impede qualquer um — até mesmo os caras do basquete — de tirar sarro. Ele começou neste período, assim como seu pai, e correm vários boatos sobre os motivos pelos quais Aaron Tyler mudou de escola no meio do ensino médio. Gideon acha que ele é gay e foi vítima de bullying — eu acho que isso é o que ele queria que fosse verdade. Perguntei o que Katie achava, mas ela não estava interessada no porquê de ele ter mudado de escola; só queria saber se tinha ou não uma chance com ele. Tenho certeza de que depois disso ela deu um Google no cara para ver se conseguia descobrir algo. Não descobriu, mas, conhecendo minha amiga, sei que ela não se daria o trabalho de ir além da primeira página. Ela não está *tão* interessada assim nele.

Meu telefone apita com uma mensagem. Katie. Claro.

> Vc transou com o Fletch outra vez??? Ele está dando 10 para a sua "lição de casa"!

AARON

Entusiasta como ele só, meu pai aderiu ao programa em prol da alimentação saudável, então eu, sendo seu filho, tenho de dar o exemplo e escolher um dos pratos sem gosto oferecidos no refeitório da escola:

- lasanha com alguma coisa que mais parece areia de gato do que ração para gato

OU

- um prato de origem desconhecida acompanhado do aviso "PODE CONTER NOZES".

Interessante como é mais importante alertar sobre o que pode ter no prato do que sobre o que *tem* de fato. Estou pegando a lasanha quando alguém enfia a mão por cima do meu prato para apanhar um pãozinho.

— Desculpa, cara. — É Stewart Fletcher. Fletch. Não gosto dele. Ele passa a maior parte do tempo se achando e o restante checando o cabelo encharcado de gel em qualquer superfície refletora. É justamente o que está fazendo agora, no vidro que protege os pratos quentes.

Empurro minha bandeja um pouco mais para a frente e escuto a conversa dele.

— Ela apareceu lá em casa ontem à tarde, e a gente... você sabe.

Sério? Acho difícil imaginar por que alguém iria querer transar com uma pessoa que usa essa quantidade de gel no cabelo.

— ... foi das boas... — A bandeja dele balança e eu apanho seu pãozinho antes que caia na minha comida. Devolvo, mas ele está muito ocupado contando a história para notar. — ... não é nenhuma surpresa que Hannah Sheppard saiba como se divertir.

Hannah Sheppard. Já ouvi esse nome e lembrei a quem ele pertence: a garota que tentou me derrubar com a porta do carro hoje cedo.

— Cara. Por que você está me contando isso? — É o garoto que está conversando com Fletcher. — De onde você tirou que eu estou interessado?

Ergo os olhos e vejo um cara da minha classe com ar de *não estou nem aí*. Estabelecemos contato visual e ele me dá uma piscadinha tão rápida que Fletch nem percebe. Enquanto procuro um lugar onde eu possa ler meu livro e impedir que alguém venha falar comigo, Fletch passa resmungando algo que soa como "gay inútil".

— Ele falou de mim. — O ex-ouvinte de Fletch para ao meu lado. — Meu nome é Gideon.

Sempre o vejo com Anjela Ojo, que senta na minha frente na aula de espanhol, mas nunca conversei com nenhum dos dois.

— Eu sou o Aaron — digo, a bandeja impedindo meu reflexo de estender a mão.

— Sei quem você é. — Ele dá um sorrisinho enquanto ouço alguém chamando o meu nome de uma mesa atrás de nós. É um carinha chamado Rex. Fui colocado na bancada dele na turma de tecnologia da informação e comunicação e na última aula lhe enviei um link que o fez chorar de tanto rir. É legal que ele me ache tão engraçado, só que na verdade eu não sou. Eu me viro para dizer algo a Gideon, mas ele já foi embora.

Faz sentido. Rex é um dos caras do basquete, e eles são famosos por não serem muito amigáveis. Estou surpreso por ele saber quem eu sou, e ainda mais por fazer sinal me convidando para sentar com ele e seus amigos. Rex está sentado de frente para Tyrone Reed, capitão dentro — e fora — das quadras. Vendo os dois juntos, noto que Rex é praticamente uma imagem negativa de seu melhor amigo, a começar pelo brinco preto que contrasta com o lóbulo de sua orelha esquerda, comparado ao diamante reluzente que Tyrone usa na direita. A única coisa que estraga a ilusão é o fato de Rex ser uns quinze centímetros mais baixo.

— E aí — Tyrone diz para mim.

— Senta aqui. — Rex empurra com o pé a única cadeira vaga e Tyrone concorda com um leve aceno. Sento e acho melhor não tirar meu livro do bolso. Nenhum desses caras ia apreciar a ironia que seria eu lendo *Vidas sem rumo* ao lado deles.

Não há apresentações. É esperado que eu saiba quem eles são, mas, além de Rex e Tyrone, não conheço ninguém. Não que eu esteja muito interessado.

— Como é ser aluno do seu pai? — Rex pergunta enquanto cutuco, desanimado, a comida. A massa está tão dura que o meu garfo nem consegue furá-la.

— Não estou fazendo história — respondo.

— Ele não ficou puto com isso? — insiste Rex.

— Não muito. Sou muito ruim em história.

Tyrone ri e os outros também. Somente alguém que estivesse prestando muita atenção perceberia o intervalo de uma fração de segundo.

— Você não é tão mau, Aaron Tyler. — Tyrone dá um tapa tão forte nas minhas costas que quase cuspo a comida que estava engolindo.

Não é tão mau? Interessante.

SEXTA-FEIRA, 2 DE OUTUBRO

HANNAH

Lola não está comendo o feijão do seu prato. Quem pode culpá-la? O feijão está verde. Se estivesse cozido, até que não seria um problema. Minha mãe trabalha até mais tarde às sextas-feiras, por isso a hora do jantar é sempre um pouco... tensa. Apesar de já ter criado um filho adolescente, Robert tem tido problemas para manter o pulso firme com a sua caçula. E comigo. Ele consegue fazer Lola comer um grão de feijão e considera isso uma vitória, ignorando o fato de que depois ela come todo o pudim dela e metade do meu. Quando terminamos o jantar, Lola insiste em arrumar meu cabelo antes de dar um trato na sua coleção de gatinhos de pelúcia. Depois que ela termina, não sei quem parece pior: eu ou a princesa Flofi.

Ainda bem que a minha sessão de embelezamento é interrompida por uma mensagem enviada por Katie:

> Te vejo em 10 min.

Que é o código para: *Pegue as bebidas*. Nem preciso ir muito longe.

Antes de ir embora, meu irmão postiço fez um festão, e, porque Robert é Robert e Jay é Jay, Robert deu uma bolada para ele gastar nisso, MUITO mais dinheiro do que qualquer pai normal daria. Mas Robert gosta de esbanjar — principalmente com seu único filho. Bom, Jay acabou comprando muita bebida, e, porque eu o "ajudei" a fazer o pedido, ele acabou comprando a mais a *minha* bebida preferida. Acho que aquela foi a melhor noite da minha vida, mas a...

Pior. Manhã. Seguinte.

Posso até sentir saudade do Jay, mas pelo menos o estoque que ele deixou escondido embaixo da minha cama significa que não preciso sentir saudade de ter alguém por perto para comprar bebida para mim.

AARON

Ao longo das últimas quatro semanas, o ponto alto da minha vida social têm sido as duas horas depois da escola às sextas-feiras, quando meu pai me deixa em Cedarfields, um asilo da região, onde faço companhia a alguns dos moradores solitários. Apesar de passar a maior parte do tempo lá sendo provocado, menosprezado ou ignorado por pessoas que consideram a televisão uma companhia mais agradável do que eu, ainda acho isso melhor do que a perspectiva de sair.

Mas tenho um acordo com meus pais: se alguém se esforçar para ser meu amigo, eu vou retribuir.

Quando contei para minha mãe que o almoço na mesa dos populares tinha resultado em um convite para ir ao parque hoje à noite, ela colocou os braços ao meu redor e me apertou até me deixar sem ar. Meu pai a afastou, mas ela ainda estava tão feliz que começou a esfregar as minhas costas.

— Se você fizer isso toda vez que eu for sair, vou acabar desistindo — falei, e na hora ela me largou. A última coisa que ela quer é arriscar meus passos relutantes rumo à integração social.

— Que parque? — (Mãe.)
— Aquele perto do rio.
— Com quem? — (Pai.)
— Tyrone e Rex e... os amigos deles? — É bem mais provável que o meu pai saiba o nome deles melhor do que eu. Ele é bom no que faz. Bom o bastante para conseguir uma posição razoável em uma escola razoável a uma velocidade muito razoável e transferir seu filho para a mesma escola, sem perguntas. Pelo menos sem perguntas até onde eu sei.

— A turma do *basquete*? — pergunta meu pai, em tom incrédulo. Não sou conhecido por meus talentos como esportista.

— Eles não me chamaram para fazer uma cesta antes de me convidarem para sair.

— Ainda bem — responde minha mãe, e eu deixo que ela me dê outro abraço. Afinal, estou fazendo isso por ela.

Portanto, agora, com a bênção dos dois e um cachecol enrolado no pescoço pela minha mãe, estou parado em frente a uma loja de bebidas que é longe o suficiente da nossa casa para que eles não fiquem sabendo, me perguntando se consigo passar por dezoito anos. Não quero entrar e não quero beber seja lá o que vou comprar, mas é isso que esperam de mim, e eu prometi aos meus pais que tentaria.

HANNAH

Katie está atrasada, e desde que ela enviou a mensagem estou tentando arrumar o estrago feito pela Lola no meu cabelo durante a sessão de embelezamento. Não sei se está melhor do que quando comecei, mas meus braços estão doendo. Katie aparece com a roupa de ir ao parque — o top tomara que caia não foi a melhor escolha para alguém que tem peitos iguais aos dela, mas não adianta falar nada. Fecho a porta do quarto, dou uma garrafa para ela e abro outra para mim.

— O que aconteceu com o seu cabelo? — ela pergunta.

— Foi a Lola. Está tão ruim assim?

— Não... — Ela não parece muito convencida. — Coloque a saia azul que ninguém vai olhar para o seu cabelo.

O plano me parece bom. Enquanto procuro no guarda-roupa por uma blusa que já não tenha usado um milhão de vezes, Katie vira a bolsa em cima da minha cama, pega a maquiagem debaixo da calcinha limpa de amanhã e começa a passar mais pó e a reclamar de sua pele. Sinceramente, a pele dela não está nada boa, mas estou começando a ficar cansada de ouvi-la reclamar. Até parece que isso a impede de ficar com alguém.

— O Fletch vai sair hoje? — pergunta ela, num tom de voz nada inocente.

— Não sei e não quero saber.

Katie me saca direitinho.

— Você está cansada dele, não está?

— Um pouco. — Muito. Ele fala demais. E exagera. E, bom, eu nunca estive "na dele".

— E o Tyrone?

— O que tem ele? — Não consigo segurar o sorrisinho que surge em meu rosto.

— A Marcy vai sair — diz Katie, e eu sei que isso é um aviso. Não se paquera o Tyrone quando a namorada dele está por perto. Uma regra que eu costumo quebrar. Tenho certeza de que também existe uma regra para não paquerar o namorado dela quando ela *não* está por perto. Ninguém sabe que já quebrei essa também, nem mesmo Katie. — Toma cuidado, viu? Você sabe como ela é.

Eu sei. Mas Tyrone vale o risco.

AARON

Chego ao parque e parece que a alça da sacola vai cortar a minha mão até os ossos. Quando vejo quantas pessoas já estão lá, penso em dar meia-volta e correr para casa — nesse caso eu teria de me livrar da bebida. Mas é preciso persistir. Não pode ser tão ruim assim.

HANNAH

Estamos atrasadas, o que é bom — não é legal ser o primeiro a chegar, a menos que você seja uma das mais populares ou namorada de um dos. Aceno agradecendo o cigarro que Katie me oferece no portão, mas ela não tira o maço do meu nariz.

— Tem certeza? Ajuda a acalmar.

— Não estou nervosa — minto. Katie e eu combinamos que não tenho permissão para ficar com Fletch.

— Mentirosa — ela acusa, acendendo um.

— Mais tarde vou querer. — Depois de umas duas garrafas, sou incapaz de recusar. Nunca consigo, e nunca vou conseguir.

— Você pode usar isso para afastar o Fletch. Funciona. — Katie tenta, sem muito sucesso, soprar um círculo de fumaça e ri quando um ventinho frio joga a névoa branca na minha cara. — Está pronta?

Katie ajeita o top, endireita as costas e empina os peitos — como se precisasse — antes de entrar. Vou atrás, vendo uma mancha na minha saia que eu tinha certeza de que não estava ali quando saí de casa. Não tem nada que eu possa fazer agora.

A primeira pessoa que vejo é Tyrone, parado perto dos bancos. Enquanto passamos, aproveito a oportunidade para dar uma olhadinha.

Ele está olhando para mim.

Por uma fração de segundo eu o encaro, e então desvio o olhar como se não tivesse nem notado a presença dele. Mas, quando nos sentamos nos balanços, meus olhos são atraídos para ele novamente; ele está com o braço ao redor de Marcy. São o Brad e a Angelina da Kingsway — a diferença é que Tyrone é quem tem os lábios perfeitos. Olho para sua boca e penso em como seria beijá-lo.

Ele me pega olhando.

Uma fileira de dentes brancos se destaca entre aqueles lábios perfeitos enquanto ele sorri, mas eu disfarço. Marcy já está olhando feio para mim. Pego o celular para ter algo para fazer e encontro uma mensagem de Fletch.

> Oi, gata. Onde vc tá? Pensei q estaria no parque. Bjs

Dou uma olhada ao redor, mas não o vejo em lugar nenhum. Quando me viro para perguntar a Katie se ela está vendo Fletch, percebo que ela já está com dois amigos de Tyrone e que o showzinho de Katie Coleman já começou. Nenhum dos dois me atrai, mas Katie é capaz de paquerar qualquer um que ela consiga enxergar em meio à cegueira provocada pela vodca. Quando Mark Grey rouba um gole da garrafa dela, ela lhe dá um puxão de orelha e ri. Viro minha garrafa e imagino quanto tempo vai demorar até eu me meter em encrenca...

— Oi, Han. — Fletch me abraça por trás e dá um beijo molhado atrás da minha orelha. Sinto vontade de limpar. Ele me contorna e encaixa uma das pernas entre as minhas, erguendo minha saia e escondendo a mancha entre as pregas. Inclino-me para trás enquanto ele vem para cima de mim.

— Agora não, Fletch — digo, tentando não vomitar diante da nuvem tóxica de loção pós-barba. Ele parece confuso por um segundo antes de sorrir e assentir, como se tivesse ouvido uma promessa que eu não fiz. Penso em corrigi-lo, dizer que "agora não" significa "nunca", mas ele sai de entre as minhas pernas, e por enquanto é o suficiente. Enquanto Fletch vai andando pelo gramado para ir conversar com algumas garotas que fingem que ele não existe, eu me pergunto como fui permitir que ele encostasse as mãos em mim.

Meus olhos procuram por Tyrone. Até parece que não sou capaz de conseguir algo melhor.

AARON

Desde que me juntei a Rex perto das mesas de piquenique, estou ouvindo-o reclamar da namorada que não veio, e ao mesmo tempo tento descobrir se as regras no parque são diferentes das da escola. A única diferença parece ser que, para os garotos, qualquer menina está valendo, mas as garotas parecem estar participando de uma guerra de gangues. As mais populares, aquelas com quem Tyrone conversa na escola, estão reunidas perto da rampa de skate, e tem outro grupo no outro extremo do gramado. Nos balanços há um grupo à parte, formado por duas garotas apenas, Hannah Sheppard e sua amiga Katie Coleman, que parece *muito* diferente sem o uniforme. Meu pai — que adora reclamar das saias de uniforme, que não param de encolher — teria um chilique se visse a roupa que Hannah está usando.

Não estou conseguindo descobrir onde essas duas se encaixam. É por isso que não paro de olhar para elas — nada a ver com as pernas de Hannah.

— Bebida? — Dou outra cerveja para Rex e me lembro de como seria ruim se eu abrisse uma para mim. Ninguém gostaria de conhecer o Aaron bêbado. Sei o estrago que ele é capaz de fazer e acho melhor que ele fique bem guardado no fundo de uma latinha fechada. Mais seguro para mim, mais seguro para todo mundo.

HANNAH

Estou entediada. Katie está com Mark Grey e eu vou dar dez minutos para ela antes de ir embora sozinha. Com Tyrone de rosto colado com

Marcy, o único divertimento que restou é provocar a turma dela, mas com a melhor jogadora fora do campo não tem muita graça. Além do mais, não estou a fim.

Vejo as horas no celular. Katie me abandonou há mais de meia hora. Fala sério. Quanto tempo pode demorar para Mark Grey chegar lá? Envio uma mensagem para ela dizendo que estou mal e preciso ir para casa. Ela tem uma cópia da chave — não é a primeira vez que isso acontece. Na verdade, acontece quase todas as vezes que saímos.

Quando estou no meio do caminho para o portão dos fundos, escuto passos atrás de mim. Continuo andando, ouvindo atentamente seja lá o que esteja se aproximando. Tomara que seja Tyrone, tomara que seja Tyrone, tomara que seja Tyrone...

— Hannah? — Não é Tyrone. Fletch. É claro. Ele está na minha frente agora, a cabeça inclinada, olhando dentro dos meus olhos com um sorriso fingido. — Está indo para algum lugar mais reservado?

— Sim. Para casa — respondo, sem olhar para ele.

— A sua ou a minha?

De repente me sinto tão cansada que quero me enrolar em uma bolinha ali mesmo e dormir. Mas tenho de me segurar.

— Eu não devia ter ido à sua casa de novo na terça-feira — falo e vejo seu sorriso se desfazendo. — Foi uma péssima ideia.

— Não foi o que você disse na hora... — Ele começa a enfiar a mão debaixo da minha saia e eu sinto um leve arrepio. Minhas forças estão indo embora. A sensação do corpo dele junto ao meu não é tão ruim assim, e o som da sua respiração, um pouco pesada, como se ele mal pudesse esperar para me possuir, me dá tesão. Abro a boca à medida que Fletch se aproxima e permito que ele me beije com um ímpeto tal que me dá ânsia. Esse garoto precisa de um treinamento sério no quesito língua.

Ouço alguém passando por ali apressado e torço para que não seja ninguém da escola.

Recuo, impondo uma distância razoável entre nós, e percebo um sinal de raiva em seu rosto.

— Olha, sinto muito...

— Tudo bem. Não estou nem aí. — As palavras caem sobre os meus pés como se tivessem sido cuspidas. Enquanto ele se afasta, luto contra a vontade de gritar a verdade: que ele é ruim de cama, e que não estou desapontada, já que nunca esperei nada dele mesmo. Era isso que eu precisava dizer.

Da próxima vez, vai ser com alguém que eu queira de verdade.

AARON

Quando volto de um passeio por entre os arbustos, Tyrone dá um soco no meu ombro, como se eu fosse da turma. Está na cara que ele está bêbado. Desde que me apresentou para sua namorada, Marcy, já é a terceira vez esta noite que ele diz que ela é modelo, e ri quando falo isso para ele. Agora eu estou "superengraçado", e quase tudo o que digo dispara uma reação dele. Também, com a turma com quem ele anda, isso é mais do que compreensível. Seus amigos são praticamente intercambiáveis. Todos fazem parte do time de basquete, todos obedecem a Tyrone. Além de Rex, o único que consigo diferenciar na turma é Mark Grey, mas só porque ele é do tamanho de uma casa. Ele desapareceu há um tempinho com Katie Coleman, o que pareceu deixar Rex para lá de irritado.

Encontro uma mesa vazia onde posso sentar e descansar um pouco. É cansativo se socializar.

Uma voz que não reconheço diz:

— Oi. — Muito perto da minha orelha para o meu gosto. Dou uma olhada e descubro que Marcy está sentada na ponta da mesa com um lado do quadril. É fácil perceber por que ela é modelo. Ela tem uma beleza angular, quase alienígena; maçãs do rosto e queixo proeminentes, do tipo que não expressa simpatia. O mais distante possível de ser o meu tipo.

— Hum, oi. — Minha voz falha e eu limpo a garganta.

Marcy se aproxima tanto que esbarra em meu braço. Por um momento, temo que ela vá sentar no meu colo, mas ela não faz isso, o que é um alívio. Tyrone não acharia nada engraçado.

— Só queria dizer oi direito — ela explica.

Eu não sabia que ser apresentado três vezes não é suficiente.

— Você é bonitinho. — Marcy não é do tipo de garota que diz que eu sou bonitinho. Isso me deixa nervoso. Olho ao redor, mas a pessoa mais próxima é Rex, que está ocupado demais teclando no celular para notar que preciso de ajuda.

— Obrigado — respondo e então, sem conseguir pensar em nada melhor, sorrio e digo: — Ouvi dizer que você é modelo.

Pelo jeito foi a resposta certa. Marcy começa a contar sobre as desventuras da vida de modelo, cutucando meu braço para enfatizar pontos totalmente desnecessários e lançando sorrisos ofuscantes. Depois de me deixar suficientemente desconfortável com sua atenção, ela vai embora, soprando um beijo por cima do ombro.

Sibilo o nome de Rex.

— O quê? — Ele ergue os olhos do celular.

— O que foi aquilo? — pergunto. Ele me olha, confuso. — A Marcy?

— Ah. — Finalmente ele entende. — A Marcy. Não leve para o lado pessoal. Ela só está se exibindo para que você perceba como ela é gata. Basta elogiá-la umas três vezes em seguida que ela cai fora. Igual ao Candyman da lenda urbana, só que ao contrário. E bem mais magra.

É a primeira vez que dou risada nesta noite. Não tenho muita certeza, mas acho que Rex não é tão ruim assim. A mesa vai enchendo de gente que vem em busca da minha cerveja grátis, e quando Fletch chega, com um jeitão convencido, já se formou uma pequena multidão.

— Onde você estava? — alguém pergunta.

— Fui andar por aí. — Fletch pega uma lata de sidra do bolso e toma um gole. Enquanto enxuga a boca com as costas da mão, diz: — Agora melhorou. Eu estava precisando me livrar do gosto de xoxota.

Fico paralisado. Quem fala assim na vida real?

— Pelo jeito, você não foi andar sozinho — diz Rex.

Eu sei que não. Passei por ele e Hannah quando fui fazer xixi.

— Saí sozinho, voltei sozinho. — Fletch gesticula como se estivesse fechando a boca com um zíper. Em seguida faz como se estivesse abrindo o zíper da calça e finge, rindo, empurrar a cabeça de alguém contra sua virilha. Levo um tempo para perceber que sou o único que não está rindo também.

Alguém grita "Mentira!" à minha direita, mas, seja quem for, é calado ao ser acusado de invejoso.

— A Hannah tem regras, sabe? — diz Fletch, balançando a garrafa.

— Bem poucas! — grita um dos caras do basquete.

— Menos ainda para você, cara, pelo tanto que você conseguiu ir longe da última vez! — Rex grita de volta, e a turma ri ainda mais. É como assistir a um documentário da vida selvagem.

— Pega leve. Você está falando da namorada do Fletch — alguém alerta. Ele retorce os lábios.

— Como se eu fosse namorar alguém como a Hannah!

— Mas você deixou que ela te chupasse e contou pra todo mundo? — pergunto, com os olhos fixos no pacote vazio de batatinha que acabei de dobrar no formato de um triângulo. Não tenho nada a ver com isso. Não sei por que estou tão irritado.

— E daí? — Fletch olha para mim; de repente notou a presença do cara novo. Por um segundo, fico imaginando se ultrapassei a linha, mas ele só ri. — Cara, eu fiz muito mais coisas do que isso com ela. É a Hannah Sheppard. É para isso que ela serve.

Realmente, não gosto nem um pouco do Fletch.

DOMINGO, 4 DE OUTUBRO

HANNAH

Hoje foi um saco. Falei para minha mãe que faria a lição de casa enquanto estivesse com a vovó, mas, quando cheguei ao asilo, ela estava tendo uma reação por causa do novo medicamento e não estava em seu estado normal. Achei melhor conversar com ela e ler as fofocas das revistas que eu tinha comprado do que repassar os verbos do francês. Sei que ela não iria nem ligar — ela até gosta de ficar zanzando pelo quarto enquanto eu faço a lição —, mas a família vem em primeiro lugar. Os estudos vêm em algum lugar depois de tirar a maquiagem à noite e fazer esfoliação uma vez por semana.

Quando minha mãe foi me buscar, pediu para ver a lição de casa e acabamos brigando. Ela disse que, se eu não fizesse a lição, não me deixaria mais visitar a vovó toda semana. Fiquei falando feito doida até ela insinuar que ia falar com a vovó. Calei a boca na hora — minha avó ficaria do lado da minha mãe. Mas estou fazendo a lição à noite enquanto cuido da Lola para minha mãe e Robert, que saíram. Estamos na sala e eu já estou na metade da lição quando a campainha toca.

— Posso ver quem é? — pergunta Lola, de olhos arregalados e praticamente implorando. Ela adora essas coisas, atender a porta ou o telefone e ver se chegou carta. Às vezes envio cartas só para que ela tenha algo para abrir. Corto quadradinhos no envelope para que fique parecendo uma conta. Assim, Lola pode fingir que está analisando sua correspondência, como minha mãe e Robert fazem, com a diferença de que escrevo com letras bem grandes e decoro o papel com adesivos e glitter.

— Só se fechar a blusa, Lolly — digo e fico de ouvidos atentos enquanto ela corre até a porta e mexe na correntinha. — Você deu uma olhada pela janela para ver quem é? — pergunto.

— Sim. É um menino. — Ajudou muito.

Lola abre a porta, ouço um murmúrio distante quase inaudível e em seguia escuto o *toc toc toc* dela voltando para a sala.

— É pra você.

— Você perguntou quem é? — Lola nega com um gesto de cabeça. É por isso que não se deve mandar uma menina de cinco anos atender a porta.

Espero sinceramente que não seja Fletch.

Não é.

— Oi, linda — diz o garoto que está na minha porta. Ele não aparece aqui desde que me disse que era melhor darmos um tempo; mesmo assim, não estou surpresa em vê-lo.

— Oi — falo, tentando parecer indiferente.

— Posso entrar?

Não estou certa se é uma boa ideia, mas recuo e deixo que ele avance até o tapetinho da entrada. Inclino o corpo para o lado para fechar a porta e com isso quase encosto nele, o que também não é uma boa ideia. O cheiro dele é tão bom. Uma espécie de cheiro de aconchego e limpeza.

Mas ele não é aconchegante. E não é limpo.

— O que você está fazendo? — Ele dá uma olhada na outra sala, onde Lola pula em frente à TV.

— Estou cuidando da minha irmãzinha.

— Ela é fofa.

Não digo nada.

— Como ela se chama?

— Lola.

Ele assente em aprovação. Acho que tem mania de pensar que todos querem sua permissão para alguma coisa. Ele me encara e sinto que estou sendo despida com seu olhar, meu corpo exposto até que ele possa ver tudo o que quiser. Ele sabe que o quero. Sabe que não sou diferente de ninguém

— Será que a gente pode conversar? — ele pergunta, virando o corpo na direção da escada. Tenho a impressão de que esta conversa pode tomar um rumo diferente da última. Desta vez vamos até o fim.

Eu quero. Meu Deus, como eu quero.

— Desculpa, eu não posso. Não com a Lola aqui.

Ele avança um passo e toca meu rosto. Seus dedos repousam suavemente em minha pele enquanto ele traça o contorno do lóbulo da minha orelha com o polegar. Estamos nos beijando. Devagar, com carinho e de um jeito muito, muito sexy. Fecho os olhos e aproveito, me deixo envolver por ele, sentindo minhas mãos me traírem enquanto meus dedos percorrem o cós da calça dele e traçam a curva bem no meio das suas costas, que desce para...

Recuo.

— Desculpa — repito. — Hoje não posso. Terça-feira? — Minha mãe trabalha até mais tarde na clínica na terça, e o Robert leva a Lola para a casa dos pais dele na hora do jantar.

Ele sorri e assente uma vez, em seguida me dá um selinho antes de sair. Coloco a correntinha de volta na porta e retomo a lição de casa. Lola me olha de canto de olho.

— Eu vi vocês — diz ela, contorcendo o rosto e fazendo um barulho nojento de beijo.

— Você não devia ficar espiando — digo, mas ela não parece ter um pingo de vergonha.

— Ele é seu *namorado*? — ela pergunta, com nojo só de pensar.

Sorrio e balanço a cabeça.

— Não, Lolly, ele não é meu namorado.

De qualquer jeito que se olhe para isso, seja lá o que esteja rolando entre mim e Tyrone, ele não é meu namorado. Ele é namorado da Marcy.

SEGUNDA-FEIRA, 5 DE OUTUBRO

AARON

Apesar de estarmos no mesmo ano, tirando educação física, inglês é a única matéria que eu faço com Hannah, e fico olhando enquanto ela desliza na cadeira do corredor ao lado para sentar com Katie. Não consigo esquecer o que Fletch disse — "É a Hannah Sheppard. É para isso que ela serve" —, e fico pensando que ela deveria se valorizar mais.

Fomos divididos em grupos para representar a mesma passagem de *Sonho de uma noite de verão*, só que em estilos diferentes, e meu grupo ficou com o estilo seriado cômico de TV. Meu papel é tão pequeno que não ficaria engraçado nem se contasse com a participação especial do Eddie Izzard, por isso deixo que o restante do grupo cuide de tudo. O grupo de Hannah e Katie terá que apresentar o delas no estilo novela. As duas estão com o livro aberto, mas não estão lendo as falas.

— ... sobre sexta-feira.

— Tudo bem. Eu sei que a felicidade do Mark Grey é mais importante para você do que a minha.

— Não fala assim. Já pedi desculpa.

— Eu posso perdoar você por me abandonar. Mas não posso perdoar o seu mau gosto. *Mark Grey?* — Hannah torce o nariz ao dizer isso, e eu escondo minha risada com o livro.

— Se liga. Fletch? — Katie responde, aparentemente irritada.

— Bom, todos nós cometemos erros. — Hannah solta um suspiro no mesmo instante em que alguém do meu grupo deixa cair o estojo numa tentativa fracassada de parecer engraçado. Ajudo a recolher os lápis e retomo a escuta.

— ... parece que ele não está aceitando muito bem — Katie está dizendo. Perdi alguma coisa.

— Eu sei. E me sinto mal. O Fletch é um cara legal — Hannah continua, e não consigo segurar uma bufada. As duas olham desconfiadas e eu finjo estar lendo o livro. Ninguém diz nada, e, quando dou uma olhada, elas estão ocupadas com a dramatização.

HANNAH

Esperei que ele virasse o corredor para correr atrás dele. Não conto nada para Katie sobre o que vou fazer, porque ela só criaria caso. Ela odeia quando as pessoas ficam escutando sua conversa, mas eu quero descobrir por que Aaron Tyler teve aquela reação quando mencionei Fletch, e não tenho como fazer isso com Katie junto batendo boca.

— Ei — chamo, e ele me olha, confuso. Continua usando a camisa enfiada dentro da calça, mas o nó da gravata não está mais tão certinho. Imagino se ele está fazendo isso para se enturmar.

— Oi — diz ele, dando uma ajeitada na mochila sobre o ombro.

— Por que você estava ouvindo a nossa conversa?

— Eu não estava. — Mas ele engole em seco na hora errada.

— Meu nome é Hannah.

Ele assente.

— Aaron Tyler. — A mão direita vem em minha direção, como se ele estivesse pensando em trocar um aperto de mãos, mas ele apenas a enfia no bolso.

— Por que você estava ouvindo, afinal? — Encosto na parede ao lado dele e cruzo os tornozelos.

— Tenho audição preternatural — ele responde.

— Você tem o quê? — Não faço a menor ideia do que ele quis dizer.

— Tenho a audição mais potente que o normal.

Só vou decidir quão babaca ele é depois que ele responder a minha próxima pergunta.

— Por que você bufou quando mencionei o Fletch?

— Hã...

— Você tem uma capacidade *peternatural* de bufar, é isso? — Arrisco com a sua resposta exibida, provocando, e percebo que ele esconde um sorriso. Não é *tão* babaca assim.

AARON

Quero corrigi-la, mas não ouso. Não quero que ela pense que estou rindo dela, porque eu não estou — não por mal.

— Não acho que o Fletch seja um cara tão legal. — Eu não deveria me envolver nisso.

— Então você o conhece bem, é?

— Não. E não quero conhecer. — Baixo os olhos para meus sapatos novos e penso em como é desconfortável estar ali falando com Hannah. Sinto que as pessoas estão me olhando, tentando imaginar por que estamos conversando; tentando imaginar se ela está dando em cima de mim, se eu estou dando em cima dela.

É bem possível que seja coisa da minha cabeça.

— E então? — ela está perguntando.

Suspiro. Não tenho escolha senão contar.

— Ele disse algumas coisas no parque que eu acho que não devia ter dito.

— Você foi ao parque na sexta? — Essa não seria a primeira pergunta que eu faria se estivesse no lugar dela.

— O Tyrone me convidou. — Não sei ao certo por que preciso me justificar. — Não tive oportunidade de falar oi. Você parecia muito ocupada com o Fletch.

Ela não reage, apenas diz:

— Não ficamos juntos por muito tempo. Eu terminei com ele.

— Sério? — Até eu percebo o tom de surpresa na minha voz. — Não foi o que ele disse.

Hannah olha mais atentamente para mim. Está tentando imaginar o que ele falou, e de repente percebo que não sei como contar isso para ela. *Ele disse para todo mundo que estava com gosto de xoxota na boca e depois simulou que alguém estava fazendo um boquete nele? Acho que não.*

— Ele fez umas brincadeiras sobre boquete e outras coisas. — E, como não quero que ela peça para eu ser mais claro, digo: — O Fletch disse para todo mundo que ficou com você.

HANNAH

Não falo nada por um momento, porque, se eu falar, vai ser com raiva e vai atingir a pessoa errada.

— Hannah? — A voz dele invade a minha raiva.

— Olha, obrigada por me contar. — Estou prestes a ir embora, mas por algum motivo acho importante dizer a verdade. — Não fiz nada com o Fletch, nada mesmo.

— Eu vi vocês se beijando...

Encaro Aaron Tyler e ele se cala, como se tivesse se arrependido do que disse.

— Nós nos beijamos. Só isso. — Na sexta, pelo menos.

Ele encolhe os ombros, como se não fosse da conta dele. E não é. Ficamos parados olhando um para o outro e é estranho, mas o momento de silêncio é quebrado quando um professor sai da sala de aula e nos vê parados perto da escada de incêndio. Ele é um dos caretões que acham que qualquer contato entre um menino e uma menina vai resultar em uma dança erótica, e eu sei que é melhor irmos embora.

— Até mais, Ty — digo, caindo fora antes de me meter em encrenca.

AARON

Os professores fofocam muito mais que os alunos.

— O que você estava fazendo com a Hannah Sheppard na hora do almoço? — meu pai pergunta enquanto preparamos o jantar.

— Conversando.

— Por quê?

— Hã... porque é isso que a galera muito louca de hoje em dia faz? — Entrego a cebola que acabei de picar e fico observando enquanto ele joga tudo na panela. Ele parece tenso.

— Sobre o que vocês estavam conversando?

— Não é problema seu — respondo da maneira mais educada possível. Não gosto do rumo que a conversa está tomando e pico o restante dos vegetais com mais força que o necessário.

— Tem coisas que eu sei que você não sabe.

Um pedaço de cenoura cai no chão. O gato aparece na mesma hora, e, para evitar a armadilha que meu pai está armando, me agacho para tentar convencer Kaiser a não comer antes de jogar o restante dos vegetais na panela. Vou até a pia para lavar a tábua de alimentos.

— Estou tentando ajudar, garantindo que você entre para a turma certa — meu pai fala alto, por causa do barulho da torneira aberta.

Droga, pai, eu lhe dei uma chance.

— Você é professor — retruco, na esperança de que uma brincadeira seja a saída. — Está mais para um obstáculo do que para ajudante quando o assunto é fazer amizade no ambiente escolar.

Ele estala a língua e fecha a cara, fazendo-se de desentendido.

— Você sabe o que eu quero dizer.

— Por que você não soletra para mim? Só para ser mais claro. — Percebo o tom de provocação na minha voz, aquele tom afiado capaz de acabar com qualquer clima legal em um ambiente. Mas meu pai já entrou no modo "superioridade moral" e nada vai detê-lo agora.

— A Hannah não é o tipo de garota com quem você deveria andar.

— Por quê? — pergunto na lata.

— Ela tem fama de... rodada.

— E daí? — O cheiro de óleo queimado está grudando na minha garganta.

— Não acho que o meu filho deveria ser visto com alguém assim.

— Seu filho? — O tom da minha voz é o oposto da raiva. — Que declaração reveladora, não é mesmo? Agora que estamos na mesma escola, a minha pessoa é definida por quem é o meu pai, é isso?

— Não foi o que eu disse...

— Foi sim — corrijo.

— Mesmo assim...

— Mesmo assim nada. Não é você quem vai escolher os meus amigos. — Passo por ele, tentando não parar na porta e falar o que não devo, mas não consigo segurar. — Eu também não sou perfeito, mas cabe a mim cometer os meus próprios erros.

Meu pai está de costas para mim, a panela espirra furiosamente, uma nuvem de fumaça paira sob o reflexo das luzes. Acho que ele está prestes a se virar e me dizer que já se sacrificou muito, que o mínimo que eu posso fazer é baixar a bola e não me meter em encrenca. Fico esperando, querendo ouvir isso.

Nada acontece. Seus ombros pendem para a frente e ele ergue o braço para ligar o exaustor.

— Acho que a sua mãe e eu não somos capazes de aguentar mais erros — ele confessa, tão baixo que não tenho certeza se sabe que estou ouvindo.

TERÇA-FEIRA, 6 DE OUTUBRO

HANNAH

Tem um ditado que diz: combata o fogo com fogo. É um ditado bobo, pois todos sabem que se deve apagar o fogo com água. Mas a frase não sai da minha cabeça, porque é assim que eu funciono.

Perto da hora do almoço, todas as garotas da escola estão falando de Fletch. O pinto dele é torto. Ele é mais rápido na cama do que na pista de corrida. Um mamilo é maior que o outro. A mãe dele o flagrou tentando fazer um boquete em si mesmo.

A última aula é de educação pessoal, social e de saúde. Uma das poucas matérias que faço sem Katie — essa e francês —, fato que adoro. Não me entenda mal: eu gosto de sentar com Katie. Eu não faria isso se não gostasse, certo? Mas estou sempre com ela, e às vezes é bom dar um tempo de ser a Hannah-melhor-amiga-da-Katie. Nas aulas de educação pessoal, social e de saúde, posso simplesmente ser eu mesma.

É claro que simplesmente ser eu mesma significa falar de garotos e sexo com as meninas — e o menino — da minha mesa. Tilly e Rahni não costumam sair muito; eu nunca as vejo no parque. Tilly tem namorado, mas o relacionamento deles dá um novo significado à expressão "ir devagar". Eles praticamente andam de marcha à ré. Não tenho certeza se Rahni já beijou alguém. O mesmo serve para Gideon, embora eu saiba que ele preferiria que tudo fosse diferente. De qualquer maneira, seja qual for a experiência de cada um, todos nós adoramos falar sobre esse tema.

— Você ficou sabendo da última sobre o Fletch? — Rahni pergunta assim que sento, e vejo uma troca de olhares maliciosos entre Gideon e Tilly. Rahni faltou na semana passada, quando contei para os outros dois os detalhes sórdidos do que rolou no meu último encontro com Fletch. Eles não sabem que hoje à noite vou pegar algo *bem melhor* do que aquele merda ensebado.

— O que tem ele? — pergunto, enquanto tiro meus livros da mochila. Tento imaginar que boato será que ela ouviu. Espero que tenha sido o do mamilo, que é o meu preferido.

— Ouvi falar que um dos caras viu o Fletch batendo uma — ela sussurra a palavra "punheta" — no chuveiro do vestiário.

Seus olhos se arregalam, e eu não consigo evitar ficar boquiaberta.

Esse boato não é um dos meus. A Operação Envergonhar Fletch se tornou oficialmente viral.

SEXTA-FEIRA, 9 DE OUTUBRO

HANNAH

Meus seios estão doloridos. Às vezes ficam assim quando vou menstruar, então verifico se tenho absorvente na bolsa, mas espero muito que não desça hoje à noite.

— Você está ótima — diz Katie, olhando sem disfarçar para os meus peitos. Quebrei uma regra básica: Katie exibe os peitos, eu a bunda.

— Você também. — Dou uma olhada significativa para a barra da saia dela, que balança quando ela anda. O comprimento não permite movimentos exagerados.

— Acesso facilitado. — Ela encolhe os ombros e entrelaça o braço ao meu.

— O mesmo aqui.

Katie acha muito engraçado quando digo algo que ela diria e cai na risada por isso.

— Você acha que o Rex terminou com aquela namorada riquinha dele? — ela pergunta, depois de se recuperar do acesso de riso.

— Então é por isso que você caprichou tanto! — Não sei como lidar com essa situação. Katie costumava falar mal do Rex, mas ultimamente tem olhado para ele de um jeito diferente.

— Não. Eu só me visto para mim. — Ela me passa a garrafa enquanto pega um cigarro e para, dando as costas para a brisa da noite a fim de acendê-lo. Minha mão está gelada, e as juntas dos dedos estão brancas ao redor da garrafa. Dentro dela tem vodca com Coca-Cola. Tenho uma garrafa igual na minha bolsa.

A ideia de que a minha melhor amiga está tramando alguma coisa não sai da minha cabeça.

— Oi? Chamando os ocupantes da cabeça da Hannah?

Nem percebi que estava viajando. Katie está me oferecendo um cigarro do seu maço, o filtro apontado para mim.

Que se dane. Vou nessa

AARON

Duvido que alguém vai notar que estou usando a mesma roupa de sexta passada. Estou com outra cueca, mas isso é entre Deus, seja lá onde ele estiver, e mim.

Rex acena dos balanços de pneus. O parque está lotado esta noite. Quase todo mundo do nosso ano está aqui, até aqueles que eu achava que seriam esnobados. Sento sobre a borracha macia de um dos balanços e coloco meu pacote de cerveja no chão. Os caras do basquete comemoram e Tyrone bate nas minhas costas, dizendo que até que não sou tão mau. Outra vez.

Pego uma latinha para mim e abro. Beber é o modo mais rápido de se enturmar sem ter de falar com ninguém — e uma cerveja não vai fazer nenhum estrago, especialmente essa coisa aguada que eu comprei.

O papo rola ao meu redor, e os grupos começam a se dispersar à medida que os casais vão se formando. Dou uma olhada no restante do pessoal em busca de caras conhecidas e fico surpreso ao ver Anjela Ojo com umas garotas da nossa classe de espanhol, incluindo Nicole — uma das amigas de Marcy. Uma vez que Anj está aqui, procuro Gideon, mas não o vejo. Nem Fletch. O que não me surpreende. Melhor nem aparecer esta noite, enquanto as fofocas ainda estão rolando soltas. Não acreditei nem por um segundo naquela história do vestiário da escola, mas não acho que ninguém esteja interessado na verdade — fofoca tem a ver com a *possibilidade* da verdade.

Lembrete para mim: não irritar Hannah Sheppard.

Nisso vejo que ela e Katie acabaram de chegar.

HANNAH

Já estamos aqui há cinco minutos quando finalmente Katie avista Rex. Conto até dez e, antes de chegar ao sete, ela já está me deixando plantada perto do gira-gira enquanto segue balançando a saia na direção dele. Rex está conversando com Aaron Tyler. É estranho vê-lo com os caras do basquete. Pensei que ele estivesse acima desse lance de panelinha.

Alguém tromba em mim enquanto olho para o nada, e acabo derrubando metade do conteúdo da minha garrafa.

— Droga! — É Tyrone, que está dando um pulo para trás para tentar escapar da bebida que respinga em nossos pés.

Permaneço parada onde estou, afinal meus sapatos custaram bem menos que os dele. Para ser sincera, não estou nem aí, mas pelo menos é um bom começo.

— Você vai me compensar por isso? — falo baixinho, olhando no fundo dos olhos dele. Olhos castanhos grandes e lábios lindos. Lábios tão gostosos de tocar quanto parecem.

Pelo modo como olha fixamente para minha boca, Tyrone deve estar pensando a mesma coisa. Aposto que está pensando nas coisas que fizemos no meu quarto na terça-feira. Eu também estou.

— É só falar a hora e o lugar — ele murmura.

Quero ficar com ele aqui e agora, mas...

— Tyrone!

Marcy surge desfilando, seu rosto suspostamente perfeito emburrado. Isso vai ser divertido.

— Oi, gata. — Tyrone dá as costas para mim e tenta ronronar baixinho no ouvido da namorada, mas ela está tão surda para isso quanto eu estaria. Ele é capaz de encantar quando quer, mas normalmente é com algo mais persuasivo do que sua voz.

— Pensei que você tivesse ido falar com o Rex sobre aquilo.

Tyrone olha para ela, confuso.

— O quê?

— Esquece. — Marcy me dá uma encarada. — E aí, lesada. Veio pronta para posar para uma revista de sacanagem?

Dou uma olhada em mim mesma e percebo que meu sutiã está escapando pelo decote. E a fenda entre meus seios está completamente à mostra.

— Se você tem o que mostrar, mostre. — Encolho os ombros. — Ou mostre de qualquer jeito, mesmo que não tenha. Esse é o seu lema, não é?

Marcy apenas sorri.

— As pessoas me pagam para eu mostrar o que "não tenho". Me conte quando você finalmente estiver sendo paga para fazer alguma coisa.

— Ela dá meia-volta e entrelaça o braço no de Tyrone, levando-o para longe de mim.

Odeio o modo como Marcy se acha melhor do que todo mundo. Odeio o fato de ela se achar melhor do que *eu*. Mas respiro fundo e saio andando, porque, você sabe, eu posso. Porque eu trepei muito com o namorado dela.

AARON

Meu primeiro gole de cerveja quente tem gosto de autodestruição. Discretamente, jogo um pouco fora, escutando a conversa de Katie e Rex, que parece ter se esquecido da namorada que nunca está presente.

— ... não é um comprimento normal de saia, Katie Coleman. — Rex está ficando alto. "Saia" saiu quase como "xaia". A blusa que ela está usando também não é nada respeitável. Está fechada com um botão apenas, que deveria ser mais alto.

— Você está me criticando?

— Só estou constatando um fato. Eu não disse que não gostava desse fato.

Fado.

— E até onde deveria ir a barra de uma saia normal?

— Aqui. — Eu o vejo se abaixar para tocar o joelho dela. — Não aqui. — Posso adivinhar que parte da perna dela ele está tocando agora.

— Acho que a sua mão não deveria estar aí.

— Onde ela deveria estar?

A conversa é uma tortura. Não quero ficar sentado aqui enquanto Rex dá em cima da garota que, segundo todos dizem — incluindo ela mesma —, bateu uma punheta "épica" para o melhor amigo dele, atrás dos banheiros do parque, na semana passada. É difícil saber se "épica" se refere à duração ou à qualidade. E tenho certeza de que Rex já deve ter pensado muito a respeito.

O cesto de lixo está perto, e eu jogo a cerveja fora. Só depois me dou conta de que eu tinha um ótimo escudo para me proteger do mundo. Agora me sinto nu e exposto.

Não tem ninguém aqui com quem eu queira conversar. Tyrone está discutindo com Marcy, Rex está passando a mão em Katie e os outros caras que eu conheço estão disputando quem tem coragem de beber um coquetel de sidra, Guinness, cachaça e vinho em um copo de plástico. Tem as meninas do espanhol, mas só falei com elas uma vez antes, para perguntar da lição de casa, e esse assunto não vai rolar.

Eu não sabia que era preciso treinar para falar com as pessoas. Acho que passei tanto tempo sem fazer isso que esqueci como se faz.

HANNAH

Estou me sentindo impulsiva.

AARON

— Oi, Ty.

Eu me viro bruscamente ao ouvir o nome do meu antigo eu, mas é só a Hannah. Ela segura uma garrafa quase vazia e está sorrindo. Para mim.

Deve estar bêbada.

— Todo mundo me chama de Aaron — digo.

— Todo mundo? — Ela ergue uma sobrancelha. É uma expressão ensaiada. Mark Grey olha para nós, vira para o cara que está ao seu lado e acena com a cabeça em nossa direção.

— E aí? — Reluto por um momento. — O que você vai fazer no fim de semana?

Hannah pisca e eu noto que seus cílios estão pesados de rímel.

— Não sei. E você?

— Tenho planos de escrever o grande romance americano. — Isso a desconcerta, mas só por um segundo.

— Boa sorte, já que você é inglês. Acho que os ianques talvez não apreciem a sua grandeza.

Ela é mais afiada que Tyrone. Apesar de isso não significar muita coisa. O cara é um nó cego em todos os sentidos. Ele pode até ser o maioral por aqui, mas uma semana andando com ele me deixou praticamente em coma. Tyrone fala de si o tempo todo; até mesmo os elogios que faz a Marcy são para enaltecê-lo. Todas as histórias e opiniões alheias batem e voltam para ele; ele já fez de tudo, ou conhece alguém melhor do que a gente que já fez. Quando presto mais atenção, parece que ele não tem absolutamente nada a dizer.

— Está entediado? — pergunta Hannah, lendo meus pensamentos.

— Para dizer o mínimo — resmungo, e então fico com medo de tê-la ofendido, já que ela vem aqui toda semana. — Talvez o problema seja eu. Não estou no clima.

— Não é você. Este lugar é melhor à luz do dia, quando os balanços são para as crianças e o gira-gira não está atulhado de idiotas bêbados do basquete.

Olho para ela e tento imaginar o que vem fazer aqui durante o dia. Mais uma vez, ela lê meus pensamentos.

— Venho muito aqui com a minha irmã. — Seu rosto se ilumina embaixo de toda aquela maquiagem. — Ela tem cinco anos.

— Como ela se chama? — pergunto, surpreso pela minha curiosidade sobre a vida de alguém. Faz um tempo que isso não acontece.

— Lola. Mas nós a chamamos de Lolly — diz Hannah, então baixa os olhos para sua garrafa e a joga no lixo. — Vamos dar o fora daqui.

HANNAH

Isso não é nada do que eu tinha imaginado. Achei que seria menos conversa e mais paquera. As duas coisas normalmente são as mesmas em se tratando de garotos, mas esse é diferente.

Não quero nada diferente. Eu quero sexo.

Não precisa ser com ele, mas ele é novo e eu quero ser a primeira a pegar. Não gosto da ideia de Katie se atirando para cima dele depois que tiver mastigado e cuspido Rex. Katie e eu somos diferentes. Eu gosto dos meninos. Muito. É divertido andar com eles; eles conseguem abrir vidros sem fazer cara de dor de barriga, usam cabelo curto e são perfumados (a maioria). Katie *não gosta* dos meninos. Tem aversão a eles. Quando ela corre atrás de um cara, é uma questão de poder. Para ela tem a ver com caça. Ela é uma predadora. Eu? Eu sou uma turista. Escolho um destino, planejo as férias, seleciono as melhores atrações, depois embarco. Fico grata pelas lembranças e tudo o mais. Eu não costumo viajar para muito longe, mas, depois que você chega lá e gosta, fica muito mais fácil fazer a viagem outra vez. E outra. Meu turismo pode até se parecer com o tiro mortal da Katie, mas, se eu fosse um garoto, ia preferir comer alguém que gosta de mim a alguém que não gosta.

Enquanto passamos pelo escorregador, percebo que Anj está olhando para nós. Mostro a língua e sorrio. Ela finge desaprovar com um revirar de olhos, mas, quando se vira de volta para as amigas, também está sorrindo. Passamos por Tyrone e Marcy, e enfio a mão no bolso de Aaron Tyler e pego seu celular.

— O que você está fazendo? — ele pergunta.

— Nada — respondo, ciente de que Tyrone está me vendo digitar o número do meu telefone no celular de outro garoto. — Só estou te dando o meu telefone.

Tyrone fica olhando enquanto guardo o telefone no bolso de onde tirei, entrelaçando o braço no de Aaron enquanto o faço. Dou uma piscadinha maliciosa para minha plateia. Tyrone consegue o que quer em outro lugar, por que eu não posso fazer o mesmo?

A trilha nos leva até o rio e segue contornando a margem. Nenhum de nós diz nada. Ainda estou de braço dado com Aaron, e fico animada com o calor do corpo dele junto ao meu. Eu me aproximo um pouco mais e respiro fundo. Ele tem um cheiro vagamente conhecido. Algo que me faz sentir segura.

Avisto a ponte. É um bom lugar, silencioso a esta hora da noite, e tem bons cantinhos escuros entres os pilares.

AARON

Hannah se encosta em mim quando uma brisa sopra da água por baixo da ponte. É boa a sensação de ter alguém tão perto outra vez.

Uma saudade da vida que deixei para trás me invade tão rápido que dói: lembranças de me sentar em cima das mesas pertinho dos meus amigos, os cotovelos esbarrando sem querer de vez em quando; das garotas nem se importando se as nossas pernas roçavam quando nos sentávamos em muitos no mesmo banco; dos caras me puxando para um abraço de comemoração quando eu consegui me colocar entre a bola e o gol em uma semifinal que eu não deveria ter jogado. Aqui é diferente. As pessoas pedem desculpas quando esbarram em mim, as garotas e os garotos parecem ocupar hemisférios distintos, e os caras do basquete comemoram batendo as mãos e com tapinhas nas costas. Eles se cumprimentam trocando socos. Tudo é muito agressivo.

Meu lado cínico desconfia de que Hannah não está sendo amigável apenas, mas eu quero acreditar que sim.

Percebo que ela diminui o passo quando entramos embaixo da ponte, então puxa meu braço e me vira de frente para ela.

Cinismo um, inocência zero.

Por um segundo, penso em como seria sentir o corpo dela colado ao meu, como seria deslizar a mão entre os cabelos em sua nuca e puxá-la para perto. Nossa. Parece que faz uma eternidade desde a última vez que uma garota olhou para mim desse jeito. Sua boca é bonita, e os olhos parecem sorrir para os meus... e é aí que eu percebo que não vai rolar, porque tem algo em Hannah, algo quente embaixo de toda essa sensualidade fria e calculada que ela passa tanto tempo projetando. Algo verdadeiro.

E verdadeiro não é uma coisa para a qual eu esteja pronto. E, seja lá o que ela possa pensar, Hannah não está pronta para mim.

Abaixo o rosto quando ela diminui a distância entre nós. Seu beijo acerta a lateral do meu queixo, mas ela é rápida e inclina a cabeça para se alinhar com meus lábios outra vez.

Seria muito ruim se ela tentasse novamente, por isso recuo um passo.

— Hannah, eu...

— O quê? — A pergunta é direta.

— Desculpa, eu não quero... — Qual a coisa certa a dizer? — ... não quero beijar ninguém.

— Você quer dizer eu?

Sim. Isso mesmo, mas não vou ser tão direto.

— Não, quero dizer ninguém. Eu não sou... Não é... — Por que eu não consigo falar?

— Eu sabia! — Ela recua e fica me olhando, com as mãos nos quadris. — Você é gay.

Levo um segundo para processar a conclusão a que ela chegou. Se eu não quero beijá-la, então sou gay? Uau. É muita arrogância.

— Eu não sou gay.

— Tudo bem. Pode se abrir comigo. Não vou contar pra ninguém. Você ficaria surpreso se soubesse os segredos que eu guardo. — Ela está sorrindo para mim, me convidando a me abrir, me convidando a contar algo que poderia formar uma base para a nossa amizade.

Por que eu não posso simplesmente dizer que sou gay? Por que eu não posso simplesmente *ser* gay? Até parece que vou me dar bem com as meninas tão cedo.

— Só não estou a fim, Hannah. Eu *não sou* gay. Sério.

Ficamos olhando um para o outro e percebo que sua fisionomia muda. A expressão *pode se abrir comigo* está se fechando e as cortinas estão descendo para protegê-la da humilhação de ter sido rejeitada.

Eu me sinto mal por ela. Não planejei levá-la até esse ponto e depois dar um fora nela. Não era minha intenção abalar sua reputação de pegadora — apesar de ninguém ter visto o que aconteceu. Para todos os efeitos, cumprimos a nossa parte. Todo mundo nos viu saindo do parque. Eles sabem do que a Hannah gosta e não sabem nada a meu respeito. Ninguém pensaria que eu poderia dizer não para esse tipo de oferta.

HANNAH

Abandonei Aaron debaixo da ponte depois que ele não conseguiu encontrar as palavras para explicar por que me fez pagar um mico daquele jeito. Ele que se foda. Bom, pelo jeito ele não vai *foder* nada, mas você entendeu o que eu quis dizer.

Voltar para o parque não é uma opção, por isso procuro o ponto mais próximo para pegar um ônibus que me leve aonde eu preciso ir. Está frio agora que não tenho ninguém para me aquecer. Eu gostaria de ter trazido meu moletom de capuz.

Fecho os olhos bem apertado. Não vou derrubar nenhuma lágrima por isso. Não pelo imbecil do Aaron Tyler.

Chego em casa, corro para o quarto de Jay e me jogo no pufe, como costumava fazer sempre que queria desabafar. O local está praticamente vazio — a maior parte das coisas que Jay levou para a universidade saiu daqui e não da casa da mãe dele. Apesar de as paredes estarem despidas e a cama coberta com a colcha errada, ainda parece que ele está aqui.

Eu gostaria que ele estivesse.

Pego meu celular, passo pela nova mensagem que Katie enviou, mas não a abro. Estou procurando a última mensagem enviada por Jay. Foi há duas semanas. Não tem mais espaço na vida dele para as coisas que ele deixou para trás. Eu vi no Facebook as fotos dos momentos divertidos que ele tem tido em Warwick, cercado de rostos desconhecidos. Isso dói, mas eu preciso superar. Além do mais, até parece que, se ainda estivesse aqui, ele ia querer ouvir os meus problemas.

SEGUNDA-FEIRA, 12 DE OUTUBRO

AARON

— Pensei que você tivesse mais bom gosto, cara — diz Mark Grey, que respinga suor em mim enquanto estamos sentados no banco de reserva durante a aula de educação física. Apesar de não lhe faltar massa, Mark não agrega muito na quadra de basquete, e o sr. Prendergast cansou de marcar as faltas dele.

— Hã? — Nem ouço, pois estou mais preocupado em saber o momento em que vou ser chamado. Basquete não é meu esporte preferido, não que algum seja, e já imagino minha incompetência se destacando mais do que deveria.

— ... Hannah.

Só então eu presto atenção.

— O que tem a Hannah? — Como se eu não soubesse.

— Na sexta-feira. Não é preciso ser um gênio para sacar o que vocês foram fazer.

— É óbvio que não — murmuro, mas Prendergast me chama antes que Mark tenha tempo de processar o insulto.

Faço parte do time que está jogando contra o do Tyrone. Prendergast não se preocupou muito em equilibrar os times, uma vez que o meu conta com Gideon, que acha que All Star serve para praticar esporte, uma dupla de garotas muito baixas para a idade delas e um garoto que fica o tempo todo conversando com a única menina do outro time. Exceto por ela, o outro time é composto pelos melhores jogadores de basquete da escola.

— Você foi embora correndo na outra noite — comenta o cara que está me marcando, cujo nome não consigo guardar. Acho que é Rad. Ou Rod. Ou nenhum dos dois. Ele era um dos caras com quem Mark Grey estava conversando no parque, e está me olhando meio que de canto de olho, de um jeito malicioso. É desagradável. Tento interceptar um passe e jogo a bola para Gideon, que corre com ela para marcar dois pontos mais do que necessários.

— E aí, o que rolou? — pergunta Rad/Rod/Nenhum dos Dois, enquanto Gideon recebe os cumprimentos pelos pontos marcados.

Encolho os ombros. Fiz isso várias vezes na sexta, quando minha mãe me perguntou como tinha sido a noite como um adolescente normal, pontuando meus encolheres de ombros com grunhidos do tipo que costuma fazer um adolescente normal, o que pareceu deixá-la muito satisfeita. Eu sei esconder as coisas.

— Eu vi você saindo com a Hannah, cara — Tyrone atravessa a conversa enquanto vamos para o centro da quadra, virando a cabeça para trás para poder olhar para mim por cima do nariz. Acho que o efeito desejado é o de um gângster, mas que é estragado por uma meleca na narina esquerda que se mexe cada vez que ele respira. Toda essa atenção é intimidante. Ninguém fez todo esse alarde com a ficada do Mark Grey e da Katie, que por sinal foi um espetáculo tão público que só faltou ser projetado no céu, que nem o Bat-Sinal.

A bola quica e eu recuo para tentar cercar e impedir o ataque de Rex. Sei como ele é bom no basquete; pode ser baixinho, mas é rápido e flexível. É melhor que Tyrone, mas nenhum dos dois admite isso. Não é aceitável ser melhor que o Tyrone em alguma coisa.

— É melhor você ficar longe daquela vagabunda — diz Tyrone atrás de mim. Eu me viro, sem entender direito o tom de ameaça. Rex desvia pela direita e passa por mim.

Tyrone não está prestando atenção no jogo; está olhando para mim com os olhos contraídos, em seguida balança a cabeça uma vez, como se fosse para eu obedecer e tomar o meu rumo.

SEXTA-FEIRA, 16 DE OUTUBRO

AARON

Hoje foi a primeira vez que Hannah falou comigo desde que saiu correndo na semana passada.

— Você pode me emprestar o seu *Jane Eyre*?

— Claro. — Trato de pegar o livro, mas não solto quando ela o segura. Quero ao menos *tentar* acabar com o climão. Estou frustrado por ter me envolvido com algo que nem aconteceu. Houve uma mudança brusca no amor de Tyrone pelas minhas brincadeiras, e tenho certeza de que isso tem a ver com ela. — Hannah, sobre sexta-feira passada...

— Hum? — Por um momento, parece que ela esqueceu até mesmo o meu nome.

— O que aconteceu entre nós...? — relembro.

— Sei. Vamos esquecer, tudo bem, Ty?

Eu gostaria que ela não me chamasse assim.

— Eu só queria dizer...

— Chega, seu emo. Ela não quer falar com você, tá? — Katie se aproxima da amiga e pega o livro. Nem agradece e dá um apertão no braço de Hannah.

Ela acabou de me chamar de *emo*?

Ninguém aqui faz a menor ideia de quem eu sou. Talvez seja melhor assim.

HANNAH

A solidariedade de Katie não me engana. O que ela realmente quer é que eu conte mais sobre o que aconteceu. Até onde ela sabe, o encontro foi um fracasso, mas ela está aborrecida porque eu não entrei em detalhes. Katie me conta absolutamente tudo, tanto que eu poderia brincar de "adivinha quem é o ex" só olhando fotos do pênis deles. A questão é que tem um monte de coisas que eu não contei para ela. Seja lá o que eu não tenha contado sobre Aaron, ou sobre o casinho que tenho com Tyrone, não é nada comparado ao que aconteceu na festa do Jay e ela não sabe.

AARON

Neville morde a parte interna da bochecha, se inclina para pegar uma carta e em seguida muda de ideia. Parece que estou jogando uíste com uma tartaruga — da pele enrugada em seu pescoço até o cardigã duro que está vestindo. Não há um relógio à vista; Cedarfields não gosta muito de mostrar a seus moradores como o tempo passa devagar aqui. Viro o pulso disfarçadamente para dar uma olhada no horário.

— Está cansando, filho? — A voz de Neville é abafada pelo som alto de sua respiração.

Estou, mas não digo nada.

— Sabe, você não precisa ficar comigo. Tenho muito com que me divertir sozinho. Está passando *Countdown* agora.

— Tenho certeza que já acabou, sr. Robson — digo.

Neville mexe o maxilar e eu ouço um rangido de dentes. Olho para minhas cartas, pensando por que vou ao parque, afinal. Após uma semana sendo colocado de escanteio por todos, tenho certeza de que ninguém vai sentir minha falta. E, se eu "esquecer" de levar o álcool da minha oferenda de sacrifício, com certeza ficarei na geladeira para sempre.

— Bom, eu estou cansado. — Neville pega as cartas da minha mão e guarda tudo dentro da caixinha novamente. — Toda sexta você vem, passa um tempo com os velhinhos mais solitários e depois vai embora. Você não trabalha aqui, não é parente de ninguém... — Sua voz pode até ser fraca, mas sinto seu olhar, direto e reto, penetrando até minha alma. — Qual é a sua?

— Nada de mais, sr. Robson. Sou apenas um voluntário — respondo, levantando para apagar a luz.

— Por quê?

— Porque eu sou um bom samaritano. — Tento falar em tom de brincadeira, mas as palavras soam um pouco amargas. Não sou uma pessoa amarga, só não quero falar sobre isso.

— Como quiser — ele diz, levantando-se, trêmulo. Penso em ajudá-lo, mas não tenho certeza se ele ia gostar, então escuto um resmungo: — Não se preocupe comigo. — Corro para lhe oferecer a mão, mas sou ignorado.

Dou uma olhada no meu relógio e descubro que já posso ir embora. Tem um McDonald's no caminho do parque e eu trouxe meu livro. Quando vejo, já estou com um braço dentro do casaco, me virando para me despedir.

— Tenha um b... — Eu me detenho.

Neville está parado perto do cesto de lixo, abrindo o zíper da calça. Corro até ele e o seguro pelo braço.

— Ei! — Ele se esquiva, e um jato de urina espirra no criado-mudo. — Dá licença? — Ele se vira de volta para o cesto de lixo.

Viro de costas e seguro uma risada enquanto ouço o barulho do conteúdo do cesto sendo molhado. Neville sobe o zíper e se volta para mim.

— Bicha.

Não me dou o trabalho de corrigi-lo. De que adiantou com a Hannah? Apenas me despeço e vou embora, mas antes paro para avisar alguém sobre o conteúdo do cesto de lixo no quarto de Neville.

— Ele gosta de você, sabia? — diz a gerente, enquanto procura as chaves do armário de limpeza no balcão da recepção.

— Sério? — Não tenho certeza se Neville gosta de alguém.

— Ele gosta. Pergunta de você quando você está com outra pessoa. Quer saber quando você vem ficar com ele.

Sinto uma pontada de culpa.

— Achei! — Ela pega as chaves, que estavam embaixo de uma pasta, então olha para mim. — Mesma hora na semana que vem?

Por alguma razão, acabo me oferecendo para cuidar disso. Enquanto caminho até o armário de limpeza para pegar luvas de borracha e um saco de lixo, me ocorre que considero a perspectiva de limpar o cesto molhado de urina do Neville muito melhor do que uma noite no parque. Mas isso é algo que eu não vou contar para a minha mãe.

QUINTA-FEIRA, 22 DE OUTUBRO

HANNAH

Merda. Não uma merda qualquer. Uma de verdade, que está prestes a acertar o ventilador. Hoje à tarde, encontrei dois absorventes no fundo da minha mochila quando estava procurando a minha caneta preferida. Esqueça a caneta. Agora estou olhando para o calendário da cozinha, tentando lembrar a data da minha última menstruação.

Não consigo lembrar.

Nos filmes, todo mundo parece saber qual foi o dia da menstruação — elas marcam em vermelho no diário ou sei lá onde.

Não tenho diário.

Fico parada ali mais um tempo e tento pensar. Os absorventes que estão na mochila foram comprados na máquina do banheiro que fica perto dos laboratórios de ciências. É a única que ainda funciona, e está escrito a caneta em um dos lados: "O sr. Dhupam transa feito um coelho". Tive de comprar às pressas depois da reunião, que foi a primeira do período…

Conto de trás para a frente passando pelo dia da festa do Jay, o aniversário da minha mãe, a consulta da Lola no dentista. Quatro semanas — deveria ter vindo nesta semana, certo? —, então conto mais uma semana, e mais um, dois, três, quatro, cinco, seis dias.

Meu dedo para no quadrado que corresponde ao dia de hoje: "Clube do livro da mamãe, 19h — *As aventuras de Pi*"

Não está certo. Estou falando da data, não do clube do livro… apesar de achar que deveria se chamar "clube do filme", uma vez que minha mãe sempre lê só os primeiros capítulos antes de baixar o filme no computador do Robert.

Concentre-se, Hannah.

Conto outra vez. Estou com quase duas semanas de atraso — ou a minha menstruação me deixou na mão? Será que não vem ou está só atrasada?

Não acredito nisso. Nos filmes, todo mundo sempre sente enjoos algumas semanas antes de fazer o teste. Elas acham que o camarão que comeram não estava legal ou que estão de ressaca, mas não: é um bebê.

Não, não pode ser.

Sério. Não pode.

Robert está descendo e eu saio da cozinha, passo por ele e subo a escada, em seguida estou no meu quarto e na frente do computador. É novinho, ganhei de presente da minha mãe e do Robert no meu aniversário, em julho. Eles me deram na esperança de que fosse me ajudar com a lição de casa, mas gosto de pensar que não passa de uma extensão do meu telefone — e-mail, iTunes, Facebook... Será que alguém comentou o meu status?

Concentre-se, Hannah.

Digito tão rápido que leva um segundo para o Google me perguntar se eu quis dizer "sintomas de gravidez".

Acho que é isso mesmo.

SEXTA-FEIRA, 23 DE OUTUBRO

HANNAH

É o último dia antes das férias do meio do ano letivo, e está chovendo quando atravesso os portões da escola e desço a rua. Katie ficou furiosa porque eu falei que ela não poderia ir direto para a minha casa depois da aula, e que eu daria uma passada na dela mais tarde. Falei que precisava ir à casa de alguém antes.

Passo correndo pelo cemitério e tento esquecer que foi ali que fiquei com Mark Grey. Ele deu um pisão tão forte no meu pé enquanto tentava arrancar meu sutiã que pensei que tivesse quebrado (meu pé, não o sutiã). Isso serviu para mostrar que talvez ele não seja meu tipo. Muito desastrado. E suado. Você precisa ver o cara na aula de educação física. É nojento. Eu não estava brincando quando disse que não podia perdoar Katie pelo mau gosto.

Quando chego a Cedarfields e vou assinar o livro de visitantes, a água escorre do meu queixo e borra minha assinatura. Sigo para o final do corredor, onde bato à porta e aguardo, escutando os ruídos e a movimentação do outro lado. Então a porta se abre.

— Hannah?

— Vó. — Entro no quarto e lhe dou um abraço, encostando o nariz no ombrinho ossudo e sentindo o perfume de lírio-do-vale. Fecho os olhos, tentando me lembrar de quando eu era menor do que ela, e era ela quem tinha de tomar cuidado para não me apertar com força. Corpo pequeno e frágil feito o de um passarinho ou não, ela é a pessoa mais forte que conheço. A mais confiável. A que menos julga.

— Você está ensopada. — Ela recua e olha desconfiada para mim. — Não sente antes de se secar. Tem toalhas limpas no banheiro. Este lugar não é um hotel, mas eles têm roupa de banho o suficiente.

Gosto do jeito como ela fala "hotel"; parece que tem dois "es". Fico um tempão no banheiro, secando o cabelo, me olhando no espelho, e aproveito para usar o vaso, só para me certificar.

Vovó me observa atentamente quando saio do banheiro e sento na cadeira de frente para ela.

— O que houve, querida?

Nisso, as lágrimas escorrem e eu inclino o corpo para a frente, entrelaçando meus dedos aos dela. Quando minha visão clareia, vejo que tem um lenço sobre o meu joelho que não estava lá antes. Está amassado e é muito, muito macio. Eu sei que ele veio de dentro da manga da vovó.

Abro a boca, mas não consigo formar as palavras. Em vez disso, balanço a cabeça apenas, começo a chorar outra vez e aperto o nariz no lenço até ensopar.

— Agora chega, Hannah. Você está me assustando. — Olho em meio às lágrimas e percebo que ela está me encarando. — O que aconteceu?

— Acho que estou grávida.

As palavras parecem ficar suspensas no ar por muito mais tempo do que o possível. Tudo parou e o quarto prende a respiração, esperando até que o significado do que eu disse assente. *Grávida*. Sinto um vazio por dentro e posso ouvir a palavra ecoando dentro de mim. A questão é que estamos falando do oposto de vazio, não é mesmo? Esse é o problema.

Vovó pisca uma vez, então mais umas duas vezes. Suas pálpebras sobem e descem.

— Ah... Sério?

Assinto e inspiro tão profundamente que o ar ondula em meus pulmões, como se não tivesse certeza de que deveria estar lá.

— Ah — ela diz outra vez, piscando um pouco mais. — Tem certeza?

— Pesquisei os sintomas na internet. — Nisso ela bufa. Sempre que conto alguma coisa que li na internet, ela diz que, se fosse para sabermos de tudo, Deus teria nos feito mais inteligentes. — Não tenho sentido enjoos, mas estou com os outros sintomas. Meus seios estão inchados, e eu estou me sentindo cansada...

— Sua visita mensal não apareceu?

Nego com um aceno de cabeça.

— Já devia ter vindo e acabado.

Ergo os olhos e vejo que minha avó olha para mim com os olhos arregalados, uma umidade que sempre parece estar presa lá. Não consigo adivinhar o que passa pela cabeça dela. Será que está decepcionada comigo? Deve estar. Esse pensamento me faz chorar outra vez, baixinho. As lágrimas escorrem pelo meu rosto e caem na camisa da escola.

— Ei, querida, psiu. — Ele me puxa para perto de si. — Não tem como ter certeza de nada até fazer o teste. Você já fez?

Nego com um aceno de cabeça, encostada ao cardigã dela. Com todo o jeitinho, vovó me ergue, levanta da cadeira e pega uma nota de vinte dentro da sua bolsa. Fico em pé com a intenção de fazer um sinal de negativo, mas ela coloca a nota na minha mão e me olha bem sério.

— Tem uma farmácia na esquina, perto da avenida. Compre dois testes e volte aqui. — Ela faz um afago nas costas da minha mão com dedos macios e frios. — Você não precisa passar por isso sozinha.

AARON

Rex está dando uma festa na casa dele. Dependendo de com quem você fala, ele está comemorando o fim do período escolar ou o fim do relacionamento com a namorada invisível. De qualquer maneira, ele planeja tomar todas e se dar bem — nessa ordem. Ele convidou metade da escola para ir à sua casa hoje, e o pessoal não fala de outra coisa. Tyrone fica resmungando que Marcy tem algum trabalho de modelo para fazer, o que significa que não poderá ir à festa. Quando digo "resmungando", significa contando vantagem.

Encurtei o tempo da minha estada no asilo para poder chegar mais cedo e bater um papo com Rex. Sinceramente, não sei por que ele me convidou, mas foi legal da parte dele. Uma vez que rola uma certa expectativa da minha mãe que o filho se socialize às sextas-feiras, aceitei.

Porém estou começando a me arrepender da minha decisão.

— O que você acha? — Esta é a quarta camisa que ele experimenta, e não ficou muito diferente das outras três.

— Está bom — digo, olhando para o meu celular e pensando a que horas os outros vão começar a chegar.

— Poxa, cara. Preciso da sua ajuda.

— Por quê? — Não sei nada de roupas, nem sei por que Rex está tão preocupado. É só uma festa em casa.

— Você se veste bem. Quero parecer legal.

— Nesse caso você deveria ter convidado a minha mãe. É ela quem compra as minhas roupas — digo, baixando a guarda.

Rex ri e eu também. Até parece que somos amigos.

— Mas é sério, preciso parecer legal. — Ele se atira sobre a cama e olha para mim.

— Por quê?

— Você nunca se apaixonou por alguém que não deveria?

Encolho os ombros, mas Rex não está me fazendo uma pergunta de fato. Aliás, sou grato por isso.

— Está acontecendo comigo. — Ele senta e fica sério. — Não conta pra ninguém, mas estou meio que obcecado pela Katie Coleman.

— Sério? — Não faço a menor ideia de como ele conseguiu encontrar algo nela para ficar tão obcecado. Não consigo ver nada de mais ali.

— Eu sei, eu sei... — Ele não sabe. Pensa que estou surpreso por causa da fama dela. Na verdade, acho que essa é a única coisa excitante que ele deve ter visto nela, uma vez que parece estar desesperado para se dar bem. — Ela tem qualidades, sabe? Ela é provocadora, mas metade disso é fachada.

— Pensei que você tivesse ficado com ela no outro fim de semana. — Naquela noite em que fui embora do parque com Hannah.

— Não. — Rex encolhe os ombros. — Eu estava namorando, né?

Espero que tenha sido uma pergunta retórica, pois, se tivesse de responder, eu diria que não conta se a pessoa com quem você está saindo não existe.

— Então... agora que está solteiro, você vai pegar a Katie? — pergunto, mas na verdade não quero saber.

— Talvez não seja tão fácil assim, cara.

— Sei. — Minha descrença é visível.

— Só porque você foi até os finalmentes com a Hannah, não significa que a Katie seja igual... — Eu deveria lembrá-lo de que a Katie bateu uma punheta para um dos amigos dele atrás dos banheiros do parque, mas ele ainda está falando. — Além do mais, você percebeu o jeito como o Tyrone fala da Hannah. Ele não suporta ela.

Não há o que discutir quanto a isso. Eu poderia contar em uma mão o número de palavras que ele me dirigiu desde o que aconteceu comigo e com Hannah.

— Você não pode deixar que o Tyrone determine de quem você deve ficar a fim — acabo dizendo.

— Eu sei, mas ele é o meu melhor amigo, e a Katie é a melhor amiga da Hannah... Não quero que as coisas fiquem complicadas se eu começar a sair com ela.

Ele quer *sair* com ela? Pensei que estivéssemos falando desta noite apenas.

Eu gostaria de dizer que Tyrone já é bem grandinho para deixar os amigos fazerem o que bem entenderem — com quem quiserem —, mas isso é mentira. Tyrone é do tipo que gosta de controlar todo mundo, especialmente seus amigos.

HANNAH

Meu Deus. Meu Deus. Meu Deus. A última coisa que eu quero fazer é ir a uma festa, mas se eu der um perdido na Katie ela vai me matar.

Acho que isso resolveria o meu problema.

Chego atrasada à casa dela. Katie já está toda maquiada e com um sutiã dois números menor, para dar uma levantada extra.

— Você está péssima! — É assim que sou recebida. Não respondo; minha garganta está muito seca para funcionar.

Katie, eu estou grávida.

Mas um dos irmãozinhos dela aparece no corredor com uma pistola de água e ela começa a gritar com ele para não molhar a sua saia antes que eu tenha a oportunidade de dizer uma palavra sequer. Subo a escada em silêncio e despejo minha bolsa sobre a cama dela. Arrumei as coisas com pressa e esqueci de pegar uma calcinha de sair. Vou ter de ficar com a do corpo mesmo, apesar de não ser muito sexy.

Meu coração para — um segundo para cada garoto que lembro ter tirado a minha calcinha.

Então ele volta a bater e eu volto a me arrumar, e não passa nada pela minha cabeça enquanto aplico rímel e lambuzo os lábios de gloss, antes de me espremer dentro do vestido que eu trouxe. Katie ainda está lá embaixo, e posso ouvir seus gritos. As paredes da casa dela são finas, e o lugar é apertado para o número de moradores. Ligo o iPod dela, paro diante do espelho e puxo o vestido para trás, olhando para minha barriga em busca de algum sinal que eu não tenha notado antes. Parece a mesma coisa. A porta abre e eu dou um pulo para trás, culpada.

— Você trouxe alguma coisa? — Ela quer dizer álcool, e eu nego com um aceno de cabeça. — Por que não? Não podemos aparecer de mãos vazias.

— Por que você não cuida disso, para variar? — retruco e ela me olha chocada por um segundo enquanto decide se fica magoada, mas então opta por ficar brava.

— O que você tem? Está diferente desde que transou com aquele filho do demo. — Ela está falando de Aaron Tyler. Eles têm se estranhado desde que ele pediu para ela parar de chamá-lo de emo, durante a aula de inglês hoje. Katie não gosta de receber ordens.

— Desculpa. — *Conte para ela agora, Hannah.*

Mas não consigo.

— Deixa pra lá. Você deveria parar de se estressar por causa dele. Ele nem é tão bonito assim. — Katie dá os últimos retoques na maquiagem enquanto continua falando mal de Aaron. Fico de saco cheio quando ela esculhamba as roupas dele pela milionésima vez.

— Gosto do modo como ele se veste — digo. Não particularmente, mas não aguento mais ouvir isso. É muita falação, quando tudo o que eu quero é silêncio.

— Claro — diz ela, reforçando o traço preto acima das pálpebras. — Ele se veste igual ao Jay e os amigos dele.

Ela tem razão.

— Deve ser porque ele veio daquela escola chique — ela continua, passando para o outro olho. — Ele tem mais dinheiro do que todos nós.

— Que escola chique? — pergunto.

Ninguém sabe muito de onde Aaron veio. Silêncio. Katie encolhe os ombros e eu acho que ela está inventando. Além do mais, a família dele não deve ser *tão* rica assim. O que eu quero dizer é que o sr. Tyler é apenas um professor, portanto não deve ganhar muito. Não igual ao Robert, que caga Rolex. Além do mais, apesar de a nossa escola não ser chique, os alunos que estudam lá não são pobres — basta dar uma boa olhada para ver quantos aparecem usando tênis novos todo início de período.

Katie fica irritada comigo quando estamos indo para a festa porque não pego um cigarro e não quero rachar a garrafa de vodca que ela quer comprar. Não sei o que vou fazer quanto a... aquilo... mas não consigo parar de contar todas as bebidas e cigarros que consumi ao longo do último mês, e a ideia me deixa apavorada. No fim das contas a minha recusa em participar da vaquinha não faz muita diferença, pois somos escorraçadas de todas as lojas de bebidas em que tentamos entrar antes mesmo de chegarmos perto das prateleiras. Para ser honesta, fiquei aliviada, uma vez que ninguém acreditaria na identidade falsa da Katie.

Peço desculpas por não ter trazido nada. Katie me perdoa e sai de braço dado comigo, apesar de me soltar assim que paramos em frente à porta da casa de Rex. É Mark Grey quem vem nos receber, tão bêbado que não tira os olhos dos nossos peitos enquanto fala com a gente.

— O Rex está aqui — Katie sussurra enquanto entramos.

Olho para ela.

— Claro que o Rex está aqui. É a casa dele. Onde mais ele estaria?

Ela faz uma careta.

— O que você tem? Por acaso tomou uma pílula de azedume com o seu chá? Não precisa se irritar com tudo o tempo todo.

— Katie, eu... — Mas ela já disparou na frente e acho melhor não gritar "Estou grávida" no meio da sala. Vejo um monte de gente com quem não quero falar e meninos que já peguei ou que me deram um fora. Vejo Tyrone em outra sala, cercado de garotas, como se fosse a estrela do rap em seu próprio videoclipe. Vejo Aaron Tyler parado perto de uma porta conversando com Anj. Apesar de sentar com ela e Gideon na aula de francês, não tenho visto Anj como costumava. Acabamos nos distanciando, e pela primeira vez eu gostaria que as coisas fossem diferentes. Sempre foi mais fácil conversar com ela do que com Katie.

Meu *Deus*. Não aguento mais... *nada disso*. Quero gritar. Quero chorar, quero fugir, mas tem mais alguém na porta da frente e então eu corro para o andar de cima. Talvez haja algum lugar onde eu possa ficar sozinha, colocar a cabeça no lugar, pensar no que vou fazer. Por que eu vim para essa festa? Ouço atrás de umas duas portas, escuto os grunhidos, gemidos e discussões esperadas, entro em outro quarto e dou de cara com Fletch esparramado, a camiseta erguida, a barriga de fora, roncando no chão. Não acredito que transei com ele.

O bebê não pode ser dele.

O pensamento me invade, gelando meu sangue. Fico zonza de medo.

A porta seguinte dá para um closet conjugado que tem acesso tanto pelo corredor quanto pelo que suponho ser o quarto dos pais de Rex, o que comprova a minha teoria de que os alunos da Kingsway não são exatamente pobres. Tem alguém no quarto e, pelo som, parece estar ao telefone, mas me sinto segura enquanto escorrego encostada na parede oposta até sentar no chão.

Talvez eu possa ficar sentada um pouquinho aqui. Ninguém vai notar.

AARON

Gideon volta da cozinha trazendo três copos de plástico cheios de um negócio cor-de-rosa.

— Fala sério. Ponche? Nunca mais vou pedir para você pegar as bebidas, seu gayzinho — reclama Anj.

— Era isso ou martíni rosê. Experimenta, sua heterozinha. — Gideon entrega as bebidas e eu vejo Hannah Sheppard subindo a escada. O conteúdo do meu copo tem cheiro de removedor de tinta. Não vou beber isso de jeito nenhum.

— Por que você mudou de escola, afinal? — Anj puxa papo, mas o motivo pelo qual mudei de escola está longe de ser um assunto agradável. Digo vagamente que precisava mudar de cenário e ignoro o olhar que ela troca com Gideon. Uma pequena pausa acontece.

— Além de abandonar o posto de copiloto, ele resolveu fazer um voo solo esta noite? — pergunta Gideon.

Demoro um segundo para entender.

— Rex e eu não somos melhores amigos.

— Eu estava falando da Bênção Divina. — Gideon acena com a cabeça na direção do sofá, onde um grupo de garotas rodeia Tyrone.

Dou risada.

— Definitivamente, eu *não* sou amigo do Tyrone. Muito menos melhor amigo.

Eles parecem surpresos. A amizade de Tyrone é algo que eu supostamente deveria querer.

— Fiquei com ele uma vez — confessa Anj, e Gideon e eu olhamos surpresos para ela. — Não me olhem assim tão chocados. Sou uma boa opção para um garoto que gosta de um pouco de creme no café.

— Claro que é — responde Gideon, sorrindo. — Só fiquei surpreso por *não* saber que você pegou um gato daquele. Quando foi isso?

— Faz um século. No feriado de Páscoa em que você me abandonou para viajar para a América do Sul. — Gideon revira os olhos e eu tenho a impressão de que se trata de uma discussão antiga. — Foi antes da Marcy transformar ele em um cara popular.

— O quê? — pergunto. Eu achava que tivesse sido o contrário.

— Foi só por causa da namorada que o Tyrone virou o rei da Kingsway. Antes ele não passava de um cara que jogava basquete razoavelmente bem.

— E ele nem é tão bom assim. O Rex é bem melhor. — Gideon continua a história. — Mas o Tyrone cresceu e encorpou no último período e enganou todo mundo, dando a impressão de que é melhor do que é. O Rex não se importa com isso. Os dois são amigos faz uma eternidade, então o velho Rex ficou feliz por não ter sido colocado de lado.

— É a Marcy quem manda na escola. — Anj assente, com o olhar grave. — Ela e aquele bando de vadias que andam com ela. Não vire inimigo dela, ou você será excluído de tudo. Pode até deixar de existir.

Eles devem ter percebido a minha cara. Descrente é pouco.

— É sério! Uma garota foi transferida da escola no ano passado porque a Marcy a provocou até a situação ficar insuportável.

Quero perguntar o que aconteceu, mas o assunto está me deixando desconfortável. Não gosto de ficar especulando por que as pessoas mudam de escola.

— Você viu que a Katie Coleman está aqui? — Gideon pergunta para Anj. — Dizem que ela está correndo atrás do Rex.

— Coitado. — Anj ri e em seguida olha ao redor. — Onde está a Hannah, então?

Meus olhos se viram na direção da escada, e noto que Tyrone levantou do sofá e está subindo.

HANNAH

O carpete é tão grosso que a porta deixa uma marca em forma de arco quando abre. Enxugo as lágrimas e espero para dizer a quem quer que esteja entrando que vá procurar outro lugar para transar.

— Oi, linda. — Tyrone entra, fecha a porta e senta ao meu lado. Nunca tinha percebido como é péssimo ele me chamar de "linda", e ele acha que é sexy.

— Oi. — Sinto um arrepio na perna esquerda, no ponto onde a coxa dele esbarra na minha, e questiono se vou me deixar envolver pela sensação.

— Você está maravilhosa hoje. — Seus dedos sobem delicadamente ao longo da minha perna nua e penetram por baixo da barra da minha saia. Respiro fundo, concentrada em seu toque. — Tudo isso é para mim?

Nego com a cabeça. Não. Tyrone não foi o que me passou pela cabeça quando peguei este vestido, que estava no encosto da minha cadeira. Tem mais coisas na minha mente.

Estou grávida.

Estou tão fixada nessa ideia que a minha cabeça até dói de tanto esforço, e tento me concentrar em Tyrone enquanto ele se vira e se inclina sobre mim. Ele se aproxima de olhos fechados e me beija. A coisa começa devagar, mas logo vai se tornando mais provocante, mais promissora. Lembro como é fácil deixá-lo excitado e escorrego sob ele, com as pernas abertas para que nossos corpos se encaixem melhor no espaço exíguo. Só percebo que as minhas mãos entraram embaixo da camiseta dele quando sinto as unhas roçarem ao longo da sua coluna.

Ele beija meu pescoço e eu sinto o toque suave dos seus lábios em minha pele.

O que estou fazendo?

Péssima ideia.

Suas mãos sobem pelo meu corpo e param nos meus seios.

— Ai. — Estremeço, surpresa de tão doloridos que estão.

— Desculpa — ele murmura e abaixa o rosto até o meu decote. — Seus peitos estão incríveis.

Então ele afasta um lado do meu sutiã, e eu surto.

— Sai de cima de mim! — Estou me sacudindo e me remexendo embaixo dele. De repente me sinto claustrofóbica com o corpo desse cara em cima do meu, dentro deste closet na casa de alguém.

Tyrone se afasta e senta longe de mim.

— O que aconteceu?

— Eu não posso... — Estou tão ofegante que me sinto zonza. Não posso fazer isso. Não posso transar com Tyrone. Não posso.

— Hannah, você está bem?

— Não! — grito. Estou tremendo. Ele se aproxima, mas eu me afasto. O problema é que não tem muito espaço, então escondo o rosto entre as mãos, querendo que ele vá embora.

Ouço o zunido da porta se abrindo sobre o carpete.

AARON

Tyrone está agachado em um lugar que parece um closet, conversando com uma garota encolhida num canto, com o vestido tão levantado que dá para ver sua calcinha. Ela ergue os olhos. É Hannah.

— Sai daqui! — A voz de Tyrone soa estridente de medo.

— Acho que é você quem deve sair. — Minha voz é fria e forte, e o tom assusta mais a mim mesmo do que a ele. Essa voz não vem de um lugar bom. Vem de uma parte de mim que supostamente deixei para trás. Quando percebo, estou puxando Tyrone e o empurrando porta afora, e seu rosto está tão próximo do meu que quase sinto o suor brotando de seus poros.

Estou tentando me afastar, e o meu silêncio dá a ele uma chance de falar:

— Não sei o que você acha que viu...

— Acho que vi você atrás de uma porta com uma menina que acabei de ouvir gritando "não". — O domínio que tenho sobre mim é visivelmente menos estável do que o que tenho sobre o cara à minha frente.

— Você o quê? — Confuso, em seguida apavorado. — Não é nada disso. Eu não estava... Merda, cara, você acha que eu faria isso?

Ele entende o meu silêncio como um sim.

— Aaron! Eu não pegaria uma garota à força. Juro. A gente estava se divertindo, estava tudo bem, e aí ela surtou. Eu juro. A gente nem estava fazendo nada ainda. Juro pela minha *vida*, cara. Eu juro.

Passo por ele e fecho a porta atrás de mim. Talvez seja verdade o que ele está dizendo, mas vou esperar até ouvir a versão da Hannah. Apesar de já ter ajeitado o vestido, ela ainda está tremendo, por isso tiro meu suéter e ofereço para ela.

— Obrigada — ela agradece enquanto joga o suéter sobre as costas. — Você deve estar pensando que eu sou maluca.

— Na verdade, não estou pensando nada.

— Eu escutei o que você disse para o Tyrone. Não se preocupe, ninguém pode me forçar a fazer o que eu não quero. Muito menos ele. Muito menos aquilo. — Ela dá um sorrisinho ao dizer isso.

— Fico feliz em saber — digo. — Eu não queria ter que bater nele.

Minha resposta soa como uma brincadeira, e Hannah sorri outra vez, um sorriso um pouco mais largo.

— Isso não me surpreende. — Então ela suspira e parece pálida, pequena, triste. — Só quero ir para casa.

HANNAH

Aaron me acompanhou até em casa. Não falamos muito, mas foi bom ter companhia.

Só consigo pensar em como aconteceu. Eu usei preservativo e sei que foi colocado direitinho, porque sou eu quem costuma colocar. Tyrone criou um pouco de caso para pôr a camisinha, mas, se ele se recusa a usar comigo… Sei que tenho fama. Pergunte para Katie com quem foi a minha primeira vez e ela vai dizer que foi com um estagiário da pré-escola da Lola; pergunte para qualquer um na escola e eles vão dizer qualquer nome que viram rabiscado em um banco ou ouviram nos corredores. De qualquer forma, seja lá onde tenha sido, com quem tenha sido, seja lá o que dizem, não sou uma vagabunda. Algumas vezes eu nem fui até o fim, quer dizer, não rolou sexo completo, mas será que há uma pequena possibilidade de alguma coisa ter ido parar onde não deveria…? Não. Definitivamente, não há nenhuma chance de eu ter engravidado quando sentei sem calcinha no colo daquele cara, na balada, enquanto a gente se pegava. Esse é o tipo de pergunta que lemos nas colunas sobre sexo nas revistas, e a pessoa que responde te dá a maior bronca por você ter sido tão burra.

Mas eu estou sendo burra, porque sei exatamente quando aconteceu, não sei?

Sim, eu uso camisinha. Só não usei naquela vez, com aquela pessoa...

Abro as mensagens que trocamos depois e desço até encontrar a última que enviei:

> Foi um lance de uma noite apenas? Só isso? Fala sério!

Eu me obrigo a ler a resposta dele, não importa quanto saiba que vai doer:

> O que vc achou que ia acontecer?

Não isso, com certeza.

SÁBADO, 24 DE OUTUBRO
FÉRIAS

HANNAH

Recebo uma mensagem de voz brava da Katie. Ela devia estar bêbada quando deixou o recado, pois as palavras emendam umas nas outras e ela repete a mesma coisa várias vezes. Algo sobre estar preocupada. (O que significa que ela não leu minhas mensagens antes de me ligar. Até parece que eu iria embora sem avisá-la.) Então ela diz que Tyrone estava me procurando. E mais alguma coisa, tão enrolada que só entendo o nome do Rex na segunda vez que escuto. Resumindo, sou uma péssima amiga.

Olho fixamente para a mensagem que estou prestes a enviar.

> Tô grávida...

Então deleto o texto e pergunto se ela quer dar uma volta pela cidade mais tarde.

TERÇA-FEIRA, 27 DE OUTUBRO
FÉRIAS

HANNAH

Desde que Katie emburrou comigo, tenho tentado encontrar um jeito de contar para a minha mãe. Já tentei, sério mesmo. Mas não consigo pensar no melhor momento para fazer isso:

- Durante o jantar: "Esta caçarola está uma delícia. Os feijões parecem pequenos fetos. Para sua informação, estou gerando um desses. Um feto, não um feijão".
- No carro, com Lola cantando no banco de trás: "Então, mãe, já te contei que estou grávida? Por favor, não atropele o latão de lixo. Nem o carteiro. Nem bata naquela casa".
- No meio de uma briga por causa da lição de casa: "NADA DISSO IMPORTA, MÃE! ESTOU GRÁVIDA, TÁ?"

Sei que parece covardia, mas estou com medo da reação dela.
A minha mãe é enfermeira.
Em uma clínica de planejamento familiar.
É, eu sei.
Tivemos aquele papo sobre a sementinha anos atrás, e de vez em quando o assunto é retomado no carro. Sei mais sobre sexo do que sobre qualquer outra matéria que esteja aprendendo na escola. Mas não tenho um livro de história jogado em cima da mesa da cozinha, escrito em linguagem jovem, como a minha mãe faz durante o café da manhã: "Usar camisinha é legal; use sempre" e "Pegar clamídia não é nada gostoso". Seria muito difícil nesta casa não ter a menor ideia sobre o tema.
Mas sempre — *sempre* — me foi dito: "Quando você fizer dezesseis anos, vamos ao médico". Não tem uma parte sequer no cérebro da minha mãe que desconfie de que já possa ser tarde demais. E a ideia de que

sou *eu* quem vai atentá-la para esse detalhe... Uma coisa é falar sobre sexo na teoria, mas o papo seria completamente diferente se ela soubesse que eu na verdade já estou fazendo. Uma noção que sempre me manteve bem longe da clínica, até mesmo nos dias de folga dela, é de que a recepcionista é tão fofoqueira que a minha mãe ficaria sabendo que eu estive lá antes mesmo de eu chegar em casa.

Por isso, a única opção que me restou foi a camisinha. Dá para comprar em qualquer farmácia.

E sempre se pode contar com a pílula do dia seguinte. Não que eu tenha recorrido a ela.

No fundo, sempre achei que ia acabar optando por um aborto. Simples. Na realidade? Não é tão simples.

Estamos falando de vida e morte. Para mim, a gente só existe depois que nasce, pelo menos plenamente, mas tem algo lá, e é esse algo que conta. Se o bebê na barriga da mãe não importasse, ninguém olharia feio para uma grávida que fuma nem faria comentários quando uma delas bebesse. Não existiriam todas essas regras e normas sobre o que é bom para o bebê, se ele não tivesse nenhuma importância.

Mas ele é um ser *vivo*? Eu o estaria *matando*?

Você ouve falar de mulheres que mudam de ideia na porta da clínica porque descobrem que o feto que trazem dentro da barriga já tem unhas, ou o órgão genital, ou uma tatuagem escrito "mamãe" na bundinha, ou sei lá. Mas isso não quer dizer que unha seja igual a alma. Isso só quer dizer que ele vai ter unhas para cortar.

Sou a favor do direito de escolha, mas o que acontece quando você *não quer* escolher?

AARON

Minha mãe tirou o dia de folga no trabalho para comprar roupas comigo. Finalmente ela notou que as minhas cinco camisetas estão se desintegrando, apesar de eu achar que a gota-d'água tenha sido o buraco que ela encontrou entre as pernas da minha única calça jeans.

Depois de termos entrado em três lojas, minha mãe resolve que está na hora de almoçar. Rola uma discussão quando ela tenta me fazer escolher onde vamos comer. Não estou nem aí para isso, contanto que não seja sushi, mas minha mãe leva para o lado pessoal quando falo isso. É como se eu tivesse de me importar *com tudo*, e hoje tem um monte de coisas com as quais tenho de me preocupar. Meias cinza ou pretas? Calça larga, skinny ou reta? Por algum motivo minha mãe quis minha opinião até sobre o lugar de estacionar o carro. Quando ela força a barra com o papo sobre o almoço, digo que ela pode escolher.

O clima não é dos melhores quando a comida chega.

— Trouxeram batata assada e você pediu frita — ela diz e se vira para chamar a garçonete.

— Mãe, não precisa... Não tem problema — resmungo e ela olha para mim.

— Eu sabia que ela não estava prestando atenção. — Ela começa a passar batatas do seu prato para o meu.

— O que você está fazendo? — Afasto meu prato e algumas batatas caem na mesa. — Para com isso. Posso comer a batata assada.

— Tudo bem, Aaron. — Ela solta o prato sobre a mesa e algumas batatas pulam para fora. — Só estou tentando ter um dia divertido com o meu filho. Será que é muito pedir para a garçonete trazer o pedido correto?

O problema não é a batatinha.

— Mãe, o nosso dia *está* sendo divertido. — Ela me olha desconfiada. — Você sabe que as coisas não precisam ser todas do meu jeito para que eu fique feliz.

— Seu prato devia ter vindo do jeito que você pediu — ela reclama, mas está sorrindo e eu sorrio de volta.

— Sei lá, só estou querendo dizer que você não precisa tentar me agradar o tempo todo. Quando falo que não estou nem aí, não significa que não estou nem aí *para tudo*. Significa só que eu quero que você escolha.

— Tudo bem. — Minha mãe assente, em seguida continua: — Mas, Aaron, você é meu filho, e tudo o que eu quero é ter certeza de que você está feliz. Não fique bravo comigo por tentar.

— Tá certo, mãe. Vou tentar me lembrar disso.

Antes ela não se preocupava em tentar me fazer feliz.

Mas eles arrumaram uma escola nova, um emprego novo, uma casa nova. Uma vida nova.

Minha felicidade significa mais do que deveria significar para os meus pais.

HANNAH

Já é tarde, mas minha mãe está na sala terminando de tomar um café. Não vejo outra xícara, o que significa que Robert está tomando o seu no escritório. Agora é o momento perfeito. Eu me preparo psicologicamente: vai logo, vai logo, vai logo...

— O que foi, Hannah? — Minha mãe nem tira os olhos da revista. De onde estou, consigo ver as fotos de cabeça para baixo de atrizes de novela usando biquíni. Contorno até que elas fiquem do lado certo e sento no braço do sofá.

— Ela engordou bem — comento, apontando para uma das atrizes.

— Está mais magra do que eu — responde minha mãe, torcendo os lábios.

— Acho que não. — Estou mentindo porque quero agradá-la.

Ela me olha de canto de olho, com uma sobrancelha erguida.

— Quer dizer que eu estou mais magra do que alguém que usa trinta e oito folgado? — Ela balança a cabeça. — Seja lá o que você for pedir, a resposta é não. Você não parou em casa desde o início das férias e nem olha para aquele computador novo e caro que insistiu tanto para ganhar, dizendo que te ajudaria na lição de casa.

As palavras param entre o meu cérebro e a minha boca.

Minha mãe vira a página da revista e o destaque é: "Vovó aos trinta — e grávida!" Tem a foto de uma mulher muito jovem ao lado da filha, as duas posando com suas respectivas barrigas gigantescas encostadas uma na outra, de modo que parece um diagrama de matemática.

Minha mãe estala a língua e vira a página.

— Estou cansada de ver isso no meu trabalho.

Agora não é a hora certa.

QUARTA-FEIRA, 28 DE OUTUBRO
FÉRIAS

HANNAH

Não consegui contar para a minha melhor amiga.

Não consegui contar para a minha mãe.

Quem mais restou?

Meu polegar treme enquanto procuro uma resposta entre os contatos do meu telefone. Vou até o fim antes de subir tudo outra vez, excluindo mentalmente cada um conforme vou passando. Paro por um momento sobre o número dele e quando percebo estou com o telefone perto da orelha, sem muita certeza se quero que ele atenda.

— Alô?

— Sou eu. — Minha voz saiu tão baixa que eu limpo a garganta e me preparo para seja lá o que vou dizer em seguida.

— Só podia ser.

Foi uma bufada que saiu com o que ele disse? Não consigo me segurar e reajo:

— Não precisava atender se não queria falar comigo.

— Como? O que foi isso? — Agora ele está irritado.

— Até parece que você fez algum esforço...

— Já falamos sobre isso.

— Não, na verdade não falamos. Nós trocamos mensagens. Trocar mensagens não é o mesmo que falar.

— Tanto faz, Han, agora não é uma boa hora.

— A hora nunca é boa! — estouro, lembrando das vezes que tentei contar para as pessoas de quem mais gosto que estou grávida.

— Você tinha algum motivo para ligar? Ou foi só para brigar?

Fecho os olhos e penso nele, no jeito como ele olhou para mim aquela noite, no jeito como me tocou — como se me desejasse mais do que qualquer coisa no mundo. Ouço um burburinho ao fundo e tento imaginar o que ele estava fazendo antes de ver meu número na tela do seu celular. As hipóteses que passam pela minha cabeça me deixam enojada e com ciúme.

— Você ainda está aí? — ele pergunta, mas desligo antes que ele perceba que estou chorando tanto quanto no dia seguinte ao que engravidei.

Não consegui contar para o pai.

Meu telefone toca, mas deixo cair na caixa postal, sabendo que ele não vai deixar recado. Ele não tenta outra vez. Em meio às lágrimas, retomo a busca até chegar a Anj. Houve uma época em que ela seria a primeira pessoa para quem eu teria telefonado. Agora ela é apenas a primeira pessoa da minha lista de contatos.

Jogo o celular longe, enterro o rosto nos travesseiros e choro tanto que parece que vou virar do avesso.

Chega. Está na hora de tomar uma decisão. Eu sei o que todas as pessoas com quem tentei conversar iriam dizer. Quem, entre minha mãe, minha melhor amiga e o futuro pai ausente, me aconselharia a seguir em frente com a gravidez?

Talvez seja isso que esteja me impedindo de falar: eu não sei o que quero, só sei que sou eu que quero decidir.

QUINTA-FEIRA, 29 DE OUTUBRO
FÉRIAS

HANNAH

Fui visitar minha avó hoje. Ela conseguiu marcar uma consulta para mim amanhã de manhã. Eu estava muito nervosa para marcar sozinha. Ela me abraçou apertado, me deixou chorar em seu ombro, acariciou meus cabelos e disse que entendia quando expliquei por que não consegui contar para a minha mãe.

Antes de eu ir embora, ela me deu um beijo no rosto.

— A Paula vai continuar amando você, seja lá qual for a sua decisão. Assim como eu.

Nenhuma de nós mencionou o meu pai. O filho dela.

SEXTA-FEIRA, 30 DE OUTUBRO
FÉRIAS

HANNAH

Eu tinha a resposta planejada, só que a médica fez a pergunta errada. Ela não perguntou o que eu iria fazer. Perguntou o que eu *queria* fazer. E para essa pergunta eu não tinha uma resposta.

Então falei a verdade. Eu queria ter a criança.
Merda.
E agora?

SEGUNDA-FEIRA, 2 DE NOVEMBRO

HANNAH

Katie e eu inventamos que estamos doentes para fugir da aula de educação física. Ela falsificou um atestado médico, dizendo que está com um problema nas costas, e eu falei para Prendergast que estou menstruada — algo que não poderia estar mais distante da verdade. Tive de ser convincente, porque ele aprendeu a desconfiar quando eu e Katie tentamos cair fora dos times, mas fingi direitinho e até chorei. Isso sempre funciona.

Somos as únicas no banco dos adoentados, que é exatamente onde queríamos estar. Estamos com nossos livros abertos sobre o colo, e quem vê do outro lado do ginásio imagina que estamos estudando. Tenho certeza de que Prendergast não é tão bobo para cair nessa, apesar de ser professor de *educação física*...

Depois de passar uma semana emburrada, pelo jeito Katie finalmente me perdoou pela noite de sexta-feira. Em vez de escrever um bilhetinho na margem de seu caderno de física contando que estou grávida, resolvo quebrar o gelo enquanto penso num jeito de abordar um tema mais difícil: notícias que mudam a vida.

— E aí? — pergunto, olhando de canto de olho para Katie. — E o Rex, hein?

— O que tem ele? — Sou obrigada a confessar que ela sabe fazer cara de paisagem melhor do que eu.

— Você falou com ele depois da festa?

— Não.

— Mensagem?

— Não.

Reviro os olhos.

— Os garotos são uns babacas.

Mas Katie está me olhando de um jeito estranho.

— O que você quer dizer com isso?

— Essa coisa de ele ficar te evitando depois de conseguir o que queria. Que péssimo.

— Quem disse que ele está me evitando? — Katie rebate, franzindo a testa. — Aliás, quem disse que ele conseguiu o que queria?

— Eu só pensei... — A conversa não está tomando o rumo que eu tinha planejado.

— O quê? Que eu transei com ele? — Katie está rabiscando umas carinhas zangadas no canto da página. Uma delas tem dentes e uma ruguinha de braveza na testa.

— Desculpa, Katie. Eu não sabia... — Porque isso é algo que *nunca* aconteceu. Quando ela quer um cara, fica com ele. Na hora. Eu sei que ela quer o Rex, e que ele a quer *desesperadamente*. O que ela está tramando?

— Não. E, ao contrário de certas pessoas, eu teria te contado se alguma coisa tivesse acontecido.

— O que você quer dizer com isso?

— Nada.

— É sobre o Aaron?

Katie desenha outra carinha — desta vez ela coloca chifres e um rabinho pontudo.

— Primeiro você fica toda triste por causa disso e depois vira amiguinha dele. Fiquei sabendo que ele te levou pra casa depois da festa.

Viro o rosto, culpada. Não contei para ela sobre isso.

— O que você está fazendo, Han? O cara é encrenca.

— Sério? — digo, irritada. — E como você sabe disso?

— Eu sei e pronto.

— Você está enganada. Mas não importa, porque não está rolando nada entre a gente.

Ela não acredita e deixa bem claro.

— Ah, que beleza. Só porque está resistindo ao Rex, você acha que pode me julgar? — Estou brava por ela não acreditar em mim. — Vamos ver quanto tempo *isso* vai durar. Eu dou uma semana, no máximo, para você se entregar e nunca mais falar com ele.

Katie me encara e vejo que seus lábios estão torcidos.

— Você acha que eu só sirvo pra isso? Uma trepada e depois um pé na bunda?

Franzo o cenho. Não acho nada disso — acho exatamente o contrário. Mas tudo o que estou dizendo está sendo mal interpretado, então resolvo fechar a boca antes de causar mais estragos. Ficamos sentadas em silêncio. Katie continua desenhando carinhas zangadas enquanto eu observo Rex e Aaron juntos em um canto do ginásio, rindo de alguma coisa.

Katie e Rex, eu e Aaron. Pior. Encontro de casais. Do mundo.

AARON

— Como foi o primeiro dia de aula?

— Bom — respondo, me virando para jogar a mochila no banco de trás enquanto o meu pai manobra o carro no estacionamento para entrar na fila de carros. Segundos depois, me dou conta de que ele está esperando mais informações. — Foi bom, pai. Mesmo.

— O que isso quer dizer exatamente?

— Foi ok, foi tudo bem, satisfatório.

— Quando escrevo "bom" em uma prova, significa que poderia ter sido melhor.

— Quando digo "bom", eu quero dizer... — Penso em mentir e resolvo não fazer isso. — Quero dizer que não aconteceu nada de especial.

— Nem nada de...?

— Não. Nada de ruim, também. — Porque, para que isso acontecesse, eu teria de me importar com algo, e não estou nem aí para nada. Eu me inclino para ligar o som, mas meu pai desliga usando o controle que tem no volante. Ligo outra vez. Ele desliga. Liga. Desliga.

— Pelo amor de Deus, Aaron! — ele grita e eu me recosto no banco. Meu pai me olha de canto de olho, bufando. Ele está bravo, triste e frustrado. Meu pai costuma deixar transparecer seus sentimentos na cara, e é isso que faz dele um bom professor. Ele ama o seu trabalho, ama os seus alunos, e a sua paixão é contagiante. O lado ruim disso é que ele não consegue esconder nada, nem mesmo as coisas que preferiria que ninguém visse.

— Pai...

— Você não está tentando.

Não digo nada.

— Você pode enganar a sua mãe, mas eu sei que esse negócio de parque não passa de fachada. Tyrone, Rex, Mark Grey... Eles não fazem muito o seu estilo.

— E quem faz? — questiono, mas meu sarcasmo não faz sentido.

— Não vamos entrar nessa questão outra vez. Eu sei que não cabe a mim escolher as suas amizades. — Ele olha para mim. — Mas cabe a você.

Eu temia que ele fosse dizer isso.

QUINTA-FEIRA, 5 DE NOVEMBRO
NOITE DAS FOGUEIRAS

AARON

Meu pai não gosta desta época do ano. Ele não gosta do Diwali nem da Noite das Fogueiras. Deveríamos deixá-lo dentro de casa trancado com Kaiser, apesar de o gato ter menos problemas com fogos do que o meu pai. Já perdi as contas do número de vezes que ele usou as palavras "piromaníaco" e "explosivos" enquanto contava quantos alunos pegou tentando entrar na escola hoje com fogos de artifício. Ainda bem que Cedarfields não fica muito longe. O pessoal de lá perguntou se eu poderia ajudar hoje à noite em vez de amanhã. Peguei uma vela que solta faíscas, uma batata assada e arrumei uma desculpa para não ter de ficar ouvindo o meu pai.

— Estou com frio — Neville reclama quando vamos para varanda.

— Tome — digo, lhe dando mais um casaco. Ele olha desconfiado, mas o frio pega forte e ele veste o casaco. É da minha mãe, e ele torce o nariz para o cheiro do perfume dela. Alguns dos velhinhos estão em cadeiras de rodas, enrolados em cobertores de lã, e por um momento sou tomado pela imagem assustadora de vários deles em chamas, depois de terem sido atingidos por uma fagulha desgovernada. Mas o vento está soprando para outra direção, e estamos a quilômetros de distância de uma chamazinha sequer. Percebo que Neville pensou a mesma coisa, pois faz uma brincadeira sobre extintores de incêndio e encara seu desafeto, Donald Morton, que o ignora, mas comenta como é bom sentir cheiro de perfume caro. Faço de tudo para que Neville não tire o casaco da minha mãe e volte correndo para dentro.

— Você não devia estar com o seu amiguinho hoje? — Neville ainda está convencido de que eu sou gay. Isso é porque eu sou limpo. Neville não é limpo, e é tão heterossexual quanto possível. É a personificação de um velho sujo.

— Eu estou — digo, com uma piscadela.

— É, você poderia ter arrumado algo pior.

— Você também. — Solto uma risada insolente.

— Não abuse da sorte — ele resmunga, apesar de estar sorrindo.

A queima de fogos começa, despertando alguns "Ohhs" indiferentes e murmúrios de "Era bem melhor no meu tempo", mas o pessoal do contra se cala assim que os rojões disparam, sobem zunindo e estouram no céu, espalhando faíscas luminosas.

A casa de repouso fica no alto do vale, e, quando a nossa queima de fogos diminui, podemos ver outras florescendo por toda a cidade. É lindo. Até mesmo Neville, que normalmente é implicante, murmura algo do tipo "É bonito daqui do alto". Os funcionários começam a distribuir velinhas de faíscas para aqueles que não correm o risco de se queimar, e fico surpreso quando Neville pega uma e a sacode ao redor, animado, com um sorriso maroto no rosto, enquanto zunidos ecoam e ziguezagues cintilam em nossas retinas. Tento imaginar quem ele é de verdade — quem foi — antes de se tornar um velho rabugento.

— O que você está olhando? — A voz de Neville me desperta.

HANNAH

Como sempre, a vovó vem para a nossa casa na Noite das Fogueiras. Não importa se ela pertence ao lado da família do meu pai, não nesta noite, quando nos sentamos no banco no quintal e conversamos sempre sobre os mesmos assuntos do ano anterior, acontecimentos do passado, para mantê-los vivos em nossa memória, e lembramos que esta era a noite de que o vovô mais gostava. "Eu me lembro, eu me lembro, do 5 de novembro."

Este ano falamos menos, por conta do peso da responsabilidade que paira sobre nós — a noção de que estou grávida e que ainda não contei para a minha mãe. A vovó não consegue entender o que está me impedindo agora que a decisão foi tomada, mas ela é velha, esqueceu como o futuro é assustador quando se tem quinze anos. A pessoa que ela é hoje está atrelada a fatos que já aconteceram. A pessoa que eu sou hoje está atrelada a fatos que ainda estão por acontecer. Tudo o que pensei que poderia acontecer desapareceu num piscar de olhos, e sem isso eu não sei mais quem sou. Preciso *me* reencontrar um pouco antes de encarar a minha família.

Minha mãe nos deixa em Cedarfields e vai abastecer o carro, o que me dá tempo para tomar um chá com a vovó antes de me despedir. Sigo pelo corredor, rumo à recepção, sem prestar a menor atenção no que se passa ao redor.

— Hannah? — Sinto um toque no meu ombro e me viro. Aaron Tyler. O que ele está fazendo aqui?

— Oi, Ty — falo, enfiando uma mecha de cabelo atrás da orelha. Tem um monte de mechas soltas, pois eu estava correndo atrás da Lola pelo quintal e tive de me esconder embaixo de uma cerca viva para apanhá-la de surpresa. Por que tinha de encontrar alguém aqui? Por que ele? Não nos falamos desde a festa do Rex.

— Será que daria para você me chamar de Aaron?

Droga. Tenho usado o nome errado. Simplesmente assumi que ele era do tipo que curtia apelidos.

— Tudo bem — digo e me viro na direção da porta, na esperança de que ele se toque. Não estou a fim de papo. Estou horrorosa neste moletom velho, e aposto que a minha mãe já deve ter abastecido e voltado para o estacionamento.

— O que você está fazendo aqui? — ele pergunta, me acompanhando pelo corredor para que eu não consiga escapar. Mantenho o passo acelerado.

— Visitando a minha avó.

— É mesmo?

— E você?

— A mesma coisa. Visitando. — Pelo jeito ele não quer falar sobre isso.

Nossa, que papo furado. Por que ele veio falar comigo? Seguimos em silêncio até a porta.

— Escuta... — ele hesita, quase tocando meu braço.

— Minha mãe está esperando — falo rápido, para que ele diga logo o que tem para dizer.

— Eu só queria te dizer uma coisa. Sobre aquela noite...

— Será que dá pra você esquecer o que viu? Foi um grande erro.

Ele parece confuso e então assente.

— Ah, o lance com o Tyrone. Certo.

Agora é a minha vez de ficar confusa. Sobre o que ele estava falando?

— Eu estava falando de nós dois.

Ótimo. Então foi por isso que ele me parou: para me deixar ainda mais constrangida.

— Já falei: esquece. — Começo a abrir a porta, mas ele me impede. Não estou gostando disso, mas a atitude me deixa confusa. Não parece coisa do Aaron Tyler filho de professor.

— Escuta, por favor — diz ele, num tom muito sério. Não é ameaçador nem nada parecido... mas chama minha atenção.

Cruzo os braços e espero.

— Quero explicar uma coisa. — Ele suspira, meio que consigo mesmo. — Olha, não é que eu não quisesse... Você é muito bonita...

Solto uma bufada.

— Menos quando faz isso.

Fico tão surpresa que quase solto outra bufada. *Quase*. Mas me contenho, pois, mesmo estando grávida, e mesmo sabendo que ele não está interessado em mim, ainda me importo com o que ele pensa.

— Gosto muito de você. Não do jeito que você está pensando. Mas te acho interessante.

Hein?

— Quer dizer... Nossa, acho que não estou fazendo isso direito, né?

— Não. — Estou totalmente perdida.

— Não estou pronto para nada romântico agora. Nem com garotas nem com garotos, só para constar.

— Fico feliz que isso tenha ficado claro — respondo. Gideon vai ficar desapontado. Ele está convencido de que Aaron ainda vai sair do armário. Ele não fala de outra coisa desde a festa do Rex. Na aula de francês, disse que transar comigo não passou de um ato de negação. Não o corrigi.

— Mas eu quero te conhecer melhor, Hannah. Acho que... — Ele se perde por um momento, então encontra o que estava procurando.

Nisso, minha mãe perde a paciência e buzina.

Ela está cheia de perguntas no caminho de casa. Todas são sobre "aquele garoto bonitinho" que ela viu conversando comigo.

— Se eu soubesse que você estava conversando com ele, não teria buzinado. Pensei que estivesse fofocando com uma das enfermeiras.

— É só um menino da escola, mãe — digo, cansada dessa conversa.

— Ele é bonitinho — comenta ela.

— Você acha?

— Você está querendo dizer que não acha? — É óbvio que ela não acredita em uma palavra do que estou dizendo, por isso me calo. Então penso no que Aaron me falou quando abriu a porta, o vento agitando seu cabelo enquanto ele olhava fixamente para mim.

Acho que vale a pena te conhecer melhor.

Se ele tivesse dito isso na escola ou no parque, eu teria dado uma resposta sarcástica. Mas, parada na porta de Cedarfields, não tive vontade de ser aquela pessoa.

Imagino se a pessoa que Aaron acabou de ver é a mesma que ele vê na escola.

SEXTA-FEIRA, 13 DE NOVEMBRO

AARON

Neville está bravo com o jogo, pois, pela primeira vez em dois meses, estou ganhando dele.

— Vamos ter que aprender outro jogo — ele resmunga enquanto bagunça as cartas na mesa e começa a embaralhar. Embora as juntas de seus dedos sejam do tamanho de bolas de golfe e sua pele seja manchada e cheia de veias saltadas, as cartas dançam entre seus dedos, num show de preto e vermelho. — Pegue — ele estende o maço para mim. — Você embaralha.

Empilho tão mal as cartas que metade delas cai no chão. Recolho tudo e, quando sento direito outra vez, vejo que Neville não está conseguindo segurar uma risadinha de satisfação. Ele estende a mão espalmada para cima e agita os dedos, pegando de volta o maço de cartas e demonstrando como se faz para embaralhar corretamente.

A hora do jantar já acabou há um tempão, mas estamos sentados na sala de jantar com as luzes apagadas, com exceção do abajur ao lado da nossa mesa, e estamos sozinhos. A porta está aberta, e eu consigo ouvir daqui o som da televisão na outra sala; posso ver o brilho colorido refletindo no batente.

Ergo os olhos quando alguém passa. É a Hannah.

Ela costuma vir aos domingos. Depois da Noite das Fogueiras, recebi uma ligação do Neville — a primeira — me pedindo para vir visitá-lo no domingo. Ele não disse por que quando cheguei, e fui recebido com o pouco-caso de sempre. Tudo o que fizemos foi jogar baralho perto da janela e discutir os assuntos do noticiário. Nada de diferente. Hannah e sua avó estavam passeando por ali. Neville apontou para ela e perguntou se eu gostava do jeito dela. Contei que frequentamos a mesma escola, e ele me disse que a avó dela estava *entre as melhores*. O que foi um elogio e tanto.

Observo a mão de Neville enquanto ele corta o baralho.

Sou a única pessoa que o visita. Mesmo assim, quando comecei a puxar papo, ele parecia não me querer por perto. Ainda parece. Depois de um

"Você outra vez?", viramos amigos. Costumamos conversar. Sobre nada em específico, mas ele vai relaxando aos poucos e me contando coisas, me ensinando coisas.

— Você está prestando atenção? — ele pergunta, me chamando de volta.

— Não — confesso.

— Ocupado pensando na namorada? — Ele olha para mim por baixo das fartas sobrancelhas grisalhas. Não tem nada de errado com sua visão, especialmente quando o assunto tem a ver com garotas, por isso não fiquei surpreso quando ele enxergou Hannah passando lá longe.

— Já falei que ela não é minha namorada.

— Você é um idiota de não tentar. Ela tem um jeito especial. — Não digo nada porque não quero encorajá-lo, mas ele continua: — Dá para perceber que ela sabe o que está fazendo.

— Sabia que ela só tem quinze anos? — pergunto. Hannah é uma das mais novas da nossa turma.

— E daí? Eu perdi a virgindade aos treze.

— Obrigado por me contar isso — falo e me concentro em tentar juntar as cartas usando o polegar.

— Sandy Dixon. Dois anos mais velha que eu. Vou te contar uma coisa: pensei que tinha tirado a sorte grande. Ela era maravilhosa, cinturinha fina, e tinha um traseiro que dava para pendurar o casaco. — Ele olha para o nada, lembrando. — Bela bunda.

Sorrio. Definitivamente, não foi para trocar experiências sexuais que a minha mãe me trouxe para este lugar.

— A minha foi com uma garota que conheci nas últimas férias de verão — conto.

— Uma garota?

— Isso, Neville. Foi com uma garota.

— Cabelo curto, peitos pequenos e bigode?

— Não. Cabelo comprido. Seios médios. Não vi nenhum bigode. — Olho com toda a calma e ele sorri.

— Ela tinha nome?

— Kerry — respondo, lembrando de nós dois correndo para a praia e encontrando uma cadeira reclinável esquecida, de nossas mãos deslizando com a maior facilidade, pois ela estava só de saída de praia e biquíni e eu não estava usando nada por baixo do short. Nós não tínhamos experiência nenhuma, mas não foi ruim. Na noite seguinte foi melhor.

— Você encontrou com ela de novo?

Nego com um aceno de cabeça. Eu a deixei na Austrália, assim como a dor que eu carregava comigo.

Vejo Neville levantar a pontinha das cartas que acabei de distribuir. É boa a sensação de dividir a minha história com alguém. Não posso fazer isso na escola, porque desencadearia uma série de perguntas. O passado não é algo que pode ser recortado e colado no presente; eu teria de revelar tudo como em um jornal, mostrando cada coluna, só para explicar uma das manchetes. E não quero que ninguém veja as manchetes do meu passado. Tudo o que Neville e eu sabemos um sobre o outro é o nome. Nada de contexto, nada de posicionamento político, nada de preconceitos. O fato de não sabermos absolutamente nada sobre o outro torna mais fácil compartilhar as lembranças mais íntimas.

Neville pode até não ser o tipo de amigo que o meu pai tinha em mente, mas é bom o bastante para mim.

HANNAH

Estou exausta. Acabada. Acho que deve ter a ver com a gravidez. Tenho bebido muita água, por isso preciso ir ao banheiro a cada cinco segundos. Faço mais um xixi antes de ir embora e, quando saio do banheiro, vejo Aaron deixando a sala de jantar com Neville. Pelo menos acho que é ele.

Quando o velhote me vê, dá uma piscadela.

Deve ser Neville. A vovó me contou que o cara que Aaron vem visitar é um tarado. Bom, ela usou uma palavra melhor, mas foi isso que ela quis dizer. As enfermeiras o chamam de Randy Robson — acho que é o sobrenome dele. Será que ele é avô do Aaron por parte de mãe? Apesar de eu achar difícil acreditar que Aaron seja parente de alguém tão duvidoso.

Aaron me vê e acena.

— Você não vai me apresentar? — pergunta o senhorzinho.

— Não estava nos meus planos — responde Aaron, mas ele está sorrindo. Esse garoto tem um sorriso bonito. Mas é raro de ver. — Hannah, este é o Neville. Neville, Hannah.

— Encantado — diz Neville, tomando a minha mão para dar um beijo nela com seus lábios ressecados.

— O prazer é todo meu — falo e dou uma piscadinha, igual à que ele acabou de me dar.

Neville fica me olhando e assente, então olha para Aaron.

— Eu te disse — fala. — Vou deixar as crianças a sós.

Então desaparece corredor afora.

— O que foi que ele te disse? — pergunto, mas Aaron apenas balança a cabeça.

— O que você está fazendo aqui hoje? — ele quer saber, e nós seguimos rumo às portas de vidro.

— O Jay vem para casa este fim de semana — respondo. — Não quero perder o jantar de domingo se ele ficar até mais tarde.

— Jay?

— Meu irmão postiço. Ele está fazendo psicologia na Universidade Warwick. — Até eu percebo a pontinha de orgulho em minha voz. Pareço Robert falando.

— Ele é filho do pai da sua irmã?

Concordo com um aceno de cabeça.

— Ela deve estar esperando ansiosamente por ele.

— Está. Ele é mais forte que eu, por isso consegue jogá-la mais longe, o que ela adora. Isso até ela trombar em alguma coisa. Então começa a chorar e vem correndo me pedir colo. A Lola não é tão durona quanto imagina.

Ele segura a porta para mim, e, quando ergo os olhos, vejo que ele está me olhando atentamente.

SÁBADO, 14 DE NOVEMBRO

HANNAH

Estou em pé junto à janela do meu quarto. Tomei banho, troquei de roupa e estou esperando Jay chegar. Escancaro a janela e enfio a cabeça para fora, como um cachorro em um carro. Choveu na noite passada, e tudo está coberto com aquele brilho fresco e úmido, como se tivessem passado uma flanela com lustra-móveis sobre o mundo. É estranho. Tem um monte de coisas acontecendo no mundo lá fora, e eu aqui, no meu quarto, criando um pequeno ser dentro de mim.

Pouso a mão sobre a barriga e tento imaginar de que tamanho ele está. Será que está do tamanho de um feijão? De uma fava? De uma abobrinha?

Sério. Que obsessão é essa de comparar meu bebê com um vegetal?

Dou uma olhada no relógio. Ele está atrasado, o que não é nenhuma surpresa. Decidi que vou contar para Jay sobre o bebê. Ultimamente a família não tem sido sua prioridade número um, mas uma coisa dessas supera todas as noites de bebedeira e cochilos na sala de aula. Estou falando do Jay, alguém que tenho certeza de que estará do meu lado quando eu contar para todo mundo.

Com a decisão tomada, eu me sinto um pouco mais calma, apesar de saber muito bem que não deveria. São tantas as coisas sobre a vida deste bebê que já foram decididas... Se é menino ou menina. Se vai ter cabelo cacheado ou liso. Se vai ser destro ou canhoto. Bom em matemática ou péssimo em ciências. Esportista ou sedentário. Uma vida traçada antes mesmo de ele começar a vivê-la.

Só o meu papel é deixado ao acaso.

Sinto uma onda de pânico familiar e acaricio a barriga para me distrair.

— Está tudo bem com você aí dentro? — pergunto. Esta é a primeira vez que falo com ele, e parece que sou uma maluca. Surpreendentemente, o feto não tem nada a dizer. Vou pesquisar quando eles começam a chutar e coisas assim. Sei que não deve ser tão cedo, mas acho que, se não souber direitinho o que esperar, posso acabar perdendo.

Um carro entra na nossa rua. É um hatch vermelho com uma calota faltando no pneu dianteiro. O carro do Jay.

AARON

Fecho meu livro. Estou entediado.

Isso é uma epifania. Não fico entediado comigo mesmo há meses.

Não sei direito o que fazer com essa informação. Com quem será que eu preferiria estar? Só dá para ficar com Neville por um certo limite de tempo, e até parece que eu tenho muitas outras opções. Penso em Hannah, mas ela me deu o número de seu telefone com outras intenções. Além do mais, duvido que ela vai gostar de receber uma ligação enquanto o sagrado Jay estiver por lá.

Em vez de ligar para ela, levanto e pego outro livro.

HANNAH

Não gosto dela. Nem. Um. Pouco.

Ela é muito magra. Muito metida. Muito loira. Muito barulhenta. Muito esnobe. MUITO arrogante.

Não gosto do modo como ela diz o nome da Lola. "LO-la", esticando o "o", como se fosse um doce que não cabe dentro de sua boca perfeita. E ela é uma daquelas pessoas que dizem "se me permite", quando não dá para permitir nada, porque ela é INCRIVELMENTE IRRITANTE.

Arranco um pedaço do meu pão naan com raiva.

Lola pediu para ir a um restaurante chinês, mas a sujeitinha disse que não pode comer comida chinesa por causa de um tal glutamato monossódico. Em seguida, ela disse que ama comida indiana. Lola tem cinco anos de idade. O que ela vai achar para comer em um restaurante indiano? Mas não. Temos de fazer o que Jay quer, e ele está mais preocupado com a felicidade dessa vadia com cara de anjo do que com a felicidade da irmãzinha que ele não vê há dois meses.

Ajudo Lola a encontrar algo para comer, mas os paparis não chegam aos pés dos chips de camarão, e ela fica amuada. Lola também está cansada; dá para perceber, pois ela esfrega os olhos a cada garfada. Só que ninguém está prestando atenção nela, porque estão todos muito ocupados escutando a mala contar como o curry na Índia é incrível. Ela passou um ano lá, ensinando crianças cegas/surdas/deficientes a se abrirem para o amor ou alguma baboseira desse tipo. Foi lá que ela colocou um piercing no nariz, e foi lá que comprou os milhares de pulseiras que usa no braço. Parece que estamos sentados à mesa com a rena do Papai Noel.

Ela tentou me dar uma sugestão de qual curry pedir, porque Jay falou que eu gosto de comida apimentada.

— Você não vai gostar do korma, Han. — Não aceito que ela me chame de "Han". Só a minha família e os amigos mais chegados me chamam assim. Ela nunca vai ser nenhum dos dois. — Peça um rogan josh. Ou um biryani. Ah, olha, tem camarão. Você gosta de camarão? Eu amo.

— Não. Eu não gosto de camarão.

— Ah, Hannah, claro que você gosta de camarão. — Minha mãe dá um tapinha na minha mão, como se eu não fosse mais velha que a Lola. — Ela gosta de camarão, Imogen.

Não importa se eu gosto ou não de camarão. Não estou com vontade de comer camarão, e já estava tendo dificuldade suficiente para decidir se comida muito apimentada não me faria mal.

No fim acabo escolhendo um tikka e um pão naan. Acho que não corro nenhum risco pedindo o mesmo que Lola, não é?

Jay olha para mim do outro lado da mesa. Quando ninguém está vendo, ele murmura: "Está tudo bem?" Olho para ele, então desvio o olhar para *ela* e volto para ele.

Por que ele não avisou que pretendia trazer a nova namorada para casa?

AARON

Termino de ler meu livro e dou uma olhada no relógio ao lado da cama. Já é tarde, quase meia-noite. De repente me sinto muito cansado. Não porque fiquei acordado até tarde, ou por ter me esforçado muito lendo *Ardil-22* em uma tarde, embora isso não seja tarefa fácil.

Viver é que me deixa exausto. Às vezes preciso de todas as minhas forças para sobreviver a mais um dia, e o de hoje foi muito difícil.

Talvez porque, pela primeira vez em seis meses, eu não queria ficar sozinho.

HANNAH

E lá se foi o meu plano. Quando chegamos em casa, Jay vai direto para o quarto com a tal Imogen — nem desce para dizer boa-noite direito para Lolly.

Porém, quando saio do banheiro, ele está esperando por mim.

— O que está rolando? — ele pergunta.

Eu o encaro.

— É a primeira vez que você vem para casa desde que entrou na faculdade e traz uma namorada junto. Será que não dava para aguentar uma noite longe dela para passar um tempo só com a sua família?

Jay cruza os braços por cima das letras desbotadas de sua camiseta do *Family Guy*.

— Pegou pesado, hein?

— É mesmo? — digo e vou para meu quarto brava com ele, com a namorada dele, comigo mesma. Essa era a única oportunidade que eu tinha para contar a ele cara a cara e eu desperdicei.

SEGUNDA-FEIRA, 23 DE NOVEMBRO

AARON

Hoje vou fazer meu primeiro simulado. Em uma das mãos seguro um estojo transparente que contém uma lapiseira com grafite, três canetas pretas de escrita fina, uma régua pequena e cacarecos de geometria que se encaixam perpendicularmente nela. Na outra mão, tenho uma calculadora com mais funções que um smartphone e uma moeda "da sorte" — uma moeda de vinte e cinco centavos que foi cunhada diante dos meus olhos na Disneylândia quando eu tinha dez anos. Desde então, eu a levo para todas as minhas provas e tenho obtido ótimos resultados. Duvido que tenha algo a ver com a moeda, mas ela é pequena, serve para brincar entre as questões e, vai saber, pode dar sorte.

Estamos pulando a aula de Prendergast, que é quem abre as portas, sem nem se preocupar em nos mandar calar a boca quando entramos em fila e cochichamos uns com os outros enquanto procuramos nossos lugares. Demoro um pouco para encontrar o meu, mas, quando acho, me dou conta de que estou sentado ao lado de Hannah.

Sheppard. Tyler. Faz sentido.

Ela sorri para mim enquanto puxa a cadeira. Ela trouxe uma garrafa de um litro de água.

— Está com sede, hein? — pergunto, olhando para a garrafa.

— Ãrrã — ela murmura e toma um gole logo em seguida.

— Vai com calma. Você pode ficar apertada.

— Rá-rá — ironiza Hannah. — Você só está com inveja.

Sorrio e então percebo que todos já se acomodaram e estão olhando para o relógio na frente da sala.

— Boa sorte! — Faço um sinal de positivo para Hannah e ela revira os olhos.

— Pra você também — ela murmura em meio a outro gole de água. Em seguida, Prendergast começa a distribuir folhas extras e eu me vejo um pouco nervoso, um pouco agitado e com a garganta seca.

Eu devia ter trazido uma garrafa de água.

HANNAH

É mau sinal quando você não entende a primeira questão. Pior ainda se não entende a primeira folha inteira.

Fecho os olhos e imagino se não é apenas outro pesadelo daqueles em que eu estou fazendo uma prova. Então viro a página.

AARON

Hannah já está na segunda página? Sei que o primeiro grupo de questões é bem objetivo, mas...

Espere aí. Ela está virando para a página seguinte. E a seguinte.

Estou com pena. Se ela não consegue responder à primeira questão, está perdida.

Seja lá o que estiver acontecendo com Hannah, não posso permitir que isso me distraia. Umas das preocupações com relação à mudança era de que as minhas notas pudessem cair. Preciso tirar no mínimo B em matemática, ou o meu pai vai me matar — e a minha mãe vai dar a faca para ele.

Termino a primeira página e sigo para a próxima. As questões estão mais difíceis, e eu empaco em uma delas por tanto tempo que nem percebo que levo quinze minutos para responder — e mesmo assim ainda não estou totalmente convencido de que esteja certo. Depois eu verifico.

Dou uma olhada para Hannah, tentando imaginar como ela está indo, e espero que ela tenha conseguido resolver alguma coisa. É só começar. Se resolver uma questão, ela vai pegar o ritmo, ficar mais calma e tudo vai começar a parecer bem menos assustador.

Ela não está olhando para o papel, que está em uma ponta da mesa, quase caindo. Só olha para a frente.

Então vejo uma lágrima descendo pelo seu rosto. Ela funga bem baixinho e passa a manga da camisa no nariz. Deve ter percebido que eu estou olhando, por isso viro o rosto e volto para a minha prova. Mesmo porque não tem nada que eu possa fazer para ajudá-la.

SEXTA-FEIRA, 11 DE DEZEMBRO

HANNAH

São onze da manhã. Tenho hora marcada para a minha primeira ultrassonografia dentro de quinze minutos.

Minha vida está uma confusão só. A única pessoa neste planeta que sabe que eu estou grávida, tirando a médica e as enfermeiras, que já tiraram meu sangue e depois verificaram minha pressão para ver ainda restou alguma, é a minha avó. A minha avó de oitenta e três anos, que mora em uma casa de repouso e precisa agendar suas saídas com dois dias de antecedência, e que toma tantos remédios que estou surpresa que seus abraços não estejam na lista de substâncias proibidas para grávidas.

A ideia de contar para a minha mãe me apavora tanto que venho adiando isso. Parece que eu tenho uma pedra no fundo do estômago. Na semana passada a ouvi conversando com Robert enquanto eles assistiam ao noticiário. Eu estava na sala de jantar tentando guardar algo útil na cabeça sobre cidadania, mas a porta estava aberta e minha mãe fala muito alto quando está brava.

— Esses políticos deveriam aparecer lá na clínica para ver o que está acontecendo. As crianças não estão mais tendo aula de educação sexual. Não é à toa que estão todas fazendo sexo como se fossem coelhos, sem pensar nas consequências. Elas precisam ser orientadas pela escola e pelos pais. E daí se o índice de gravidez na adolescência está caindo? Mesmo assim ainda é o mais alto da Europa.

— Pelo menos estamos caminhando na direção certa.

Mas minha mãe continuou falando, como se Robert não tivesse dito nada.

— Você sabia que algumas meninas recorrem ao aborto como se fosse um método contraceptivo?

— Melhor isso do que não ter opção.

— *Claro*. — Quase pude ouvir o tremor em sua voz. — Se todo mundo que se vir nessa situação resolver dar continuidade à gravidez...

Comecei a ouvir um zumbido. O sangue subiu para a minha cabeça de tanto medo. Mas Robert estava dizendo alguma coisa, e o discurso da minha mãe já tinha mudado de direção.

— ... sem pensar no que vai acontecer depois. Tudo o que eles sabem aprenderam na internet. Os diretores de filmes pornôs assumiram o papel dos pais, que simplesmente evitam tocar no assunto.

Robert riu e eu só consegui ouvir um pedaço do que ele disse:

— ... muito difícil tentar falar sobre isso com o Jay.

— Com a Hannah também. Graças a Deus aqueles dois têm a cabeça no lugar.

Chorei até dormir naquela noite.

Claro, ainda tem o problema com o pai da criança. Por falar em pai, o meu só apareceu para jogar um pouquinho mais de merda no meu bolo de confusão. Recebi um e-mail dele bem no meio da semana de provas.

Querida Hannah,
Vim lhe desejar boa sorte nas provas. Sei que você vai detonar.
Bjs,
Papai

Embaixo veio o gif animado de um trevo-de-quatro-folhas que se abria. De dentro dele saía um leprechaun dançando com um balãozinho acima da cabeça onde estava escrito: "Toda a sorte do irlandês".

Fala sério. Que porcaria é essa?

"Sei que você vai detonar." Sério? Você falou com a minha mãe recentemente? Viu o meu boletim? Detonar no sentido literal, de pegar uma bomba e mandar tudo para os ares?

"Bjs" é uma abreviação que os garotos usam quando estão com medo de escrever mais em um cartão de Dia dos Namorados. Não é certo usar isso para expressar o sentimento paternal ao finalizar um e-mail.

O gif? Sem palavras.

De onde estou, posso ver os segundos passando e observo enquanto o ponteiro do minuto avança para quinze minutos depois das onze. Fico olhando o ponteiro dar a volta até quase chegar ao vinte.

Nisso, desvio os olhos do outro extremo da sala e volto para a prova de inglês que está sobre a minha carteira, para uma questão inacabada sobre *Macbeth*, no alto da folha. Falhei nas provas e agora falhei com o bebê.

SEGUNDO

SEXTA-FEIRA, 18 DE DEZEMBRO
ÚLTIMO DIA DE AULA

AARON

— E aí, vai sair hoje à noite? — Tyrone segura meu ombro com tanta força que tenho de conter uma careta. Desde a festa de Rex ele tem sido desconfortavelmente legal comigo. Tive de aguentar por quase dois meses o braço dele sobre o meu ombro, os tapinhas nas costas, os socos no braço... O amor do Tyrone machuca. E além disso tenho recebido olhares invejosos das pessoas que gostariam de ser o alvo desse amor. Se eu pudesse contar a elas que ele está fazendo isso porque *não gosta* de mim, o pessoal do basquete ia parar de me olhar feio e voltar a me ignorar... E então o que eu iria fazer? Ler livros durante o horário de almoço e ficar com Neville até ele dormir em cima do baralho?

Sei lá. Para mim isso tudo parece uma bola de neve. É melhor ter amigos falsos na escola do que não ter nenhum.

Pelo jeito, o pessoal daqui comemora o fim do período escolar do mesmo jeito que comemora o fim de uma semana: indo ao parque. Beleza. Chego mais tarde, porque fiquei ajudando Neville a fechar e selar seus cartões de Natal. Havia muito mais do que eu esperava, e perguntei para ele quem eram.

— Família. — A resposta foi rabugenta, mas, depois de uns agradinhos (e de algumas doses do Jack Daniel's que eu planejava levar para o parque), ele ficou mais animado e me contou mais.

— Este é para o meu irmão. Greville. — Mordi o lábio inferior e ele assentiu. — Eu sei. É uma história comprida e chata. Você não precisa se preocupar com esses dois. — Ambos estavam endereçados para umas "sras.", ambos para cidades escocesas. — Este é para a minha sobrinha, Bea, e o marido dela. Um casal bacana. Este é para o ex-marido dela. Não foi um bom marido, mas foi um ótimo sobrinho. Casou com a mulher que ele estava traçando no dia em que seu filho nasceu.

Olhei-o de um jeito escandalizado, e Neville contou todos os detalhes, como se fosse uma dessas histórias que aparecem nos jornais sensacionalistas de hoje. O modo como a memória dele funciona é fascinante. Eu achava que depois dos setenta os idosos se tornassem mais vagos em relação a tudo, mas Neville é afiado como uma navalha em assuntos como este e está beirando os noventa. Já diferenciar o roupão do sobretudo é outra história...

— E estes aqui são para os meus alunos preferidos.

Essa me apanhou de surpresa.

— Você sabia que eu fui professor de história, não sabia? — E com isso ele preencheu uma lacuna do seu passado. Isso explica por que é tão chato assistir a filmes com ele. De agora em diante, só vou trazer filmes que se passam em períodos em que ele não é especialista. Filmes futuristas, por exemplo.

O parque está um gelo. O que não é surpresa, afinal dezembro é a época em que tradicionalmente as pessoas se reúnem ao redor de fogueiras e tomam vinho quente, vestindo suéteres de tricô com renas na frente. Mas nós somos adolescentes e jogamos bolas de neve na cara do frio. Ou é o que faríamos se estivesse nevando.

Rex e Katie estão juntos nos balanços. Os dois se beijaram na festa dele e algumas semanas atrás se pegaram nos arbustos, mas desde então parecem estar presos em um tipo de padrão — nenhum dos dois está saindo com mais ninguém, mas as coisas ainda não foram fundo entre eles. Isso está deixando Rex maluco — e, consequentemente, a mim também, uma vez que virei seu confidente. Já falei que Katie me odeia e que ele deveria procurar outra pessoa para ajudá-lo, mas ele achou que eu estava brincando. A maldição do "engraçadinho", que Tyrone lançou, grudou em mim.

Esta noite está fria demais para o casal mudar de status, e não demora muito eu sou chamado pelo sempre sem noção Rex. Hannah está sentada no balanço ao lado deles e parece entediada.

— Quer um gole? — Balanço a minha garrafa e ela recusa com um aceno de cabeça. Tiro uma garrafa térmica de dentro da mochila e chacoalho para ela. Ela ri e assente, e lhe sirvo um pouco de chocolate quente, ignorando a cara de revolta de Katie.

Hannah segura o copo de plástico com as duas mãos e inala o vapor quente que sobe. Ela está usando um gorro de lã cobrindo as orelhas que esparrama sua franja sobre a testa de um jeito que parece a asa de um passarinho. Ela percebe que estou olhando e contrai de leve as sobrancelhas.

— Gostei do seu gorro — digo e tomo um gole do meu copo não alcoólico, pois dei para Rex a garrafa de uísque que Neville não conseguiu secar.

Hannah e eu balançamos para a frente e para trás, dessincronizados, mas o meu balanço desacelera quando arrasto a ponta dos tênis no chão, e então acabamos entrando no mesmo ritmo, até parar. Gosto do silêncio entre nós e da sensação do chocolate quente em minhas mãos, do vaivém suave do balanço. Prazeres simples que não são tão fáceis assim de acontecer.

— Não entendo o que ele está fazendo aqui.

— Ele é meu amigo, Katie — Rex responde, num murmúrio que eu só escuto porque estava esperando pela resposta.

— Ele é esquisito. — Ergo os olhos no momento exato em que ela olha para mim. — O que você está olhando, emo?

— Ele deve estar olhando para a mancha de rímel que escorreu pela sua bochecha — diz Hannah de imediato, sem me dar chance de dizer alguma bobagem.

Katie olha, brava, mas esfrega um dedo vermelho de frio embaixo de cada olho. Não faço a menor ideia se tinha alguma mancha de rímel lá, mas agora tem. Sorrio para Hannah, que sorri de volta.

— Arrumem um canto para vocês — diz Katie, provocativa.

— Ah, vai se ferrar, Katie — Hannah rebate, com uma surpreendente dose de veneno, e fica em pé. — Você vem? Vamos deixar os dois se beijando em vez de tentar ter uma conversa inteligente.

Do banco onde acabamos nos sentando, posso ver uma centelha de fogo saindo de um dos cestos de arame em frente aos banheiros. Tem um grupinho reunido ao redor do cesto, e eu reconheço Marcy e Tyrone, alimentando as chamas com bolinhas de papel amassado. Hannah percebe a direção do meu olhar.

— O Tyrone achou que seria uma boa ideia queimar as anotações da revisão.

— Porque ele não vai precisar delas nunca mais...?

— É. Se é ideia do Tyrone, então provavelmente deve ser uma má ideia. — Hannah olha para mim. — Obrigada por ter guardado segredo sobre o que aconteceu na festa do Rex.

— Não tenho ninguém para contar. — Encolho os ombros, meio brincando, meio falando a verdade.

— Mesmo assim, obrigada. Não estou precisando de mais encrenca no momento.

Ouvi o "no momento", mas não sei se devo perguntar o motivo, por isso não o faço. Hannah estende o braço e pousa a mão sobre a minha, entrelaçando e apertando os dedos entre os meus. Não sei direito o que pensar, mas aperto de volta, apesar de ser difícil medir a pressão por causa da grossa camada de tecido de nossas luvas.

— Não te entendo, Aaron Tyler, mas você parece ter uma queda por fazer a coisa certa na hora certa.

— Eu não fiz nada — falo, surpreso.

— Esse é o ponto — ela diz e tira a mão.

QUINTA-FEIRA, 24 DE DEZEMBRO
VÉSPERA DE NATAL

HANNAH

— Hannah, preciso que você leve a Lola para fazer compras com você. — Minha mãe nunca pede um favor; ela dá ordens.

Só que eu não posso acatar essa ordem. Eu. Realmente. Não. Posso. Quando vovó me pediu para ver uma foto do ultrassom, me vi obrigada a confessar que não tinha ido fazer. *Eu não esperava isso de você, Hannah*. Sua decepção foi tamanha que me fez chorar. E só de lembrar do seu olhar, já sinto meu peito pesando de culpa. Ela não saiu de perto enquanto eu telefonava para marcar uma nova data para a ultrassonografia e era atendida por uma enfermeira muito brava. Depois, vovó acertou tudo para ir comigo, para o caso de eu falhar com ela — e com o bebê — novamente.

Véspera de Natal não é exatamente o melhor dia para tentar escapar das minhas obrigações familiares, mas eu preciso tentar. Se Jay não tivesse nos trocado por uma viagem de última hora para esquiar com o outro lado da família, eu poderia passar a incumbência para ele. Mas agora só me resta dizer:

— Não posso levar a Lola comigo. Vou comprar os presentes dela.

Minha mãe revira os olhos.

— Eu sabia que você ia deixar para a última hora. Escuta, já comprei tudo o que estava na lista do Papai Noel dela...

Tudo?! Eu vi a lista. Tinha, tipo, três páginas.

— Vou dizer que alguns presentes são seus. Estou fazendo isso pelo Jay também. Você nem precisa pagar.

Fico olhando para minha mãe. Não estou conseguindo processar a necessidade irracional dela de comprar tudo o que a Lola quer e sua ideia de decidir quais presentes eu vou dar para a minha irmã, como se eu fosse tão indiferente quanto Jay, que nem se deu ao trabalho de vir para casa e... acho que meu cérebro se esgotou. Droga. Vamos lá, cérebro, saia dessa, ou a segunda pessoa para quem você vai contar sobre o bebê será a Lola.

AARON

Este ano comprei um único cartão de Natal. Rasgo o celofane, tiro o cartão e o abro.

Em branco, como a minha mente.

Fico olhando para a superfície por tanto tempo que me esqueço de tudo ao redor, algo que sei fazer bem. Não tenho palavras para o que quero dizer.

Dobro o cartão e fecho os olhos.

Vejo meu pesadelo.

Olhos abertos, Aaron. Cartão aberto, Aaron.

Caros sr. e sra. Lam,
 Não tenho palavras.
 Penso em vocês — sempre penso no Chris. Achei que deviam saber disso.
 Ty

HANNAH

— O que viemos fazer no hopital?

— Hospital — corrijo Lola com jeitinho e faço um carinho na sua mão. Do outro lado, a vovó segura firme no meu ombro, me usando como apoio para se equilibrar. As calçadas estão cobertas de sal para derreter a neve, e nenhuma de nós quer que ela escorregue, apesar de eu achar que existem lugares piores para escorregar do que na frente do pronto-socorro. Uma vez dentro do hospital, seguimos para a ala da maternidade.

— Nome? — pergunta a recepcionista.

— Hannah Sheppard.

— O que tá acontecendo, Hannah? — Lola dá um puxão no meu casaco.

— Já te explico.

— Você disse isso faz um tempão.

— ... ali. — A mulher está apontando para uma fileira de cadeiras parcialmente ocupada.

— Desculpe? Não escutei direito.

— Sente-se ali e aguarde ser chamada pelo nome.

— Obrigada.

— Carteirinha de pré-natal, por favor.

— O quê?

— Ela está pedindo a sua carteirinha de pré-natal, querida — diz a vovó, de um jeito que não ajuda muito.

— Eu sei!

— Não precisa gritar com a vovó Ivy! — Lola começa a chorar.

Olho desesperada para a vovó e para a recepcionista, que ainda não perdeu a paciência. Ainda. Procuro na minha bolsa. Eu sei que trouxe a porcaria, pois tenho de carregá-la comigo o tempo todo caso um piano caia na minha cabeça ou aconteça qualquer outro tipo de acidente e a pessoa que for me socorrer precise saber que eu estou grávida. Colei a capa de um exemplar da *Cosmopolitan* na carteirinha para disfarçar. Aqui está!

— Isto é uma revista — diz a recepcionista.

— A carteirinha está dentro — explico. Só que, quando a moça abre a capa, ela tem razão: é só uma revista, e eu começo a entrar em pânico, achando que esqueci a carteirinha em cima da mesa da cozinha.

Fecho os olhos e tento ignorar os cutucões da Lola e a vovó sussurrando para a recepcionista que eu estou na fase "hormonal".

— Vovó. Será que senhora poderia levar a Lola para sentar, por favor? — peço. Logo em seguida, inspiro e solto o ar devagar, então coloco a bolsa sobre o balcão e procuro até achar a carteirinha, dentro de uma capa que traz em letras garrafais o aviso "EDIÇÃO ESPECIAL SEXO", o que me faz sorrir. E a recepcionista também.

— Por que a gente tá aqui? Tem alguma coisa errada com a vovó Ivy? — Lola ainda soluça um pouco quando me junto a elas.

— Venha aqui, Lolly. — Eu a coloco sentada sobre o meu joelho e troco um olhar com a vovó, que queria que eu contasse para Lola antes de virmos para cá. — Não aconteceu nada com a vovó Ivy.

— Você jura?

— Juro.

— Tem alguma coisa errada com você?

— Não. — Sou breve, pois percebo que a ideia a deixa apavorada.

— Que bom. — Ela me abraça e ao mesmo tempo faz carinho no cabelo da vovó.

— Preciso fazer um exame — falo. O que mais posso dizer? A segunda pessoa a saber sobre a minha novidade não pode ser Lola. Simplesmente não pode.

— Hannah Sheppard? — Uma mulher vestindo um conjunto azul folgado de calça e blusa aparece no corredor e eu fico em pé. Então me sento logo em seguida.

— Não posso fazer isso. — Estou tremendo e percebo que Lola está ficando preocupada, mas não consigo evitar. — Vó, você pode entrar comigo?

Ela olha para Lola e de volta para mim. Não era para ser assim.

AARON

Abro a porta e dou de cara com o hall lotado de malas e presentes. Minha mãe está agitada porque não consegue encontrar a chave extra para deixar na vizinha que vai vir dar comida para o Kaiser enquanto estivermos viajando. Meu pai procura dentro do vaso perto da porta.

— Onde você estava? — ele pergunta, sem desviar os olhos do desafio de encontrar a chave.

— Em lugar nenhum — respondo. Isso o faz erguer os olhos. Geralmente costumo ser mais específico.

— Sua mãe quer saber se você pegou a roupa térmica.

Estamos indo para a casa da minha avó — mãe do meu pai — para passar o Natal. Em Yorkshire. Seria loucura não pegar a minha roupa térmica depois da trilha "surpresa" na montanha que fizemos no ano passado.

Respondo com um aceno de cabeça e pego o gato, que está tentando mastigar o canto de um dos presentes. Ele solta a caixa, contrariado, mas me deixa abraçá-lo bem de perto e sentir seu corpo gordo e peludo.

Eu o coloco no chão com cuidado e me lembro dos dias quando abraçar o gato e cheirar seu pelo era a única coisa que me dava conforto. Eu queria levá-lo conosco.

HANNAH

Para mim ele não parece muito um bebê, mas, de acordo com a mulher, que realmente sabe do que está falando, ele é perfeitamente saudável — apesar de eu já ter perdido as contas de quantas broncas levei por ter demorado tanto para vir, pois agora fica difícil determinar o tempo de gravidez com precisão. Não digo para ela que isso não é necessário. Ela continua falando, pensando que estou preocupada com o que estou vendo e porque vou precisar fazer um exame diferente de Down, mas o que mais me preocupa é o fato de ter deixado Lola sozinha no corredor.

A vovó pergunta se podemos levar uma foto extra, mas é preciso pagar e eu não trouxe dinheiro.

— Vou comprar uma para você, querida... — Mas vovó não tem nenhuma nota menor do que vinte. A enfermeira informa que tem uma cantina no fim do corredor, a vovó sai para trocar o dinheiro e eu aproveito para ver se Lola está onde a deixei.

Ela está.

— Tá tudo bem? — ela pergunta, erguendo os olhos do joguinho do meu celular.

— Sim — respondo, e então percebo que tem um pouco do gel do ultrassom na minha blusa.

— Isso é um smartphone? — A enfermeira está parada na porta, olhando para nós.

— Ãrrã. — Estou distraída, tentando tirar o excesso de gel sem que ninguém perceba.

— Ele tira foto, não tira?

Concordo, sem prestar muita atenção.

— Traga aqui. Podemos usar para tirar uma foto do bebê.

Um momento de silêncio se segue e eu rezo para que a enfermeira não tenha realmente dito isso.

Então Lola se levanta e entrega o telefone.

— Que bebê? — pergunta.

AARON

A primeira coisa que a minha avó faz é me abraçar com um desespero que quase me deixa sem ar. Esta é a primeira vez que nos encontramos desde o meu "período negro". A referência me faz soar menos Aaron Tyler e mais Pablo Picasso.

— Como é bom ver você, Aaron. — A vovó segura o meu rosto entre as mãos e olha no fundo dos meus olhos, tentando descobrir se eu sou o mesmo menino que ela viu nessa época, no ano passado.

Ela vai se decepcionar.

HANNAH

Falta um minuto para a meia-noite. Um minuto para o Natal e eu estou acomodada na cama, encolhida sobre a minha quase barriga.

Bebê.

Pego o meu celular e olho para a tela.

Bebê.

A enfermeira escreveu embaixo da imagem "nádegas" e "cabeça", e eu espero que seja mesmo, pois não tenho certeza se conseguiria identificar sozinha.

Bebê.

Pensei que mudaria alguma coisa depois que eu soubesse como ele é, mas ainda não acredito que ele está dentro de mim.

Bebê.

Talvez eu me sinta diferente.

Meu bebê.

SEXTA-FEIRA, 25 DE DEZEMBRO
NATAL

HANNAH

Estou cochilando no sofá, ouvindo Lola brincar com o seu segundo presente favorito, uma boneca à qual ela deu o nome de Kooky. Seu primeiro presente favorito (palavras dela, não minhas) é o coelhinho preto que minha mãe e Robert conseguiram esconder até mesmo de mim. Foi por isso que fui expulsa de casa ontem, por causa do safadinho.

Lola não sabia que nome dar a ele e pediu para Robert escolher, por isso o coelho se chama Cincão. Agora ele está dormindo em sua gaiola, na área de serviço, o que eu sei porque acabei de dar uma olhadinha nele. Eu sempre quis ter um coelho e, para ser sincera, estou um pouco enciumada — apesar de que em uma semana serei eu quem vai dar água e trocar a palhinha dele. Mesmo assim. Se ele fosse meu, eu teria dado outro nome, não o valor que estava marcado na etiqueta de preço.

Que nome vou dar para o meu bebê? Acho que ainda é um pouco cedo para pensar nisso — pode dar azar ou sei lá o quê. Não quero nada disso. Depois de tê-lo visto na tela ontem, descobri que quero que tudo corra bem. Com o bebê, digo. Não sou tonta de pensar que tudo vai correr bem com a minha família.

Vejo Lola se aproximar e pegar o celular novo de Robert de cima da mesinha de centro; ela já se cansou da Kooky. Fecho os olhos outra vez e me ajeito um pouco mais entre as almofadas. É isso que eu quero para o meu bebê: Natais aconchegantes perto da lareira e ceias fartas, uma linda árvore de Natal com luzinhas piscando e filmes da Disney…

Acho que apaguei.

— … a Hannah está dormindo — ouço Robert dizer, e minha mãe suspira. Acho que eu ia ser requisitada para ajudar a lavar a louça, por isso fecho os olhos bem apertado e acalmo a respiração. Não estou nem um pouco a fim de lavar louça agora.

— Cuidado, Lolly. Isso não é um brinquedo — diz minha mãe.

— Tô tomando cuidado — é a resposta.

Uma pausa se segue e eu posso imaginar que minha mãe ainda está ali, de olho em Lola para ter certeza de que ela não está prestes a fazer um estrago.

— O que você está fazendo?

— Tirando uma foto com o telefone do papai — Lola explica.

— Do quê?

— Do bebê da Kooky.

Tenho de me controlar para não abrir os olhos na hora. Em vez disso, levanto só um pouco as pálpebras, uma fresta, o suficiente para ver que Lola está segurando o telefone de Robert em cima da barriga da Kooky enquanto a boneca está deitada de costas sobre uma almofada.

Fecho os olhos e rezo por um milagre de Natal.

— E como o telefone do papai vai fazer isso? — Ouço os passos da minha mãe vindo do outro lado da sala.

— Ele vai tirar uma foto do bebê da Kooky dentro da barriga dela. — Não quero nem pensar nos detalhes de como a enfermeira tirou uma foto do meu bebê e o que Lola acha que o celular tem a ver com isso.

— Por que você está fazendo isso? — pergunta minha mãe.

— Para saber se o bebê tá bem — minha irmã continua explicando. Por favor, cale a boca, Lola...

— E o bebê dela está bem?

— Está.

Um breve momento de silêncio se segue, e então:

— Lola, onde você aprendeu isso?

— Com a Hannah.

Finjo que estou dormindo profundamente, igual a uma criancinha escondida embaixo de uma toalha de banho, achando que ninguém pode vê-la se ela não pode ver ninguém.

— A Hannah te falou isso? — Robert entra no assunto, com um tom de desaprovação na voz.

— Não. Ela disse para eu não contar... — Lola não parece muito segura agora, e posso imaginá-la olhando para mim.

— Hannah? — minha mãe diz meu nome, tentando me acordar.

Permaneço de olhos fechados.

— Sei que você está acordada.

Abro os olhos. Os dois estão olhando para mim: minha mãe, curiosa; Robert, bravo.

— Você falou para a Lola como nascem os bebês? — Obviamente minha mãe considera essa área especialidade sua, não minha.

— Eu...

— Você não devia ter falado com ela sobre isso. Ela ainda é muito pequena — Robert diz mais alto do que pretendia, pois bebeu um pouco a mais de vinho.

— Robert. O volume — minha mãe dá bronca, coisa que fez a noite toda.

— Parem de gritar! — interrompe Lola. — Vocês vão assustar o bebê dela.

Ai, Lola...

— O quê? — Robert e minha mãe não parecem se dar conta do que está acontecendo; eles olham para a Kooky.

— O bebê da Hannah. Vocês não querem assustar o bebê com seus gritos.

AARON

Estou sentado no banco de pedra com vista para o jardim em declive. Faz frio, mas minhas bochechas ainda estão quentes por ter ficado tanto tempo fechado dentro de casa perto da lareira acesa e junto de um bando de parentes, e tem um calor tão intenso dentro da minha mente que quase me consome.

Respiro fundo e, quando solto o ar, sinto que um pouco do calor vai embora junto.

Uma respiração de cada vez, aos poucos, sai calor, entra frio, até eu me acalmar.

Tios Matt e Dave estavam conversando com Zoë, a esposa de Matt, sobre mim. Sobre como eu estou pálido. Sobre o fato de meus pais não os terem procurado para desabafar sobre o problema. Sobre o fato de eles terem excluído a família. Não havia outro modo de tratar essas coisas. Somos uma família, dividimos os nossos problemas, dividimos o *fardo* da desgraça dos nossos filhos. Não escondemos e fingimos que está tudo bem.

— Mas você ficou sabendo? Eles o mandaram para a terapia.

— Terapia? Claro que ele ia precisar, depois...

Ouvi os passos da minha avó chegando, batidas suaves de sapatos macios sobre o piso de pedra.

Isso não os deteve.

— Ele só fez três sessões.

(Errado, tio Dave, fiz quatro.)

— Bem...

— Bem...

— Bem...

— A Stephanie me contou que arrumou um lugar para ele visitar.

— Visitar? Quem?

— Os idosos no asilo para o qual a empresa que ela trabalha fornece suplementos.

(A vovó não se enquadra na categoria "idosa", pois suas costas são eretas e a mente é afiada.)

— E em que isso vai ajudar?

Nenhuma resposta. Imaginei vários encolheres de ombros. (A lógica da minha mãe é que eu preciso de alguma perspectiva — de um pouco de propósito na vida. O que é verdade.)

— A Lynetinha me contou que ele é muito fechado.

(Ah, claro, esqueci que crianças de sete anos de idade são especialistas em psicanálise — eu deveria ter ido pedir conselho para a filha da Zoë.)

— É com os quietos que devemos tomar cuidado.

— Hum...

— Hum...

— Hum...

— Aí está a prova.

Apareci na porta. Quase pude ouvir a troca de pensamentos.

Há quanto tempo será que ele estava aí? Será que ouviu a nossa conversa?!

— Vamos embora na segunda — falei, olhando para trás. — É melhor vocês terminarem a conversa depois.

Então eu vim aqui para fora.

Ouço uma ondulação no volume de vozes quando alguém abre a porta dos fundos e caminha fazendo barulho, vindo na minha direção. Meu pai senta, ergue as mãos espalmadas e então resmunga.

— Está nevando.

É inverno. Estamos em Yorkshire. Não estou totalmente surpreso.

— A sua mãe está arrancando a pele da Zoë e dos seus tios.

Não digo nada.

— Eles estão se sentindo muito mal.

Ainda não digo nada.

— Fale comigo, Aaron. — Ele faz uma pausa. — Por favor.

Eu me viro e olho para ele. Ele me encara. Seus olhos estão um pouco vermelhos do cigarro e do álcool e das quatro horas dirigindo ontem.

— Não tenho nada para dizer. — Observo-o olhando para mim, em busca de sinais de instabilidade mental. — Acho que não foi muito inteligente falarem de mim enquanto eu estava na casa. E foi falta de educação. Mas sabe como é a sua família...

Sorrio para mostrar que estou brincando, mas o arremedo de sorriso do meu pai é fraco. Estamos desencontrados ultimamente.

— Volte para nós, filho.

Olho para o chão entre meus pés e me concentro na camada de gelo que encobre o gramado.

— É difícil. Estou tentando.

Mas me pergunto se estou mesmo.

Meu pai pousa o braço sobre meus ombros e pressiona o rosto contra o meu cabelo.

— Só queria saber o que se passa aí dentro.

— Culpa, pai.

O silêncio se instala entre nós. Retomamos a mesma história.

— Todos nós nos sentimos culpados por algo — ele diz, e eu sei que está pensando que tem alguma coisa que ele poderia ter feito para ajudar. O amor dos meus pais é tão grande que eles preferem achar que falharam na educação que me deram a reconhecer que o problema é comigo, e isso é sufocante.

É sufocante ser perdoado quando tudo o que você quer é levar a culpa.

HANNAH

Para uma mãe histérica, "Não posso dizer quem é o pai" soa bastante como "Não sei quem é o pai".

— Com quantos você já *ficou*? — O olhar da minha mãe me deixa mais envergonhada do que qualquer coisa que eu tenha feito com um garoto. E mesmo assim é mais fácil deixar que ela pense que eu não sei quem é o pai do que contar a verdade. Acho que seria demais, depois de ela ter ficado sabendo que estou grávida de três meses e que busquei a ajuda da vovó.

Robert me manda sair da sala. Vamos conversar amanhã de manhã. Quando me viro para fechar a porta, vejo minha mãe escondendo o rosto no suéter natalino que ele costuma vestir todos os anos. Fico vendo os ombros dela sacudirem e ele a abraçar, protegendo-a da dor que eu causei.

Fecho a porta e deslizo até o chão, recostada nela. Minha mãe tem Robert. Eu não tenho ninguém.

E a culpa é toda minha.

AARON

O sono é um terreno perigoso. Você abandona o controle do seu corpo e da sua mente, se entrega e fica vulnerável durante as horas dormentes.

Nunca sofri de insônia. Não antes. Agora o sono e eu somos companheiros incompatíveis na cama; fico tenso embaixo dos lençóis, esperando para sentir seus braços me envolvendo, e então me entrego ao inevitável. Não se pode confiar no sono. Às vezes ele te leva para longe para em seguida trazê-lo de volta, desperto e alerta, meros minutos depois de ter se apossado de você. Às vezes ele rouba alguns segundos e lhe dá horas em retorno. Quando você entra atrás daquela cortina preta, não tem como saber o que o espera do outro lado...

Às vezes sonho acordado, às vezes sei que estou sonhando, mas tem um tipo especial de sonho que é um pesadelo acordado. Eu sei o que vem, estou ciente do lugar para onde estou sendo arrastado contra a minha vontade, mas ao mesmo tempo vivencio o que está acontecendo, como se fosse algo pelo qual nunca passei antes, por isso sempre experimento a mesma sensação de horror e medo, como se fosse a primeira vez. Como meu cérebro permite que isso aconteça? Que tipo de curto-circuito idiota foi disparado para que eu experimente uma sensação de apreensão e surpresa ao mesmo tempo?

E por que esse sonho pode me atingir a qualquer momento, acabando com a diversão, ou com um momento de satisfação sexual, ou até mesmo vindo com uma brandura suave que se transforma em algo capaz de apagar todos os resquícios de bons sentimentos que eu já tive e me força a encarar minha pior faceta?

Tudo começa com a chuva.

Meu sonho é em 3D, som surround, sensação olfativa... Eu também fico molhado. Sou muito melhor que o IMAX.

Primeiro sinto as gotas respingarem uma a uma. Mas é só em mim. Ninguém ao meu redor está se molhando. Todas as vezes digo a eles, apontando para o céu e para as gotas no meu braço: "Veja, estou molhado", mas, depois de mostrar para algumas pessoas, percebo que não é água que está caindo sobre mim. É sangue.

Nisso, o céu costuma escurecer e começa a chover para valer. As outras pessoas que estão no sonho começam a derreter, a desaparecer nas torrentes de chuva que caem do céu, porque é uma chuva de água que está caindo. Ela só vira chuva de sangue quando cai sobre mim. Estou ficando molhado, com frio e assustado. *Onde estão todos?*

Então ouço uma voz me chamando.

Ty!

Isso tem me deixado confuso ultimamente, porque estou me acostumando a ser chamado de Aaron; mesmo assim, o meu eu do sonho entende e começa a seguir o som. Não é fácil; a chuva é barulhenta e tem trovoadas.

Ty!

Só quando estou me aproximando da silhueta da pessoa que está me chamando começo a imaginar quem pode ser, mas nunca descubro. Sei e não sei ao mesmo tempo.

É o Chris.

Aponto para minhas roupas manchadas de sangue.
— Está chovendo sangue, cara.
— Não está chovendo — diz ele. — Sou eu.

Vem o silêncio. Tudo para, a chuva, os trovões. Um momento de quietude perfeita.

Então ele se parte de dentro para fora, espirra sangue em mim, e vem o barulho. É um estampido, o barulho de algo sendo triturado e um som que só ouvi uma vez, mas que desde então tenho ouvido repetidamente...

Agora estou ouvindo, vendo-o cair diante de mim enquanto estou parado na chuva, coberto de sangue — do sangue dele —, vendo meu melhor amigo cair no chão, e ele está gritando de dor e se contorcendo e eu estou soluçando, mas não tem nada que eu possa fazer, porque não consigo me mover — todas as vezes que tento, acabo me afastando ainda mais.

Não importa quão longe estou, ainda posso ouvir seus gritos e soluços, como se ele estivesse dentro da minha cabeça.

Porque está. Aquele que está gritando e soluçando? Sou eu.

SÁBADO, 26 DE DEZEMBRO
DIA DAS PROMOÇÕES DE NATAL

HANNAH

— Ivy.

— Paula.

Dou um beijo no rosto da vovó e vou até a cozinha conjugada de seu pequeno apartamento para colocar a chaleira no fogo. No caminho, passo por uma arvorezinha de Natal artificial, montada no canto. Há alguns presentes embaixo dela, esperando por mim para compartilhar a diversão que é abri-los. Tem um do meu pai para mim. Pelo menos eu espero que tenha — não tinha nenhum dele embaixo da nossa árvore.

Algo me diz que não vai ter abertura de presentes hoje. Se tiver, não vai ser divertido.

Coloco o bule em cima da mesa onde minha mãe e minha avó estão sentadas, desconfortavelmente eretas, como se fossem duas pessoas em um palco, prestes a iniciar uma encenação que não foi devidamente ensaiada. Há mais duas cadeiras: uma perto da vovó e uma perto da mamãe. Sento na cama.

— Você sabe por que eu estou aqui — diz a minha mãe.

A vovó assente e me olha de um jeito triste. Telefonei para ela hoje de manhã para contar o que tinha acontecido, mas minha mãe me pegou no pulo, tirou o telefone da minha mão e se convidou para ir a Cedarfields.

— Fiquei sabendo que você tem ajudado a Hannah a passar por tudo isso.

A vovó assente outra vez e despeja leite nas xícaras, em seguida o chá.

— Você não toma com açúcar. — Foi mais uma afirmação do que uma pergunta, e mesmo assim minha mãe dispensa o açúcar com um aceno.

— Ivy, não sei por onde começar... — Ela hesita, remexe no assento e tenta outra vez. — Você devia ter vindo falar comigo de imediato.

— Paula, querida, você sabe que eu não devia.

Minha mãe fica sem resposta. Não estou surpresa. Eu também não tenho uma.

— A Hannah é quem deve tomar as decisões, não eu. — Ela olha no fundo dos olhos da minha mãe. — Nem você.

— Ela só tem *quinze* anos! Onde você estava com a cabeça? Ela precisa de ajuda e apoio para tomar uma decisão como essa. Isso é algo que vai mudar não apenas a vida dela, mas a de todos que convivem com ela.

Sinto vontade de pedir para minha mãe parar de falar de mim como se eu não estivesse presente, mas talvez seja melhor deixar por isso mesmo.

— A Hannah não tomou essa decisão de maneira leviana. Tomou, querida?

Balanço a cabeça e baixo os olhos para o chão.

— Não acredito que estou ouvindo isso. Você tem noção de como é irresponsável permitir que ela faça isso?

— Faça o quê, exatamente? — A voz da vovó é dura e cala minha mãe na hora. Elas se entreolham e eu olho de um rosto para o outro, em busca de algo que pelo jeito é óbvio para todo mundo menos para mim.

— Você sabe o quê — minha mãe murmura.

Estou confusa.

— Hã, mãe? — digo. — *Eu* não sei...

Ela olha para mim como se realmente tivesse esquecido que eu estava ali, e o modo como me olha é o mesmo como já olhou milhares de vezes para adolescentes em apuros. É um olhar que parece vir de uma parte triste de sua alma.

— Hannah. Eu acho que você não deveria ter o bebê.

A sala cai em um silêncio. Claro que eu sabia que era isso que ela estava pensando. Sempre soube. Mas nunca imaginei que ela fosse *dizer*. Não agora. Não depois que tomei a decisão.

Olho fixamente para o chão, segurando as lágrimas que brotam. Uma mão pousa sobre a minha e eu viro a palma cima para segurar a mão da minha avó. Ouço o barulho de cadeira estalando, sinto o colchão afundar quando minha mãe senta perto de mim e tenta me dar um abraço consolador. O abraço está lá, mas não consola.

— Desculpe, Hannah — ela sussurra. — Nunca mais vou dizer isso. Mas você tem certeza de que é isso o que quer? Tem certeza de que quer ter o bebê?

Sinto a mão da vovó sobre a minha, sinto a leve compressão de seus dedos. Ela nunca me perguntou isso, nunca duvidou de que eu soubesse o que queria. Ela me conhece melhor do que a minha própria mãe.

Então eu balanço a cabeça, antes de descobrir como é ter minha mãe chorando no meu ombro em vez de no do Robert.

DOMINGO, 27 DE DEZEMBRO

HANNAH

Quando meu pai desliga depois que eu telefono para agradecer o cheque que ele mandou de presente de Natal, o celular informa que a nossa conversa durou três minutos e vinte e três segundos. Minha mãe, que estava ao meu lado, balança a cabeça.

— Me deixe adivinhar. Ele está trabalhando.

Respondo que sim e ela bufa, irritada.

— Ele vem logo?

Assinto outra vez. Ele tem uma reunião marcada para o fim do mês com alguns produtores. Ou no início do próximo mês. Eu sei como é apresentar um roteiro para os grandes produtores de cinema. Mas de fato eu não sei. Só tenho quinze anos. Eu sei como é ter de entregar a lição de casa no dia marcado e me preocupar com o tamanho do meu sutiã. Mas o meu pai não sabe o que se passa comigo.

— Conte pessoalmente para ele. Vai ser mais fácil fazer isso cara a cara, e mais algumas semanas não farão diferença.

Tento fingir que não notei a pontinha de mágoa em sua voz.

SEXTA-FEIRA, 1º DE JANEIRO
ANO-NOVO

AARON

— Eu trouxe um presente para você — falo para Neville enquanto nos sentamos. O sol de inverno é refletido no gramado congelado, visível pela janela da sala de jantar. Hannah e sua avó passeiam de braço dado lá fora, pisando com cuidado na calçada coberta de sal.

Coloco um livro sobre a mesa. Tem um laço de fita marrom amarrado sobre a capa de couro, e enfiei um cartãozinho com os seguintes dizeres: "Está na hora de aprender alguns truques novos, burro velho".

Neville desfaz o laço, resmunga ao ler o cartão e então olha para a capa do livro: *Jogos de baralho de salão*.

Ele lê o cartão novamente e ri.

HANNAH

Sentamos com Aaron e Neville no almoço. Foi legal. As coisas lá em casa estão para lá de ruins — minha mãe mal olha para mim, Lola tem feito tanta birra que nem eu consigo agradá-la e Robert está furioso. Jay deveria ter vindo para casa após a viagem para esquiar, mas a mãe dele o deixou na casa de Imogen em vez de na nossa. Robert brigou com Jay por isso, e agora os dois não estão se falando. Eles são tão teimosos que não vou me surpreender se Jay não aparecer em casa antes do próximo Natal. Robert não contou para ele sobre a minha situação. Acho que ele queria contar pessoalmente, e foi por isso que ficou irado com o lance da Imogen. Mais um problema que eu causei.

A visita à vovó foi uma trégua para tudo isso, pelo menos até Aaron perguntar o que eu fiz no Ano-Novo.

— Você se divertiu com a Katie e o pessoal ontem à noite?

Contei para ele que fiquei em casa com Lola, o que é verdade. Da última vez que liguei para Katie, ela disse que me avisaria se rolasse algo interessante, o que deu brecha para uma brincadeira sobre ela e Rex. Depois da comemoração do fim do período no parque, eles foram para a casa de Katie, mas ela estava menstruada, por isso não aconteceu nada. Por outro lado, isso levou Rex a finalmente pedi-la em namoro. Katie adorou me fazer engolir o que eu disse — contando sobre encontros no cinema e um jantar no Nando's. Estou feliz por ela. Sério. E é bom variar um pouco, em vez de ter de escutá-la contando vantagem sobre quão rápido funciona a tática especial Katie Coleman, não que ela tenha tido muita chance de pôr em prática, com seus irmãos gritando pela casa e os pais do Rex não querendo que ele leve garotas para a casa deles. Dez semanas. É um recorde para Katie.

Quando não obtive nenhum retorno dela, assumi que ela tinha resolvido comemorar o Ano-Novo de um jeito diferente.

Mas Katie não ficou em casa com Rex. Aaron contou que eles saíram. *Com o pessoal.*

A pergunta é: Por que Katie não me convidou para ir junto?

AARON

Observo Neville guardar o presente na estante entre os outros livros de história que eu imaginava que estivessem lá só de enfeite. Quando ele caminha com dificuldade até o guarda-roupa, penso em perguntar como está sua perna — parece um pouco mais enrijecida do que há duas semanas —, mas ele está fuçando em meio às suas roupas, resmungando consigo mesmo, então xinga um cabide que enrosca em sua mão, até que finalmente consegue pegar algo.

— Experimente isso.

— O que é?

— O que parece? É um casaco de couro. — Neville joga a peça de roupa para mim. O couro escuro é macio quando o toco e examino, deslizando um polegar sobre a manga. Sempre gostei do cheiro de couro. Tem algo de quente e orgânico nele, convidativo para o tato e o olfato. Visto o casaco e chacoalho os ombros dentro dele, para ver até onde os punhos vão.

Ficou certinho.

Neville gesticula um "dê uma voltinha" e, quando giro de volta, ele está balançando a cabeça em aprovação.

— Exatamente como imaginei.

Não quero assumir nada. Parece imprudente pensar que Neville vai me emprestar um casaco de couro que me faz parecer muito mais descolado do que eu realmente sou.

— Feliz Natal — diz Neville, com um aceno. — É seu, se você quiser.

— O quê? — Desvio os olhos do espelho. — Meu? Pensei que talvez você fosse me emprestar...

— Não. É um presente. Comprei este casaco quando tinha a sua idade. Eu não tirava do corpo, mesmo depois que virei professor e supostamente deveria me vestir de um modo mais respeitável. A minha esposa gostava.

Esposa? Olho para ele, mas a conversa não vai seguir esse rumo.

— Neville...

— Ficou bom em você, garoto. — Ele me dá um sorrisinho malandro. — E, para ser sincero, você está precisando de umas dicas de moda.

HANNAH

No caminho de volta para casa, verifico todas as pastas do meu celular, tentando me convencer de que Aaron entendeu algo errado, ou de que deixei escapar uma mensagem. A quem estou enganando? Era Ano-Novo. Meu telefone ficou ligado *a noite toda*. Não tinha como eu não ter visto.

O zunido do freio de mão ecoa dentro da minha cabeça e me traz de volta à realidade. Está começando a nevar, e, quando saio do carro, coloco a língua para fora para ver se consigo pegar um floco de neve, e ao mesmo tempo faço um desejo para mim mesma, igual eu costumava fazer quando era criança. Naquele tempo eu desejava que os meus pais parassem de brigar, ou então uma bicicleta nova, ou um hamster, ou até mesmo um peixinho dourado para eu cuidar.

Hoje eu sou o motivo das brigas, não poderia andar de bicicleta mesmo que tivesse uma e é a minha irmã quem tem um coelho.

— Hannah? — Minha mãe está parada na porta da frente. — Entre. Está um gelo.

Robert está sentado na sala com o laptop no colo e Lola está esparramada no chão, concentrada, copiando um coelho do seu livro *Como desenhar animais*. Eu falei "coelho", mas, para ser sincera, seu desenho parece mais com um macaco.

— Você falou com ele? — pergunta a minha mãe, mas Robert balança a cabeça. — Pelo amor de Deus, Robert, você precisa contar para ele mais cedo ou mais tarde.

— Não me diga o que eu devo fazer com o meu próprio filho, Paula.

Por um segundo, acho que ela vai dizer algo, mas minha mãe se vira e sai andando. Quando passa por mim, percebo que ela está chorando.

— Mãe...

— Não, Hannah. Agora não.

A minha família está desmoronando. Vai ser preciso muito mais do que um desejo de Ano-Novo para colocar tudo no lugar novamente.

TERÇA-FEIRA, 5 DE JANEIRO

AARON

Rex e Katie estão oficialmente namorando. Isso significa que, em vez de guardarem o tesão para a privacidade da casa deles ou para o escurinho do parque às sextas-feiras, agora estão totalmente à vontade para exibir em público suas demonstrações de afeto. O que é contra as normas da escola, mas basta fazer longe da sala dos professores que não acontece nada.

— Nojento.

Alguém verbaliza meus pensamentos. Viro e vejo que é Anj, parada ao meu lado, olhando e ao mesmo tempo tentando não olhar para Katie e Rex. Ela morde os lábios quando percebe que eu escutei.

— Desculpa, não era para ter dito em voz alta.

— Você só verbalizou o que todos estão pensando — falo e noto mais alguém parado na porta. É Hannah. Ela está olhando para o casal feliz por cima do ombro, como se fosse outro o lugar onde ela deveria estar. Supostamente com Katie.

Anj pergunta se eu gostaria de sentar com ela na aula de matemática.

— Posso mudar de lugar?

Ela encolhe os ombros.

— Período novo, colegas novos.

— Escolha bem, srta. Ojo — digo com um sorriso. — Você pode se arrepender da sua decisão.

— Não mais do que me arrependi da escolha que fiz no começo do período passado. — Ela revira os olhos. — Sério. A menina que sentava comigo não parava de copiar as minhas respostas. *Nem disfarçava.*

— Prometo que você não vai perceber que estou copiando. — Enquanto pego a minha mochila, percebo Katie andando à nossa frente. Ela está conversando com Marcy e uma das amigas dela, Nicole, e as três começam a rir sobre algo quando passam pela porta. Bem na cara da Hannah.

HANNAH

Fico escondida no banheiro. Ninguém vai perceber que desapareci. Já matei aula antes e só uma vez tive problemas.

Ninguém vai notar.
Nem mesmo a minha melhor amiga.
Do jeito que ela olhou para mim...
Como se eu nem estivesse ali.
Como se eu não fosse a pessoa que segurou seu cabelo enquanto ela vomitava no meu banheiro. Como se eu não fosse a pessoa que mentiu para seus pais quando ela passou a noite fora com um cara qualquer que conheceu em uma balada, e então eu acabei entrando numa fria no lugar dela. Como se eu não fosse a pessoa com quem ela trocava tantas confidências que meus segredos e os dela acabaram virando *nossos*. Como se eu não fosse a pessoa que sempre estava lá quando ela precisava de mim.

Lembro da briga que tivemos ao telefone no fim de semana. Quando descobri que ela tinha saído com Rex e os amigos dele — e as namoradas deles.

— Quer dizer que a Marcy também foi?
Silêncio.
— Você saiu com a Marcy e não me contou?
— Porque eu sabia que você ia ficar assim.
— Só porque ela é uma vaca!
— Ah, Han. Até parece que você não dá motivo...

Minha vez de ficar em silêncio. Não acreditei que ela disse aquilo. Não importa qual seja a desculpa que o seu pior inimigo tem para te odiar, a sua melhor amiga *sempre* deveria ficar do seu lado. Não deveria?

Meu rímel borrou, e eu passo papel higiênico sob os olhos, tentando dar um jeito. Não quero que Katie perceba que estive chorando, porque ela vai saber o motivo. Não quero ser a fraca desta história. Toca o sinal do intervalo e ouço um grupo entrando no banheiro. Se eu estivesse em um filme, seria agora que ouviria as meninas falando mal de mim sem saber que eu estava ali. Prendo a respiração e escuto, mas minha vida não é um filme e elas não estão falando de mim. Estão falando sobre garotos. Como se falassem de outra coisa.

Katie me evita durante o intervalo da manhã e entra atrasada na aula de cidadania, fedendo tanto a cigarro que ainda consigo sentir o cheiro mesmo depois que ela se senta no outro extremo da sala. Tento alcançá-la depois da aula, mas sou escolhida para recolher os livros estúpidos, e quando vejo Katie já saiu. Determinada a ser forte, eu me recuso a telefonar para perguntar onde ela está e, em vez disso, sigo direto para o refeitório.

Raramente venho aqui, por isso não tenho com quem sentar. Penso em sair correndo, mas estou morrendo de fome e a comida daqui é quente e barata. Loto uma bandeja de frango, batatinha frita e feijão, e em seguida saio à procura de um lugar para sentar.

Tem uma mesa vazia no fundo e eu praticamente corro até ela. Solto a bandeja sobre a mesa exatamente no mesmo momento que um garoto que tem metade do meu tamanho e está um ano abaixo de mim.

— Ei! Cheguei primeiro — ele declara em tom ameaçador, enquanto eu me sento.

— E...? Tem mais cinco lugares. — Aponto com o garfo para as cadeiras vagas.

— Você não tem amigos, é? — ele debocha. — Estou com CINCO amigos, por isso vou precisar do seu lugar.

— Mas não vai conseguir — digo, descarregando a raiva sobre um pedaço de frango. Ele abre a boca para dizer mais alguma coisa no instante em que alguém ocupa a cadeira em frente à minha. Ergo os olhos e vejo Gideon, que me dá uma piscada. Anj e Aaron ocupam os outros lugares, e o menino parece estar prestes a ter um chilique.

— Ei, fofo. Quer almoçar com a gente? — pergunta Gideon, no tom de voz mais afetado que já o vi usar, e depois disso o garoto cai fora.

Aaron olha para mim e sorri, um leve sorriso de canto de boca, enquanto Gideon começa a me perguntar sobre o projeto de educação pessoal, social e de saúde que eu nem sabia que deveria ter feito. Quando olho novamente para Aaron, ele ainda está olhando para mim. Ele notou, não é mesmo? Eu queria que ele não tivesse notado.

O dia passa lentamente, silenciosamente, já que a pessoa com quem eu costumava conversar está me ignorando. O mesmo acontece quando volto para uma casa vazia. Minha mãe está trabalhando, e Robert e

Lola estão na casa dos pais dele. Ainda falta muito para a hora do jantar, por isso vou direto para a cozinha pegar um copo de leite, uns pãezinhos e batatinhas. Quando estou guardando o leite de volta na geladeira, reparo no post-it que caiu da porta:

> *Falei com o Jay.*
> *Por favor, ligue para ele — ele quer falar com você.*
> *R*

Dobro o papel ao meio cuidadosamente uma vez, duas, e jogo o quadradinho no lixo.

Esta noite não.

QUINTA-FEIRA, 7 DE JANEIRO

HANNAH

Katie e eu ainda não estamos nos falando, e isso está me matando. Não que ela saiba. Virei especialista em esconder meus sentimentos ultimamente.

Mas talvez, só talvez, eu não devesse escondê-los da minha melhor amiga. Foi isso que me fez perder o sono na noite passada, e reconheço que o motivo de eu estar tão brava com Katie por ela estar saindo com Marcy é que finalmente estou pronta para lhe contar a verdade.

Ontem descobri que ela foi com a Marcy na casa da Nicole na noite anterior para tingir o cabelo. Ruivo combina com Katie, mais do que o loiro que ela estava usando, mas doeu quando constatei isso na entrada da escola; quando era eu quem deveria ter lavado seu cabelo e soltado gritinhos animados depois de seco. Não a Nicole. Muito menos a Marcy. Lá no fundo imagino se Marcy não está se aproximando da Katie como vingança pelo que ela desconfia que rolou entre mim e o namorado dela. Então eu engulo essa, porque preciso encarar o fato de que, assim como Tyrone, Katie está feliz por se deixar seduzir.

Está na hora de dizer quanto ela é importante para mim.

Eu a pego de jeito no último tempo do jogo de basquete, depois da aula. Ela está sentada no banco ao lado da saída de incêndio, e eu sento enquanto ela acende um cigarro, para que ela não tenha tempo de inventar uma desculpa e ir embora, como fez a semana toda.

Minhas mãos estão tremendo, e eu a enfio nos bolsos.

E então eu faço. Conto para ela.

— Quatro meses?

— Mais ou menos.

Katie dá um trago no cigarro, e percebo que ela está brava comigo. Mas então:

—Ainda dá tempo de tirar. — Ela sopra a fumaça pelo canto da boca, para longe do meu rosto. — Eu vou junto, se você quiser.

Não tenho certeza do que mais me decepciona: o fato de ela estar dizendo isso ou o fato de eu não estar surpresa.

Estou triste demais até para chorar. Apenas passo para ela o meu celular com a foto do ultrassom na tela.

— Você não está pensando em abortar, então? — ela pergunta suavemente.

— Não.

— E só está me contando isso agora. — Ela bate o dedo quase na ponta do cigarro. Katie fica inquieta quando está brava. — E...?

E tem uma *pessoa* crescendo dentro de mim

E eu ainda estou na escola.

E não estou com o pai da criança.

E estou sozinha.

E estou com medo.

— Nada — digo e fico de pé.

Katie contrai os olhos, com o semblante levemente retorcido enquanto me analisa. Talvez ela tenha reconhecido que tem sido uma vaca, mas estamos falando da Katie, portanto não tenho tantas esperanças. Ela tem três irmãos para lhe ensinar a ser teimosa.

— Por que você não me contou antes?

— Eu não sabia como. — Isso me faz parecer tão fraca.

— Sou a sua melhor amiga, Han. Você devia ter dito alguma coisa. — Katie fica em pé e amassa a bituca do cigarro. Meu coração dá um salto duplo. *Sou a sua melhor amiga, Han.*

Espero por algo mais.

Ela também.

— Você não vai nem me pedir desculpa? — ela finalmente pergunta.

— Por quê?

— Por não ter me contado antes.

— Ah, fala sério! — digo, achando que ela só pode estar brincando, mas, no momento em que falo, percebo que não poderia estar mais enganada.

— Você devia ter me procurado antes, conversado comigo antes de fazer alguma bobagem.

Não acredito que estou ouvindo isso.

— Como o quê?

— Como decidir ter o bebê. Você tem quinze anos. Pelo menos sabe quem é o pai? — Ela não dá tempo para que eu possa responder. — Bom, que diferença faz? Você está sozinha agora.

— Eu sei — digo, num tom de voz tão patético que eu queria que não fosse minha.

— Olha, desculpa. — Katie se aproxima e eu penso que ela vai me dar um abraço. Mas ela não o faz. — Não estou tentando fazer você chorar.

Estou chorando? Nem percebi.

— Você ficou me evitando, e agora isso é... é simplesmente muita coisa para assimilar.

Finalmente, quando deixo de ter esperanças, Katie me dá um abraço, e tenho de prender a respiração para não sentir o cheiro forte de cigarro. Então sinto que ela tira o celular do bolso e em seguida resmunga:

— *Saco*.

Quando recuo, ela parece estar pronta para dar o fora.

— Está atrasada para encontrar o Rex?

— O jogo acaba em dez minutos, e eu ia me trocar...

— Você vai para algum lugar legal?

Ela enrijece.

— Só vamos dar uma volta.

— Com quem?

— Ah, Han. Você não vai querer sair com a gente, vai? Não assim. — Ela me dá um cutucão, com um sorriso cheio de dentes, mas sem coração.

Eu a dispenso com um aceno, fingindo que nem notei que ela virou parte da "gente" e eu virei "você". Pelo jeito ela se reinventou e deixou de ser a Katie, melhor amiga da Hannah, para se transformar em Katie, namorada da turma do basquete e clone da Marcy. Enquanto ela se afasta, percebo que suas unhas estão pintadas e não roídas, e que a base pesada foi substituída por uma que tem um leve tom bronzeado. A cor do cabelo foi só a cereja do bolo.

Tenho andado tão envolvida com meus próprios problemas que não notei que ela estava se distanciando de mim.

SEXTA-FEIRA, 8 DE JANEIRO

HANNAH

Meu dia começa com uma mensagem no celular:

> Oi, Hannah, acho melhor vc dar uma olhada no FB. Espero que vc esteja bem

Uma mensagem da Anj que não contém uma pergunta sobre a lição de francês. Essa é nova.

Levo dez segundos para entrar no Facebook.

Quinze minutos depois, ainda estou nele. Acho que não vou conseguir me mexer, muito menos vestir a roupa. Parece que meu corpo está em choque ou algo assim. Até mesmo meu cérebro parece ter parado de funcionar. Na verdade, não acredito no que estou vendo. Continuo esperando que tudo isso não passe de um daqueles sonhos de que você pensa que acordou, mas não.

Levei um tempo para perceber que a maioria dos comentários no meu feed é sobre mim. Então dei uma olhada nos posts que deixaram no meu mural — alguns legais, outros nem tanto. Recebi algumas mensagens inbox também. Não li nenhuma.

Tem outra mensagem no meu celular. É do Gideon.

> Não sei se parabéns é o que vc está querendo, mas em todo caso: uhu! G

Sinto um nó na garganta quando leio, mas cerro os dentes e me concentro. Preciso descobrir como isso foi acontecer. Só contei para... e ela... ela não faria isso. Será...?

Abro o perfil da Katie. Ela trocou a foto — agora é um close dos seus seios vazando do decote com duas carinhas desenhadas uma de cada lado, piscando uma para a outra. Antes era uma foto nossa, arrumadas para a festa do Jay. Verifico seu status, mas ainda é o mesmo da última vez que vi.

Não sou mais uma loira burra ;D

Os comentários se dividem entre pessoas que entenderam a brincadeira e pessoas que não entenderam. Noto que a Marcy curtiu o comentário do Rex — sobre ter sido "o primeiro a testar" — e entro no perfil dela. Marcy não se deu o trabalho de restringir a privacidade de suas publicações, portanto não faz diferença se somos amigas ou não.

E isso significa que todo mundo pode ler o seu post:

PQP. Hannah Sheppard está grávida de 4 meses. Toca aqui quem já sabia que isso ia acontecer!

AARON

Tem algo no ar. Perdi o horário da entrada porque o carro não queria pegar, e o pessoal com quem divido a bancada na aula de química não ia mesmo saber qual é a fofoca do dia, a menos que alguém pegasse a informação e a transformasse em uma substância fumável. Corro para a sala de geografia, esperando alcançar Anj antes que a aula comece.

Quando dobro o corredor, vejo que ela está conversando com Gideon, que deveria estar do outro lado da escola, na sala do meu pai.

— Sempre achei que ela estivesse exagerando... — ele está dizendo quando me vê chegar, e sorri para mim.

— Ela estava. Basta transar com um cara para engravidar. — Anj está de costas para mim, mas escuto muito bem o que ela acabou de dizer.

— Quem está grávida? — pergunto, um pouco ofegante, depois da minha corrida da sala de ciências.

É Anj quem me conta.

— A Hannah.

— Que Hannah? — pergunto, porque a minha boca não está conectada ao cérebro.

— Sheppard. — Mas eu já sabia disso.

— Como? — indago. Mas não era isso que eu queria dizer. Eu gostaria que a minha boca e o meu cérebro pudessem se comunicar. Gideon dá uma risadinha maliciosa e diz algo sobre "dormir de conchinha", mas Anj dá uma cotovelada nele.

— Está no Facebook — ela explica.

— Ele não tem Facebook — Gideon conta para ela antes que eu o faça. É a primeira vez que ouço alguém dizer que me procurou, e me sinto desconfortável. Melhor me concentrar em Hannah.

— Foi assim que ela contou para todo mundo? — Não posso acreditar que isso seja verdade.

— Não exatamente... — Anj fica sem jeito.

Gideon esclarece as coisas:

— Pelo jeito a Katie contou para a Marcy, quando elas saíram ontem à noite. Tenho certeza que não era para se tornar público, mas aí a Marcy colocou no Facebook dela, e agora todo mundo está falando sobre quem é o pai. — Ela dá uma olhada pela porta aberta na direção de Fletch, que está em sua carteira, com a cabeça apoiada nas mãos, mas é para mim que Anj está olhando agora.

— Alguém já tentou perguntar para ela? — questiono.

— Ninguém a viu — responde Anj, pegando o celular. — Enviei uma mensagem hoje cedo...

— Acho que ela deve estar dando um tempo. Tem um monte de gente postando no mural dela e dizendo umas coisas pesadas — Gideon supõe.

Eu gostaria de achar isso difícil de acreditar.

Anj liga o telefone, quebrando as regras da escola, antes de soltar um "Meu Deus!" chocado. Olhamos na sua direção e ela vira o telefone para que possamos ver a tela.

É uma página no Facebook chamada "Quem é o pai? Tu é o pai?". Em outras circunstâncias eu teria ficado escandalizado com a redação ruim, mas agora estou mais escandalizado com o conteúdo.

Tem uma foto da Hannah usando o uniforme da escola, e alguém desenhou uma barriga por cima com um ponto de interrogação dentro. A página tem várias curtidas — supostamente de pessoas da nossa escola —, e já começaram a postar sugestões sobre quem pode ser o pai. Um dos primeiros posts chama minha atenção.

Seja quem for que sugeriu o sr. Tyler, está totalmente por fora. O filho dele com certeza é o pai!

Não conheço o garoto que escreveu isso, mas pela foto do perfil ele parece ter uns dez anos. Que beleza.

Anj clica nas fotos e eu vejo de relance alguns rostos conhecidos, porcamente colados no Photoshop em corpos menos conhecidos, fazendo... bom, fazendo aquilo. Por que alguém faria isso?

HANNAH

Não consigo parar de chorar e estou enjoada. Minha mãe disse que ia cancelar o horário no cabeleireiro para ficar em casa comigo, mas de que adiantaria? Até parece que se ela ficar aqui vai mudar alguma coisa. Ainda estou grávida. Ainda tenho a ferida aberta no lugar onde a minha melhor amiga me apunhalou pelas costas. Não tem por que a minha mãe ficar com o cabelo feio também. Esta é a primeira vez que ela me deixa faltar sem medir minha temperatura. Ela está fora de si porque a Katie contou para a Marcy — acho que foi isso que aconteceu, pois não consigo imaginar que alguém da minha família tenha contado.

A campainha toca.

— Vai embora — sussurro.

Toca outra vez depois de um tempo. Dou uma espiada pela janela do meu quarto e vejo Aaron parado na porta da frente, mexendo no celular. Se ele estiver me ligando, vai quebrar a cara. Desliguei o celular há uma hora. Desço e abro a porta.

— Oi.

— Oi.

Termino de abrir a porta e ele entra. Ele tem um cheiro bom, que transmite segurança.

Então ele faz algo inesperado: me abraça. Enquanto me encosto a ele e apoio a cabeça em um ombro mais largo que o da minha mãe, penso em como isso é estranho. Nunca nos abraçamos antes, nem nos falamos *tanto* assim, mas Aaron é a única pessoa que me abraçou durante tudo isso sem se sentir na obrigação.

— Você não devia estar na escola? — pergunto, encostada no seu blazer.

— Você também não devia?

— Tem razão. — Eu o solto e saio andando em direção à cozinha. — Como você descobriu que eu moro aqui?

— Foi a Anj. E o Fletch pediu para eu te mandar um beijo. Bom, algo assim. Acho que ele está convencido de que está prestes a se tornar pai.

— Minha nossa — murmuro e balanço a cabeça enquanto pergunto se Aaron quer tomar algo.

— Como você está? — ele pergunta, enquanto abre a latinha que escolheu. (Diet Coke — quem diria.)

— Grávida — respondo. Isso é tão estranho. É como se eu estivesse tomando chá com a rainha ou algo assim.

— Foi o que eu ouvi dizer. Como estão indo as coisas?

Olho para ele. Ele é engraçado. Não consigo decifrá-lo. Ele é tão direito com certas coisas, mas ao mesmo tempo é como se estivesse distante, como se não fizesse parte.

— A gravidez está indo bem. Só a minha amiga que é uma vaca. — Tomo um gole de leite. *Leite*. Eu sempre detestei leite, mas ultimamente não consigo parar de beber.

— Sabe, a maioria das pessoas só está curiosa. Eles não te odeiam nem nada. — Ele desvia o olhar, meio sem jeito. — Acho que você já viu a página que criaram no Facebook...

— Que página?

AARON

Mostro no computador dela, no andar de cima, me odiando por isso, porém achando que talvez seja pior *não* ficar sabendo de algo assim... Mas eu já vi mais reação no meu pai, quando ele verifica a previsão do tempo no site da BBC.

Ela sai da página e encolhe os ombros.

— Você está bem? — Sou o cúmulo da inutilidade.

— Não muito.

— Como eu disse, a maioria das pessoas...

— ... só está curiosa — ela completa. — Só que isso não é da merda da conta delas, é?

Hannah levanta e chuta a cadeira no caminho antes de sair correndo escada abaixo. Sem saber o que fazer, vou atrás. Ela abre a porta dos fundos e corre para fora, então para no meio do quintal e grita tão alto que eu acho que a sua voz vai sumir.

— Eu estou grávida. *Entenderam?* — Em seguida se vira ao redor e vê os vizinhos espiando por trás das cortinas. — ENTENDERAM? E eu tenho quinze anos! Agora parem de encher o saco!

— Hannah... — chamo, me aproximando, em dúvida se agora é o momento certo para dizer que ela ainda está de pijama e chinelo.

— CAI FORA! — ela grita na minha cara antes de tombar para a frente, tão rápido que quase não consigo segurá-la, então ela cai de joelhos sobre a grama molhada, soluçando, gritando e gemendo. Rosnando.

Ficamos assim por um tempo, eu agachado desconfortavelmente, encostando a barra do meu blazer na grama, Hannah se contorcendo em meus braços, chorando baixinho. Tento imaginar o que os vizinhos estão pensando, então ergo os olhos e vejo uma senhora e o marido olhando pela janela. Mostro o dedo do meio e me divirto com suas caras de ultraje. Eles não deveriam ficar olhando. Isso é particular.

— Estou molhada — Hannah murmura e se levanta cambaleante. — Preciso tomar um banho.

Eu a sigo para dentro de casa e paro no hall de entrada. Nisso ela para e se vira no meio da escada, me pede para esperar e se desculpa por ter agido como uma maluca. Digo para ela não se preocupar e que vou esperar na cozinha. Tenho um livro no bolso do blazer, um que já li, mas, considerando que não tenho nada melhor para fazer, começo a ler de novo. Talvez tenha sido um erro vir até aqui, afinal não fui convidado. Mas Hannah precisa de alguém, e esse alguém pode muito bem ser eu...

— Oi.

Dou um pulo.

— Não ouvi você chegando — explico, pondo o livro sobre a mesa.

Hannah sorri, pega o livro, dá uma olhada na capa e torce o nariz.

— Nunca ouvi falar — afirma, antes de pegar outro copo de leite e um pacote de biscoitos de gengibre. Recuso quando ela me oferece um e se senta perto de mim.

Ela tem cheiro de coco, e seu cabelo ainda está molhado. Quando olho para ela, vejo alguém que reconheço: acho que eu mesmo. Não no sentido literal. Não lavo o cabelo com xampu de coco e com certeza nunca usei uma camiseta com os dizeres "Pequena Miss Safada". Mas ela parece estar com a alma tão cansada, e eu sei como é isso.

— Obrigada — ela agradece e me olha nos olhos. — Estou falando sério. É preciso ter coragem para contar para uma pessoa algo que ela não quer ouvir. A maioria teria ficado com medo de encarar isso.

— Você não está com medo — digo.

— Errado. Se eu tivesse encarado de verdade, teria contado para a minha mãe antes, ou para a minha melhor amiga.

— Você não contou para ninguém? — pergunto, surpreso.

Hannah sorri.

— Contei para a minha avó.

Sorrio também, mas o sorriso dela se transforma num suspiro. Ela tomba para a frente e encosta a testa na mesa.

— O Fletch não é o pai — ela declara, sem levantar da mesa.

— Sorte do bebê. Qualquer um seria um pai melhor do que ele. — Era para ter sido uma brincadeira, mas algo me diz que ela está longe de ter achado engraçado.

— Você acha que eu não sei quem é o pai, não é?

— Eu nunca...

— É o que a minha mãe acha. — Hannah ergue a cabeça para olhar para mim. O relevo da toalha de mesa ficou marcado na sua testa.

— Eu não acho nada. — Eu deveria parar por aí. — Mas...

— Mas o quê?

— Seja lá quem for, ele tem o direito de saber.

Hannah contrai as sobrancelhas.

— Ele não vai querer saber. Acredite em mim.

Então ela *sabe* quem é.

— Eu gostaria de saber — digo.

— Bom, você não é o pai. — Ela olha para mim com uma tristeza tão intensa que qualquer suspeita de que estivéssemos falando de Tyrone desaparece. — Podemos parar de falar nisso?

— Tudo bem. — Obviamente, Hannah tem seus motivos. — Não se fala mais nisso.

Ela olha para mim um pouco mais demoradamente, sua expressão se suavizando antes de apoiar a cabeça na mesa novamente.

— Obrigada.

— De nada. — Termino de esvaziar a minha lata e mudo de assunto. — Posso pegar um biscoito?

Ela me empurra o pacote e em seguida balança os dedos, pedindo um, ainda com a testa apoiada na mesa.

— Mais alguma coisa? — pergunto, pensando se quem sabe ela não gostaria de mais um pouco de leite.

— Um pai para o meu bebê — ela responde, rindo.

HANNAH

A minha piada não foi muito engraçada, por isso não interpreto mal o silêncio dele quando me endireito e termino de beber o restante do leite. Somente depois que começo a me levantar e me viro para lhe oferecer outra bebida, percebo que ele está me olhando fixamente.

— Eu — ele diz.

— Você o quê? — pergunto, ainda terminando de me levantar.

— Eu posso fazer isso, se você quiser.

Sento com um baque.

— Você pode dizer que eu sou o pai.

AARON

Meus pais tiveram de enfrentar muita coisa no último ano. Por isso tenho a obrigação de agir corretamente com eles.

— Não. Não. Não faça isso. Não faça isso com a gente, Aaron... — Meu pai balança a cabeça enquanto anda em direção à porta, como se sair da sala fosse livrá-lo do meu pedido. Olho para minha mãe sentada no sofá, as mãos unidas entre os joelhos, me olhando como se eu fosse uma alucinação.

Não sei como fazê-los entender.

Meu pai pega dois copos de uísque na cozinha e dá o mais cheio para minha mãe, que desperta do transe e toma uma golada tão grande que até espirra um pouco em seu jeans.

— Me deixe ver se eu entendi direito. — Ela levanta a mão quando eu abro a boca para explicar. — Essa Hannah está grávida e não sabe quem é o pai, por isso você se ofereceu para... fazer o quê, exatamente?

— Para ser o pai. Por enquanto. — Olho para o meu pai, que viu a página do Facebook. — Você sabe o que estão dizendo dela.

Minha mãe não. Percebo que ela não consegue acreditar que possa ser tão ruim assim.

— Só porque ela não sabe quem é o pai?

Pelo jeito como o meu pai olha para mim, percebo que ele está pensando em uma lista de nomes que inclui o meu.

— Eu *sei* que não sou eu — digo, só para deixar claro.

— Você perguntou para ela quem é?

— Não exatamente. — Minha mãe abre a boca. — Escuta, fica quieta um pouco...

— Você não está em posição de mandar ninguém ficar quieto — meu pai me repreende e eu me calo. Sinto uma onda de frustração tremulando dentro do peito e me imagino empurrando-a de volta, forçando-a a voltar para a caixa de onde ela saiu. Este não é o momento de explodir.

Preciso mostrar para eles que a minha decisão não diz respeito a Hannah. Que diz respeito a mim.

— Não posso continuar assim.

O clima muda na hora.

— Assim como? — minha mãe murmura, e eu noto que eles estão de mãos dadas. O movimento foi sutil, pois agora estão sentados no sofá, muito próximos, mas mesmo assim posso ver o modo como seus dedos estão entrelaçados, transmitindo força um ao outro.

— Vocês acham que isso está funcionando. Que eu fiz novas amizades. — Olho para a minha mãe. — Que eu estou seguindo em frente. — Para o meu pai. — Mas não estou. Eu não consigo.

A raiva que ameaçava extrapolar foi dominada, e agora eu estou quase chorando.

Minha mãe se levanta e passa um braço ao meu redor.

— Aaron. Fizemos tudo o que estava ao nosso alcance para ajudá-lo. Tudo. O que mais podemos fazer?

Eles mudaram de casa. Mudaram de emprego. Moveram montanhas. E eu ainda estou preso no mesmo lugar onde comecei. Preciso da Hannah para me ajudar a sair.

— Sei que estou pedindo muito. Mas me deixem fazer isso. Me deixem ter alguma importância. Me deixem compensar... — Agora estou chorando, e minha mãe me abraça e me dá um beijo na cabeça.

Meu pai sai pelas portas duplas que dão para o jardim, e entre as lágrimas posso vê-lo socar a cerca até quebrar, então ele chuta a parte de baixo da porta até o seu pé atravessar para o outro lado. Em seguida ele volta e nos abraça, e o sangue em sua mão suja minha camisa, e ele chora tanto que acho que isso vai arrebentá-lo.

HANNAH

Desta vez atendo a ligação quando vejo o número dele na tela. Quão piores as coisas podem ficar?

— Quatro meses? — Seu tom não é agressivo, e eu sinto vontade de chorar. — Você disse que ia tomar a pílula do dia seguinte.

Não falo nada. Ele fez as contas. Contou os dias, calculou as probabilidades e chegou ao resultado correto.

— Você não tomou, tomou?

— Não — respondo, bem baixinho.

— Hannah...

— Não. Não fala nada. Eu sei. Tá? Eu sei. — Minha voz não se mantém estável para que eu consiga terminar uma frase inteira, por isso paro. O silêncio que se segue é preenchido por conversas que não tivemos, porque eu não me esforcei o bastante para contar a verdade a ele quando deveria.

— Merda — ele sussurra. Imagino seu rosto, e meu coração dói tanto que parece que alguém o está apertando na palma da mão. — Alguém sabe?

— Você quer dizer, tirando todo mundo da escola e do Facebook?

Mas ele não está para brincadeiras.

— Estou falando de mim.

Essa é a minha oportunidade. Eu poderia pedir para ele fazer isso. Não preciso ter um substituto; eu poderia ter o verdadeiro...

— Acho melhor deixarmos assim por enquanto — ele diz.

E é exatamente o que eu sabia que ele ia dizer.

SÁBADO, 9 DE JANEIRO

HANNAH

Minha irmã está lá em cima. Minha mãe e Robert estão na sala. Aaron e eu estamos no hall de entrada. Ele não está segurando a minha mão ou outra frescura do tipo, mas está perto e é tão bom finalmente ter alguém do meu lado.

Antes de entrarmos, ele diz:
— Nós vamos conseguir.
Nós.

AARON

Bom, foi engraçado. Não a discussão que tive com meus pais, que durou a noite inteira, sobre como fingir ser os pais de um garoto que engravidou uma menina menor de idade. Não a sessão de planejamento que Hannah e eu tivemos, sentados em um banco perto da casa dela, ao entardecer. Nem as lágrimas e as recriminações que tivemos de encarar na sala da casa dela, quando o alívio e a raiva da mãe da Hannah acabaram desencadeando um acesso de acusações, até que a filha teve de gritar para que ela parasse: "Eu só queria contar para ele PRIMEIRO!" Não quando Lola, a irmãzinha da Hannah, que eu não conhecia, desceu chorando porque ouviu a gritaria e ficou assustada.

Não. Foi a volta para casa.
— A Hannah é minha filha — disse Robert, olhando para o tráfego à frente, sua expressão transformando minha pulsação num rufar de tambores. — Eu a amo do mesmo jeito que amo a Lola, que amo o Jason.

Robert ligou a seta e nós pegamos uma estradinha pouco movimentada. Uma estrada escura e deserta...

— Eu não esqueci como é ser jovem e... — ele parou e contraiu os olhos — ter desejos. Eu sei que no calor do momento as coisas acontecem. O que está feito está feito.

Ele parou de falar e eu escutei o ronco do motor enquanto ele reduzia a marcha para fazer uma curva fechada. Tentei não me preocupar com a alta velocidade. Estávamos em um carro caro — se batêssemos, iríamos sobreviver. Provavelmente.

— Eu sei que, quando isso aconteceu, vocês não estavam pensando em ninguém além de vocês mesmos.

Não o corrigi nos detalhes.

— Só que agora vocês têm uma pessoa para pensar. Vão ter de colocar essa pessoa em primeiro lugar e tomar decisões que não são fáceis, decisões que não teriam de tomar se não tivessem de pensar em mais ninguém além de vocês mesmos. Entendeu?

— Acho que sim...

— Você não entende. — Ele parou o carro no acostamento, se virou para mim e me encarou de modo assustador. — Você não faz ideia do que estou falando. Não sabe como é colocar outro ser humano acima de você. Não sabe até onde os pais são capazes de ir para proteger os filhos.

— Acho que não — respondi, cautelosamente.

— Os pais são capazes de *morrer* pelos filhos.

Por um segundo, sinceramente pensei que ele fosse tentar me matar, só para ver se eu seria capaz de morrer pela Hannah e pelo bebê. Robert se recostou um pouco no banco e olhou para mim atentamente, estudando meu rosto.

— Quando digo que a Hannah é minha filha, isso significa que eu morreria por ela, e faria qualquer outra coisa, mesmo que ela me odiasse por isso, contanto que eu tivesse certeza de que era a coisa certa a fazer. Por isso estou fazendo isso agora. — Robert olhou nos meus olhos. — Se você não estiver levando a Hannah a sério, se não estiver levando a sério a responsabilidade de assumir o bebê dela, o *seu* bebê, então desça deste carro, e nunca mais quero ver a sua cara.

Ele se virou para a frente outra vez.

— Você tem o resto do caminho para pensar no que eu acabei de dizer.

Prosseguimos em silêncio. Quando ele estacionou, continuamos sentados olhando para a frente por alguns minutos. Soltei o cinto de segurança e desci do carro. Então me abaixei, olhei nos olhos dele e assenti, uma vez apenas.

— Nos vemos amanhã.

HANNAH

Já é tarde. Robert foi levar Aaron e ainda não voltou. Estou indo para o quarto da Lola para um chamego quando ouço um murmúrio vindo lá de baixo. Eu me aproximo do corrimão e olho para baixo. A luz da sala ainda está acesa, mas a conversa que ouço não é da TV. É a minha mãe falando com alguém ao telefone. Ela está sentada na cadeira perto da porta, e eu só consigo ver um lado do seu rosto. Estou quase indo embora quando escuto o nome dele.

— Seja razoável, Geoffrey...

Meu pai. Acho que a fofoca chegou até ele. Tenho vários primos no Facebook.

— ... não é tão simples quanto você faz parecer... — Minha mãe parece exausta; esta noite exigiu muito de todos nós. — Por favor, não fale assim comigo. Não sou sua secretária. Sou sua ex-mulher e mãe da sua filha, que você não vê há mais de seis meses.

Fico esperando, imaginando a indignação percorrer a linha telefônica da Irlanda até aqui. De Dublin. Não é que ele more na Austrália ou em algum lugar realmente distante. A passagem de avião para cá custa menos que um par de sapatos. Demora menos do que assistir a *Os incríveis*.

— Gritar não vai nos levar a lugar nenhum. Ela já decidiu. E ainda tem o pai... — Pelo jeito Aaron não podia ter aparecido num momento melhor. — Claro que eu conversei com ela sobre as opções!

Lembro do dia seguinte ao Natal, na casa da vovó. Espanto a lembrança.

— Não *ouse*.

Imagino o que o meu pai pode ter dito para fazê-la usar esse tom de voz.

— Pai dela? É isso que você pensa que é? Desde quando? Desde que me pediu para mentir no aniversário dela, quando você perdeu o avião porque estava ocupado demais trabalhando para lembrar que ela estava fazendo dez anos? Desde que não permitiu que ela estudasse em uma escola particular porque você não suportava a ideia de o Robert bancar os estudos dela quando você não quis fazer isso? Desde que você precisou ser lembrado de que ela ia começar os simulados, um mês atrás?

Fecho os olhos. Não quero ouvir, mas agora não consigo ir embora.

— Escute você. — O tom de voz da minha mãe é outro; é o modo assassino agora. — Você venha até aqui e converse cara a cara com ela. Se eu ficar sabendo que mandou um e-mail, você nunca mais vai vê-la novamente.

Uma pausa.

— Se é assim que você quer.

Ouço o fone batendo e em seguida caindo para o lado, e minha mãe xingando enquanto o coloca de volta no lugar.

DOMINGO, 10 DE JANEIRO

HANNAH

Então. Ele está me excluindo da vida dele. Não exatamente — não é como se Robert estivesse prestes a assinar os papéis da adoção (apesar de que, uma vez que eu comecei a usar o sobrenome dele, quando ele e minha mãe se casaram, estou quase lá, não estou?). É que o meu pai está com um projeto novo, o que significa que vai passar os próximos oito meses em um set de filmagem e não tem tempo para cuidar disso agora. A reunião com os produtores foi antecipada, as coisas acontecem muito rápido. Ele está sem tempo para vir até aqui e me dizer pessoalmente que ainda não está pronto para se tornar avô.

Ele telefonou para a mãe dele e disse isso para ela. Enviou um e-mail para a minha. Mas deixou para elas me darem a notícia. Eu sabia que havia algo errado quando minha mãe estacionou e entrou na casa de repouso comigo. Ela está sentada ao lado da vovó, que está vermelha de raiva. Mesmo ela sendo tão frágil, eu me preocuparia com a segurança do meu pai se não fosse o mar da Irlanda que nos separa. Minha mãe e minha avó olham para mim como se eu estivesse prestes a me desfazer em lágrimas.

Mas eu não choro.

Isso é exatamente o que eu pensei que ia acontecer, e o mais estranho é que estou aliviada por estar certa. Passei a vida esperando o pior dele e, se descobrisse que ele era capaz de agir de outra maneira... então seria eu a vilã, não ele. Prefiro assim. Já cansei de esperar que eu estivesse errada.

Portanto não vou chorar por mais essa.

Não se pode perder alguém que nunca foi seu.

SEXTA-FEIRA, 15 DE JANEIRO

AARON

Na segunda-feira fui falar com Rex e contei para ele que o bebê da Hannah é meu. Esse me pareceu ser o meio mais eficiente de espalhar a notícia, e funcionou. Na hora do almoço, a escola inteira não falava de outra coisa — até os professores. O jeito como o meu pai me olhou quando nos cruzamos no corredor era de dar dó, para não dizer coisa pior. Até o fim do dia, três garotos foram suspensos por causa do lance do Facebook. Pelo jeito a Kingsway leva a sério o bullying virtual. Apesar de Anj ter contado que Marcy conseguiu deletar seu post antes de ser apanhada.

No dia seguinte, ficou bem claro que eu tinha sido expulso da turma do basquete, mas Anj e Gideon me adotaram de imediato. Hannah também. Algo me diz que estou mais seguro com eles do que quando estava no topo da cadeia alimentar. Especialmente porque esta é a primeira vez desde outubro que ninguém me pergunta se eu vou ao parque hoje à noite. Vou passar a noite com a minha mãe no sofá, assistindo a uma comédia romântica, para compensá-la. Definitivamente, muito melhor do que ir ao parque.

Em meio a tudo isso, recebemos as notas das provas. As minhas não foram tão ruins — uma porção de Bs, As e uns dois A+ foram o suficiente para tranquilizar meus pais. Mas as da Hannah não foram lá essas coisas. Eu a encontrei chutando a lixeira em frente ao ginásio quando era para ela ter ido me encontrar para almoçarmos juntos. Seu uniforme estava ensopado. Ela pegou o papel amassado e me mostrou antes de voltar chutar a lixeira.

Não posso culpá-la.

SÁBADO, 16 DE JANEIRO

HANNAH

Minha mãe chegou. Ela está fazendo barulho na cozinha, e penso em subir sorrateiramente para o quarto...

— Hannah?

Não respondo, mas não consigo colocar o volume da TV no mudo a tempo e minha mãe aparece.

— Fiz chocolate quente para você, querida.

— Não posso ingerir muita cafeína — resmungo, e ela suspira.

— Uma xícara não tem cafeína suficiente nem para manter uma pulga acordada. — Pausa breve. — Não vai acontecer nada com o bebê. Venha tomar na cozinha.

Quando entro na cozinha, vejo que tem algumas revistas sobre a mesa que me dão medo. São revistas que só comecei a notar nos últimos meses, revistas que eu nem sabia que existiam até me tornar membro júnior do clube FM. Não sabe o que significa FM? Eu também não sabia. Significa "Futuras Mamães".

As capas têm fotos de mulheres com sorrisos assustadoramente brancos e pele bronzeada — supostamente exalando aquele brilho que ainda não ganhei. Mãos repousam orgulhosamente sobre a barriga, que parece mais uma bola de praia do que uma barriga de verdade. Não dá para ver o umbigo de uma delas — isso porque ELE NÃO ESTÁ LÁ. Nojento. Em outras fotos, tem mulheres segurando bebês cujos rostos só podem ter passado pelo Photoshop, porque nenhum bebê que eu já vi tem a carinha tão tranquila e feliz. Nenhuma mãe também.

Olho para a cara da minha mãe quando ela passa por mim, senta à mesa perto de duas canecas fumegantes e me empurra as revistas.

— Não vou ler estas revistas — aviso, cautelosamente.

— Só sente aqui comigo, Hannah. — O tom de voz da minha mãe é cansado, mas ela não parece estar brava nem nada, o que é novidade. Sento e puxo a caneca de chocolate quente para perto de mim. Ela pegou a minha caneca preferida, que tem a borda mais grossa e uma carinha sorridente gigante, e eu a seguro com as duas mãos, como fiz na noite em que Aaron me ofereceu chocolate quente da sua garrafa térmica, no parque. Quem poderia esperar que ele estivesse oferecendo muito mais agora? O garoto é um salva-vidas — quer dizer, um salva-reputação.

Minha mãe toma um gole e olha para mim.

— Não lidei muito bem com toda essa história — diz ela. Não lidou bem é pouco. — Nunca imaginei que você fosse engravidar tão nova, apesar de ver várias meninas na sua situação, morrendo de medo do que os pais vão dizer quando descobrirem que elas estão grávidas. Eu digo para elas que os pais vão continuar amando-as de qualquer jeito, e as lembro de que o corpo é delas e que elas têm o direito de decidir, e que não devem permitir que outros as pressionem a fazer qualquer coisa...

Sua voz some e ela suspira.

— Mas tudo isso sai pela janela quando é com a filha da gente.

Não falo nada e tento não pensar no dia seguinte ao Natal. Ou no modo como ela culpou Aaron por ter se aproveitado de mim. Se ela soubesse a verdade... Tão. Mas tão. Pior.

— Todos cometemos erros, Hannah. — Ela pousa a mão sobre a minha, em volta da caneca. — Inclusive eu. Eu já devia ter dito isso, mas eu te amo. Você é a minha menininha preciosa, e sempre será, não importa o que aconteça. Não quero dizer que não estou magoada por algumas decisões que você tomou, mas talvez elas tenham sido tomadas pelos motivos certos. Talvez você estivesse certa em contar para a sua avó antes de contar para mim. Talvez você me conheça melhor do que eu mesma. — Seus dedos roçam a minha pele. — Mas eu sou sua mãe e te amo, e seria capaz de caminhar em brasa por você. Você só vai entender isso depois que se tornar mãe. Mas eu vou estar ao seu lado enquanto isso.

Seus olhos estão marejados, e eu me esforço tanto para não chorar que parece que uma lixa passou pela minha boca e garganta. Então, pela primeira vez em meses, minha mãe me dá um abraço de verdade e me aperta com tanta força que as lágrimas acabam saindo. Encosto a cabeça em seu ombro, fecho os olhos e deixo o peso das preocupações saírem de mim. Não que tudo tenha ido embora, mas mesmo assim... a sensação de ter minha mãe me abraçando assim faz parecer possível.

— Mas nós vamos ter que conversar sobre as suas notas.

Merda. Eu sabia que era bom demais para durar.

SEGUNDA-FEIRA, 18 DE JANEIRO

HANNAH

Gideon segura a porta para mim. Saio no corredor e dou de cara com Marcy. Recuo na hora, não quero briga, mas ela se vira assim que me vê. Suas seguidoras me cercam como se fossem um cardume de piranhas.

— Olha por onde anda, vadia prenha.

— Para de se achar, Marcy — digo, tentando passar espremida entre elas, mas não tem espaço. Isso não deveria estar acontecendo, não depois do anúncio que Aaron fez na semana passada. Não tenho certeza se estou com energia para isso agora.

— Ela não deve ter te visto por causa da barriga — diz uma das outras, com uma risadinha de desprezo, e quando percebo estou passando a mão na barriga de forma protetora. Com certeza não dá para ver nada com o suéter velho e largo da escola. Quase não dá para ver mesmo sem ele.

Só então noto que Katie está entre elas, mais atrás. Ela nem olha na minha direção, e eu sinto um aperto por dentro.

— Pena que eu não consigo ver quem disse isso, porque o ego da Marcy está tampando tudo — falo em voz alta, fingindo que estou tentando ver enquanto olho ao redor dela.

Gideon segura meu braço e tenta me puxar para longe.

— Você não vai querer bater boca comigo, sua lesada — Marcy desafia. — Tenho muito mais munição.

— Não posso fazer nada se sou mais interessante que você. Sou obrigada a reconhecer que você tenta, mas nem tirar a roupa pra viver te torna mais interessante.

Ela fecha a boca, irritada, e seu séquito parece confuso. Só sei que ela tirou fotos com os seios de fora porque Tyrone me contou — ele estava com ciúme porque outra pessoa tinha visto os peitos dela. O que é irônico, uma vez que ele estava pegando nos meus.

— Você está com inveja...

— De você? — Dou risada, mas não é uma risada agradável. — Não, obrigada. Prefiro fazer parte das estatísticas de adolescentes grávidas a ser uma vaca metida que vende o corpo por uns trocados.

Ela cospe no meu rosto e tudo silencia enquanto eu limpo. Não consigo me conter:

— Pelo menos o seu namorado teve a decência de mirar um pouco mais baixo da última vez que fiz um boquete nele — falo, alto o suficiente para que todos ouçam.

Ela me dá um tapa na cara.

— O que você vai fazer agora, Marcy? Vai puxar o meu cabelo? — Sinto meu rosto quente no local que sua palma acertou, e acho que ela me arranhou, com aquelas unhas assustadoramente compridas. Ficamos nos encarando. Ela está fervendo de raiva e vergonha. O fato de seu precioso Tyrone ter *olhado* para alguém tão inferior como eu já é o bastante para envergonhá-la, mas a sugestão de que ele possa ter feito *muito mais*...

E nós duas sabemos que ele fez, porque vemos o medo em seus olhos quando ele olha para mim ultimamente.

Dou um sorrisinho supostamente discreto, mas é óbvio que de discreto não tem nada, pois estou sorrindo para que a pessoa diante de mim receba o recado em alto e bom tom.

— Sua vagabunda! — Marcy vem para cima de mim com suas garras e punhos e até com os pés, quando afunda o salto do sapato sobre o meu pé. Eu a empurro com toda a força, porque tenho medo que ela acerte minha barriga. Ela cambaleia para trás de um jeito patético. Suas amigas a seguram e a empurram de volta para cima de mim, e fecham um círculo ao nosso redor, para me impedir de sair. A coisa não está muito engraçada agora, estou com medo do modo como todas olham para mim enquanto me encolho perto de Gideon, que é tão útil quanto um rolo de papel higiênico molhado. Estou com os braços para baixo, defendendo a única coisa que me importa, e fico rígida quando Marcy avança...

— Solta ela!

O golpe de Marcy passa a milímetros dos meus olhos, e então tem um corpo na minha frente, me protegendo, protegendo o bebê.

Aaron.

— Como você sabe que é seu? — Marcy grita, tentando empurrá-lo, mas ele se mantém firme à minha frente. — Ela trepa com qualquer um que olhe para ela.

— Marcy...

— Ela não passa de uma piranha imunda que teve o que merecia.

— Para com isso.

— Você é só mais um, e é tão idiota que acredita que ela está falando a verdade sobre o parasitinha...

O discurso é interrompido quando Aaron avança tanto para cima de Marcy que ela é forçada a recuar.

— Já falei para *parar*. — O tom de voz dele não aumentou, mas a entonação foi tão forte e assustadora que cala a todos nós.

Marcy o encara com ele à minha frente, e eu tento imaginar o que ela está vendo. Seja o que for, a assusta.

— Que parte exatamente de agredir uma grávida você considera aceitável?

— Ela come...

— Que desculpa ridícula. Igual a você. Agora cai fora.

Marcy fica muda.

— Cai fora. Você acabou de atacar a minha amiga e insultou o bebê dela. Não posso imaginar por que ainda pensa que a sua presença é bem-vinda aqui. — Ele olha para a multidão que nos cerca. Vejo Katie ao fundo, e percebo que ela vira o rosto quando Aaron a encara. — Todas vocês.

As pessoas começam a cochichar e vão para a próxima aula enquanto Marcy sai pisando duro, seguida por um rabo de cometa de amigas, sussurrando e olhando para mim com ar de desprezo.

Que se dane. Tenho os únicos amigos de que preciso.

Pego Katie olhando por cima do ombro enquanto cochicha algo no ouvido de Marcy.

Repita comigo: tenho os únicos amigos de que preciso.

AARON

Hannah está esperando por mim em frente à sala dos professores depois da aula.

— Pensei que você já tivesse ido embora — digo. Depois do que aconteceu hoje de manhã, eu não a culparia.

— Não sou de fugir. — Ela passa a mão nos cabelos, e percebo que está usando menos maquiagem, as unhas não estão pintadas e ela parece... viçosa. — Eu queria agradecer. Pelo que você fez hoje. Com a Marcy.

Encolho os ombros. Ela não precisa me agradecer.

— Um dia será a minha vez de salvar você — ela diz com um sorriso.

HANNAH

— Você já está salvando — ele diz e vira o rosto, como se não quisesse que eu olhasse tão de perto. Como se não quisesse que eu o enxergasse de verdade. Lembro de quantas vezes eu ri de algo que ele disse, do mesmo jeito que estou com vontade agora, e me pergunto se ele está mesmo brincando.

SEXTA-FEIRA, 22 DE JANEIRO

HANNAH

Minha mãe disse que meu pai ligou para falar comigo ontem à noite, antes de viajar, mas ela seguiu minhas instruções ao pé da letra e o mandou para aquele lugar. Pelo jeito ele queria resolver as coisas entre nós. Adivinha, pai: não vai rolar. Quanto piores as coisas ficam com os outros — com Marcy, com Katie, com meu pai —, mais eu percebo que não importa que a minha mãe não seja perfeita, ela ainda é a minha mãe e está fazendo o melhor que pode.

Baixo os olhos para minha barriga. Acho que sei como é isso.

Minha mãe não é a única. Anj e Gideon estão sendo legais, sentando comigo sempre que dá (apesar disso, ainda tenho um monte de aulas a que assisto sozinha). Aaron também tem sido incrível. Presente, na dele, sempre que preciso. Não faço ideia de como esse garoto acabou entrando na minha vida, mas nunca vou deixar de agradecer por isso.

— Hannah Sheppard? — A enfermeira enfia a cabeça para fora da sala. Eu fico em pé e percebo que todos olham para mim, ainda de uniforme, me julgando.

E então minha mãe aparece no corredor, andando depressa — é uma corridinha arrastada, mas é o melhor que ela pode fazer com seus sapatos de trabalhar.

— Cheguei, cheguei, desculpe pelo atraso. Não conseguia achar uma vaga para estacionar.

Tudo bem. Ela está aqui agora e é isso que importa.

AARON

Acabo de chegar quando meu telefone apita com uma mensagem.

— Hoje vou treinar até aprender a embaralhar direitinho — digo enquanto verifico a mensagem, ignorando o estalo de língua de Neville. Ele está dizendo alguma coisa sobre estilo, mas não estou prestando atenção.

> 2º ultrassom ok. Não faço ideia se é menino ou menina, mas tem pernas! Achei q vc gostaria de saber. Bj

Ela tem razão. Eu gostei de saber.

SÁBADO, 23 DE JANEIRO

HANNAH

Estou começando a perder a calma quanto ao que vou vestir hoje à noite. Não tenho saído. Não fui ao parque, ao cinema, à balada, *a lugar nenhum* desde o início do ano, e descobri que todas as minhas roupas decentes me deixam gorda. Eu sei, estou grávida e o meu corpo precisa arrumar espaço para a pessoa que tenho dentro de mim, blá-blá-blá, mas não *parece* que estou grávida. Parece que estou gorda. E o meu melhor sutiã está começando a cortar a pele, o que não ajuda muito.

Tem uma pilha de roupas jogada no chão, e eu quero pular em cima dela e gritar, só que tenho medo de a minha mãe ouvir e não quero que ela saiba. Ela vai me mandar dar uma olhada naquelas revistas ridículas e vai sugerir que eu experimente uma daquelas roupas largonas que eu só usaria se fizesse um transplante de cérebro. Parece que tem algo errado comigo — supostamente era para eu querer parecer uma pessoa diferente agora que fui fertilizada, mas *não quero*. Quero ser a Hannah, só que grávida. O que tem de errado em ainda querer ficar bonita? Em querer mostrar minhas novas curvas de grávida com sutiãs que levantam e roupas que parecem jovens e não trágicas? Quero que as pessoas enxerguem primeiro a *Hannah* em vez de a *grávida*.

Nem sei por que estou preocupada. Só vou ao cinema com Gideon, Anj e Aaron. Eles não vão ligar se eu aparecer de legging e moletom.

Isso me deixa ainda mais deprimida.

Não quero ser a única preocupada com a minha aparência.

AARON

Inevitavelmente, sou o primeiro a chegar. Herdei o amor do meu pai pela pontualidade — o que significa que, em vez de me deixar esperar pelos outros dentro do carro quentinho, ele me expulsou o mais rápido possível para poder voltar para casa na hora combinada. Ele não está nem um pouco preocupado com que o filho tenha saído sem casaco e possa morrer de hipotermia.

— Sua mãe e eu achamos que você já tinha idade para saber se vestir direito.

Com isso, ele ergue as sobrancelhas e me dispensa com um gesto de mão.

Esta é a primeira vez que vou ao cinema desde que nos mudamos, e dou uma olhada na entrada para ver se eles vendem bebidas quentes, além de sorvete e raspadinha, que não combinam com o clima. Ouço passos atrás de mim e dou meia-volta, pronto para a encrenca, mas é apenas o Gideon, todo pomposo, batendo com as mãos enluvadas no meu ombro e fazendo um "buu!" desnecessário.

Anj vem logo atrás, olhando para o celular.

— Ela acabou de receber uma mensagem — explica Gideon.

— Da Hannah? — pergunto, imaginando se Anj recebeu a mesma mensagem que eu, avisando que está atrasada.

— De alguém *bem mais* interessante... — Gideon pega o telefone e o entrega para mim, gritando: — Traduza isso! — antes de segurar com as duas mãos uma Anj muito agitada.

Está em espanhol, e eu consigo captar a essência antes de Anj se livrar com um grito e pegar o celular de volta, vermelha de raiva.

— Quanto você entendeu? — pergunta ela, sem olhar nos meus olhos, enquanto deleta a mensagem.

— Pouca coisa — minto. A mensagem continha algumas frases que não se aprendem na escola, enviadas por um tal de Felipe. Gideon fica desapontado e eu finjo cochichar dizendo que conto mais tarde, o que resulta em uma guerrinha de tapas entre nós três, que para de repente. Anj evita nossos olhares quando nos viramos para ela.

— Eu me empolguei um pouco com o meu correspondente espanhol. — Ela ergue os olhos e fica ainda mais vermelha. — E daí?! Ele é um gato. *Você* não se empolgaria? — E aponta para Gideon.

— Preciso de provas.

Suspirando, Anj abre o Facebook, procura em sua lista de amigos até encontrar Felipe Montes, então clica no perfil dele. Tento ignorar Gideon, que faz gestos de ânsia nas costas de Anj, pelo que recebe um tapinha na testa. Quando Anj clica de volta na sua lista de amigos, vejo um Jason Sheppard entre eles.

— Esse é o irmão postiço da Hannah? — aponto, curioso.

— Ah... Jay — confirma Gideon, todo suspirante.

Anj assente.

— Concordo plenamente. O Jay é o cara mais bonito da cidade.

Pela foto do perfil, ele não parece tão extraordinário assim.

— Preciso de provas.

Os dois sorriem, e Anj abre a página das fotos dele. Gideon diz:

— É o cara mais gostoso da cidade. Fato.

— Pensei que eu fosse o número um — brinco.

Gideon finge estar pensando antes de dar um tapinha condescendente no meu braço.

— Você vem em segundo, bem perto.

— Para conter o seu ego, Aaron Tyler, sinto informar que você com certeza *não* está em segundo lugar na minha lista dos mais gatos — declara Anj, enquanto tenta encontrar uma foto que faça jus a Jay. — Não se ofenda.

Isso me faz rir.

Olho para a foto que ela abriu, e não sei o que esses dois veem nele.

— Cara, ele é malhado — murmura Gideon.

— Ele é muito sarado — Anj confirma, com um suspiro apaixonado.

— Sério? — Balanço a cabeça. Ultrajado, Gideon pega o telefone para procurar uma foto mais convincente. Ele está buscando quando vejo algo.

— Peraí, volta.

A garota na tela é linda. Cabelos castanho-escuros descendo sobre os ombros enquanto ela ergue uma garrafa para a pessoa atrás da câmera. Ela está ao lado de Katie Coleman, cuja beleza não se compara à da amiga.

— A Hannah está maravilhosa nessa foto! — Anj diz, e chegamos mais perto para verificar se estamos enxergando direito. Normalmente Hannah usa pouca roupa e muita maquiagem quando sai, mas nesta foto ela está usando as duas coisas na quantidade certa. Passo por mais umas duas fotos tiradas na mesma noite (o álbum se chama "Uma senhora festa de despedida"), e acho uma da Hannah com Jay. Os dois não estão olhando para a câmera; é uma foto deles dançando, e ambos estão completamente naturais. Eles ficam bem juntos. Olhando para ele ao lado da versão gata da Hannah, finalmente consigo enxergar o que Anj e Gideon quiseram dizer sobre Jason Sheppard.

— Oi? — Uma mão passa na frente da tela e todos nós erguemos os olhos.

HANNAH

Aaron, Anj e Gideon olham surpresos para mim e por um segundo eu entro em pânico, imaginando que não fui convidada. Até lembrar que fui eu quem os convidou para o cinema.

— Que foi? — Eles ainda estão olhando para mim. Talvez eu tenha exagerado na sombra...

— Eu estava mostrando para o Aaron as fotos do seu irmão postiço gato — diz Anj, com um sorriso. — Aquele por quem eu sempre tive uma queda. A festa de despedida dele parece ter sido muito boa.

— Foi — digo e forço um sorriso.

AARON

Resolvemos entrar e eu seguro a porta, deixando Gideon e Anj passarem, seguidos da Hannah. Seu olhar está distante, como se sua mente estivesse em outro tempo e lugar, e tento imaginar o que está passando pela cabeça dela. Acho que a assustamos com nossas caras esquisitas por causa das fotos do Jay no Facebook. Não dá para explicar que estávamos daquele jeito porque tínhamos acabado de reavaliar o seu grau de beleza.

Enquanto Gideon e Anj compram petiscos, fico esperando Hannah perto da máquina de ingressos, olhando discretamente enquanto ela faz caras e bocas para a tela. Não sei qual foi o seu empenho para compor este visual — acho que deve ter sido grande, pelo modo como esconde suas formas mais arredondadas e ao mesmo tempo realça o bumbum e as pernas —, mas ele é bem menos provocante do que qualquer coisa que ela já tenha vestido para ir ao parque.

Ficou bom.

HANNAH

Quando dou as costas para a máquina, pego Aaron olhando para mim.
— *Que foi?* — Estou cheia disso. O que deu nesse povo hoje?
Aaron sorri. É o seu melhor sorriso, um que faz uma leve curvinha nos lábios.
— Gostei da sua roupa.
Ah. Bom. Está perdoado.
Paro ao lado dele para me juntar aos outros e sorrio para o chão.
Aaron se importa com a minha aparência.

SEGUNDA-FEIRA, 25 DE JANEIRO

HANNAH

Pela primeira *na vida*, estou morrendo de vontade de ir à escola. O que não é a minha cara. Nem um pouco.

É que eu quero ver os meus amigos. Mais de *uma* amiga que eu costumo ver o *tempo todo*. Isso mesmo, agora é no plural. Não que eu não conversasse com Anj e Gideon antes, mas não sei se os chamaria de amigos. Não como era com a Katie.

O pior de tudo é que, se eu nunca tivesse começado a andar com Katie, provavelmente teria continuado amiga de Anj e Gideon. Anj é a única da escola que fez o ensino fundamental comigo. Nós morávamos na mesma rua e todos os anos saíamos juntas para gritar "gostosuras ou travessuras" no Halloween. Nos fins de semana de verão, ela vinha brincar na minha piscina inflável — e continuou vindo mesmo depois que nos mudamos com Robert para o outro extremo da cidade. No verão antes de entrarmos na Kingsway, que foi logo depois do nascimento da Lola, Anj e eu passamos a maior parte do tempo correndo pelo jardim com os irrigadores. Quando ficávamos cansadas, íamos para dentro para beber alguma coisa e vestíamos uma camiseta por cima do maiô, para o caso de Jay e seus amigos aparecerem — e então agíamos como se fôssemos mais velhas quando eles apareciam. Nenhum deles nunca notou.

Meu primeiro dia na Kingsway foi assustador. Havia milhares de alunos, e o prédio era enorme. Acho que nunca me senti tão pequena. Mas pelo menos Anj estava lá sendo pequena comigo.

Foi só na metade do primeiro período que comecei a andar com Katie. Ela era muito desinibida e eu tinha um pouco de medo dela, mas acabamos nos unindo por causa do ódio comum pela educação física. Anj sempre foi esportista e era a primeira a ser escolhida para tudo, até mesmo pelos meninos. Eu sempre fui uma das últimas a ser escolhidas, porque era muito baixinha e magra; Katie, porque tinha decidido que era melhor se render à preguiça do que tentar fazer algo e fracassar. Acabamos sentando juntas no banco de reserva e a amizade começou ali.

Um dos motivos pelos quais Katie nunca era escolhida é que ela não sabe jogar em equipe, e essa atitude vale para tudo, incluindo os amigos. À medida que fomos nos tornando próximas, ela foi colocando Anj de lado. Ela me convidava para ir a algum lugar e nunca chamava Anj. Eu sentava com Anj em uma aula e Katie vinha me chamar para almoçar com ela. Quando ela me convidou para o seu aniversário, achei que toda a classe tivesse sido convidada. E tinha — menos a Anj. A tonta aqui se sentiu especial. Quando começamos na Kingsway e éramos só eu e Anj, era com ela que as pessoas conversavam. Eu era apenas "a amiga da Anj". Ninguém nem sabia o meu nome. O fato de alguém ter escolhido a mim em vez dela me fez sentir bem.

Não demorou muito para que Katie fosse a única a frequentar a minha casa, e a pessoa com quem Anj passava a maior parte do tempo não era mais eu, e sim Gideon. Não rolou nenhum estresse quando isso aconteceu — não tínhamos entrado na escola nova usando pulseiras de amizade —, mas eu preferiria que tivesse rolado. Se Anj tivesse me perguntado o que estava acontecendo, eu poderia ter *pensado* na escolha que estava fazendo.

Naquele verão, convidei Katie para vir à minha casa em um dos dias mais quentes do ano. Vesti o maiô e comecei a brincar nos irrigadores, para que quando Katie chegasse eu já estivesse molhada. Ela me olhou da cabeça aos pés quando fui recebê-la.

— É isso que você usa no quintal?

— É. O que tem de errado? — Dei uma olhada no maiô que eu tinha comprado para passar a Páscoa com meu pai. Era roxo com uma listra branca na altura da minha barriga chapada.

— Nada. — Katie encolheu os ombros e nós entramos, então ela tirou a roupa e por baixo tinha um biquíni tão pequeno que mal tapava os seios, que estavam começando a se desenvolver.

Fomos para fora e eu fiquei feito um poste roxo inútil enquanto Katie pegou uma cadeira de praia e se deitou para tomar sol, esticando-se toda, feito um gato. Dez minutos depois, Jay apareceu e sentou na ponta da cadeira para conversar com ela. Sentei na grama e fiquei observando os dois.

No dia seguinte, implorei para minha mãe me levar para comprar um biquíni.

QUARTA-FEIRA, 3 DE FEVEREIRO

AARON

Está frio, ventando, e gotículas de uma garoa fina batem contra o pequeno pedaço do meu rosto que está exposto. Não faço ideia de como acabei sendo convocado para comprar sorvete para Hannah na loja da esquina. Estou ainda mais admirado por ter sido encarregado de pegar doces para Anj e Gideon também.

A sineta da porta está quebrada, o que vem a calhar quando entro na loja e vejo quem está fuçando nas revistas. O cabelo de Katie está grudado na cabeça, e ela está trêmula. Ainda bem que está muito entretida e nem me vê conforme vou até o freezer. Quando termino de pegar tudo, Katie está discutindo com o rapaz do caixa, que não quer vender cigarros para ela. Tem uma pilha de revistas de fofoca e várias latas de bebida light em cima do balcão. Acho que, por estar na base da cadeia alimentar das namoradas dos caras do basquete, é trabalho dela enfrentar a chuva e comprar suprimentos. Eu poderia ser acusado de hipocrisia aqui, uma vez que Katie vai se divertir mais com aquelas revistas do que eu com o milk-shake de banana do Gideon e os salgadinhos nojentos sabor camarão da Anj, mas no fim das contas percebo muito bem a diferença entre comprar bebida e comprar amizade.

— Obrigada por nada — Katie diz para o rapaz do caixa e se vira tão violentamente que acaba trombando comigo. Por um segundo ela me olha como se eu não passasse de um obstáculo, então contrai os olhos.

Avanço e pago minhas coisas, ciente de que Katie não saiu do lugar. Quando sigo em direção à porta, ela vem no meu rastro.

— Não percebeu não, emo? Estamos no *inverno*. — Ela pega da minha mão o sorvete que comprei para Hannah, bate com ele no meu ombro e o devolve quebrado quando estamos quase chegando à saída.

Seguro a porta com o pé.

— Compra outro — falo baixinho.

— Vai se ferrar! — Katie tenta abrir a porta, mas eu jogo todo o meu peso contra o vidro. — Sai do meu caminho!

Eu espero, impassível.

— Aaron!

— Então você sabe o meu nome.

— Sai da frente.

— Você não quer deixar as suas amigas esperando, quer?

Ela me lança um olhar mortal.

— Até parece que você vai passar o dia aí. — Mas eu percebo pelo modo como olha para mim que ela não tem tanta certeza assim. — O que você quer?

Encaro e espero até ela sair, soltando um palavrão atrás do outro, e voltar com um sorvete novo.

— Obrigado — digo, abrindo a porta.

— Espero que você engasgue.

— Pouco provável. É para a Hannah. — Katie está três passos à frente, mesmo assim ouve e eu a vejo se virar um pouco. Seu rosto está relaxado o suficiente a ponto de dar para notar algo mais: uma tristeza tão profunda que por uma fração de segundo penso que talvez...

— Tomara que a Hannah engasgue com essa merda, então. — Ela sai pisando duro, os braços cruzados para se proteger do vento, as revistas enfiadas dentro do casaco. Katie sabe que cometeu um erro, mas prefere morrer a admitir. Ela trocou tudo que tinha pela chance de virar o cachorrinho da Marcy. Agora não tem volta.

TERÇA-FEIRA, 9 DE FEVEREIRO

AARON

Hannah não para quieta durante a aula de inglês. Está me desconcentrando.

Será que daria para você ficar parada por mais de 30 segundos? Tem gente aqui querendo estudar.

Viro meu caderno para ela e bato na folha escrita.

Será q dá p vc parar de encher? Tem gnt aqui tentando vadiar.

Ela desenha uma carinha risonha mostrando a língua. Acho divertido o fato de Hannah escrever como se estivesse enviando mensagens.

O que está rolando?

Porque alguma coisa está. Emoticon à parte, Hannah não está sorrindo.

O q vc vai fazer no fim de semana?

A pergunta me deixa nervoso. Domingo é Dia dos Namorados.

Vou visitar o Neville no domingo.

Anoto mentalmente para combinar com Neville de trocar o dia da visita; ele vai achar engraçado.

Quer jantar em família no sábado?

Ela para de escrever quando a professora de inglês interrompe a correção da pilha de redações a fim de verificar se estamos todos lendo nossos textos direitinho.

O Jay vem no fim de semana.

Jay vai estar em casa? Interessante.

SÁBADO, 13 DE FEVEREIRO
FERIADO ESCOLAR

AARON

— Oi — digo e estendo a mão.

— Oi. — Jason aperta minha mão e me olha de cima a baixo. — Então você é o namorado da Hannah.

Hannah e eu o encaramos. Seja lá o que tenham dito para ele, tenho certeza de que ninguém falou que estamos namorando. *Nunca* dissemos isso.

— Desculpa, não sei qual é a denominação apropriada... — ele começa a dizer, mas Hannah o interrompe.

— Que tal "amigo"? Você já ouviu falar, certo?

Na hora eu saco a situação. Hannah passou a semana calada, e eu culpei os hormônios por isso, que é a desculpa que ela usa para absolutamente tudo. Mas eu me enganei. Seja lá o que for, tem menos a ver com hormônios e muito mais com Jay. Seja lá o que for, estou do lado da Hannah. Como se eu tivesse outro lugar para estar.

— Aaron! — Lola vem correndo da sala e se atira em mim para um abraço. Robert sai do escritório e dá um tapinha no ombro do filho.

— Então vocês já se conheceram?

— Acabamos de ser apresentados, pai. Trocamos no máximo uma frase antes de a Lola aparecer e roubar o Aaron de mim. — Ele belisca de brincadeira a bochecha da irmãzinha, mas ela se aproxima ainda mais de mim. É legal ser o preferido, mas tem algo no modo como Jay olha para mim que sinaliza que vou me arrepender por isso.

Para o jantar, encomendam comida chinesa, e Hannah e Jay vão buscar de carro. Paula e Robert estão ocupados na cozinha e me deixam na sala para jogar Mario Kart com Lola, o que me agrada — apesar de eu estar mais para RPG, aguento firme a surra impiedosa que a garotinha de quase seis anos está me dando. Lola não parece estar nem aí se eu sou um oponente para lá de fraco e, quando ouve o irmão e a irmã chegando, me empurra para a cozinha e me coloca sentado ao seu lado.

— E a minha mãe senta do outro lado. — Lola bate na cadeira à esquerda.

— E o Jason, Lolly? Faz tempo que você não vê o seu irmão. Tenho certeza de que ele gostaria de ficar um pouco com você. — Somente os pais fazem isto: assumem que não tem problema se falarem por você, mesmo quando está na cara que não vai dar certo.

Lola olha para Jason com os olhos arregalados enquanto ele coloca as sacolas sobre a mesa, então se inclina para o meu lado um pouquinho enquanto ergue os olhos para a mãe e gesticula para que ela chegue mais perto.

— Não quero sentar perto do Jay. Ele não tem sido bonzinho com a Hannah — ela sussurra no ouvido da mãe, tão baixo que eu só escuto porque estou perto.

A mãe de Hannah contrai as sobrancelhas e abaixa outra vez para sussurrar de volta:

— Tenho certeza de que eles fizeram as pazes enquanto foram buscar a comida. — Ela percebe que estou olhando e viro o rosto. — Por favor, pequena, sente perto do Jay. Ele está com saudade de você.

Lola olha para mim e, depois de eu acenar discretamente, anuncia que mudou de ideia. Desastre evitado, todos sentados, eu observo enquanto Jay tenta engatar uma conversa com Lolly, então observo Hannah olhando para ele. Não que eu não tenha acreditado no que Paula disse — sobre ela e o irmão postiço terem feito as pazes —, mas pelo jeito eles andaram discutindo um pouco mais. Hannah está com os dentes cerrados, no modo ataque, e rói os chips de camarão como se fosse um peixe carnívoro. Jay, por outro lado, não olha para ela. Nem uma vez. Nem mesmo quando ela lhe pede para passar o shoyu.

A conversa toma um rumo perigoso enquanto eles desembalam as panquecas de pato, quando Jay me pergunta se eu gostaria de conhecer Warwick, caso esteja pensando em me inscrever. Ele só está sendo educado (ou metido), mas isso chama atenção para o fato de que dentro de dois anos e meio eu vou para a universidade.

— Estou pensando em ir para algum lugar mais perto — digo, espalhando molho de ameixa sobre minha panqueca. Hannah e eu não temos uma saída estratégica para o nosso relacionamento fabricado, por isso sou forçado a improvisar.

— Não tem muita coisa boa por aqui. Eu já verifiquei. — Jay olha para mim e eu juro que sua expressão está mudando. Embaixo da mesa, Hannah me cutuca com o pé. Ignoro Jay e como a panqueca.

O assunto volta à tona na quarta tigela de arroz. Desta vez é Robert quem começa.

— Sério, Aaron, quais são os seus planos para o futuro agora que... — ele se detém e olha para Hannah — que você tem outras pessoas com quem se preocupar?

— Eu estava pensando em deixar as coisas acontecerem. Parece um pouco cedo para fazer planos. — Boa resposta. Ponto para mim.

— Hum. Não dói nada ficar preparado. — E isso parece ser tudo o que Robert tem a dizer sobre o assunto.

Mas Jay, não.

— Mesmo assim, é bom já começar a pensar nas suas opções, você não acha? Tentar descobrir em quais matérias você deve se concentrar mais quando estiver revisando... Não faz sentido se preocupar com biologia se você for estudar inglês, não é mesmo?

— O Aaron é muito inteligente, Jay. — Hannah atravessa antes que eu tenha tempo de terminar de mastigar. — Acho que ele não vai precisar se preocupar com a revisão, como você precisou.

Ai.

Robert franze o cenho para a enteada, abre a boca para falar algo, então percebe que a esposa o encara, o que o faz ficar em silêncio.

— Esperto o menino, hein? — Jay faz um bico e balança a cabeça de um jeito que só pode ser descrito como paternalista. — Por que você está saindo com a Hannah, então?

Era para ser uma piada, mas ninguém — nem mesmo Lola — ri.

Já cansei disso.

— Porque eu sou amigo dela. Obviamente um assunto que você não estudou durante a revisão.

Em qualquer outra rodinha, teria sido ponto para mim, mas Robert me encara de um jeito que faz com que eu me sinta menor que um grão de arroz primavera. Não tem como tentar consertar a situação durante a agitação de embalagens vazias sendo empilhadas e restos jogados fora, e eu me arrependo do que disse. Robert é alguém que eu quero que pense bem de mim.

Depois do jantar, vamos para a sala e formamos uma plateia duvidosa enquanto Lola encena um trecho de *O rei leão*. Que eu já vi. Na verdade, eu a ajudei a decorar as falas. Já é tarde e Lola não para de bocejar, por isso Paula a leva para cima a fim de colocá-la no banho. Justo quando Robert está se preparando para me levar para casa, seu telefone toca.

— Aaron, desculpe. Preciso atender e pode demorar um pouco...

— Tudo bem. — Depois da minha transgressão durante o jantar, a última coisa que eu quero é ser um inconveniente.

— Eu posso te levar para casa — Jay se oferece com um sorriso tão forçado que tenho certeza de que só está fazendo isso para impressionar o pai. E funciona, pois Robert acaricia a cabeça do filho ao passar por ele, e quase posso ver o balão de pensamento surgindo acima da sua cabeça: "Meu filho é *demais*". Ou algo mais eloquente.

Hannah me acompanha enquanto pego meu casaco.

— Desculpa pelo Jay — ela diz com um suspiro.

— Pensei que ele fosse um cara legal — comento.

— Ele era. — Ela encolhe os ombros. — A universidade o transformou num babaca.

Mas Jay é um menino de ouro. Encanta de qualquer jeito. É bom não importa o que faça. Para caras como ele, sempre haverá uma desculpa.

— Podem ir se soltando, pombinhos. — Ele sai despejando irritação porta afora. — Hannah, você vem também?

Ela vai, o que significa que vou ter de sentar no banco de trás, porque Hannah está enjoando no carro. Jay faz uma brincadeira sobre enjoos noturnos e eu rebato, lembrando que gravidez não é doença. Sei que ele só estava brincando, mas é engraçado ser babaca com um babaca. Obviamente Hannah não concorda, uma vez que seus ombros sobem cada vez que Jay e eu engatamos uma discussão. Vou parar.

Não demora muito para eu descobrir que Jay dirige feito um louco. Depois de passar direto por cima de uma daquelas rotatórias pintadas no asfalto, ouço Hannah pedir para ele ir mais devagar. Ele passa a andar a irritantes vinte quilômetros por hora, muito abaixo do limite de velocidade.

Seguimos em silêncio até Hannah começar a ensinar a Jay o caminho da minha casa e ele parar na frente, ralando o pneu na guia.

— Obrigado pela voltinha — agradeço.

— Você está falando comigo ou com a Hannah? — Jay ri e eu desço do carro. Paro por um momento enquanto a porta se fecha. Tento sair andando, mas quando vejo estou abrindo a porta de Jay, me inclinando até meu rosto ficar bem perto do ouvido dele, e vejo que as juntas da minha mão estão brancas enquanto seguro com tanta força a beirada da porta que perco a sensibilidade dos dedos.

— Não sei se você está agindo como um babaca porque é assim mesmo — o tom da minha voz é baixo e preciso — ou se andou treinando, mas é da sua irmã postiça que você está falando. — Respiro e aperto a porta com mais força. Não posso me deixar levar. Não posso perder a calma. — Mostre um pouco de respeito, porra.

Bato a porta com toda a força, descarregando minha revolta, e viro de costas. Não escuto o estalo dela se fechando. Em vez disso, ouço a voz de Hannah dando um aviso — "*Jay...*" —, ao mesmo tempo em que um empurrão por trás me atira sobre o capô do carro com um rangido e um estrondo.

Levanto atordoado, e quando me viro dou de cara com Jay.

— Não sei o que você *pensa* que sabe sobre mim. Mas você não vai falar assim comigo.

Minhas mãos sobem entre o meu peito e o dele, e eu o empurro para longe. Péssima ideia. Ele me empurra de volta com mais força. Eu não tinha a intenção de segurar no ombro dele para me firmar, mas lá vamos nós. De repente, estou brigando. Sinto uma pontada no queixo onde seu punho me acerta, mas sei exatamente como dói dar um soco, por isso aproveito e puxo um punhado de cabelo no alto de sua cabeça, torcendo de um jeito que ele se vira e cai de cara sobre o capô.

Como posso interromper isso? Preciso me acalmar. Não posso ficar aqui, não posso fazer isso...

Mas Jay está de volta e avança para cima de mim. Pulo para trás e a dor brota quando ele me acerta um murro direto no nariz, então é isso — parto para cima dele com os punhos cerrados, mirando sua cabeça. Acerto um golpe em algum lugar e estamos nos atracando e empurrando. Dou um chute e na hora vejo sangue respingar em sua calça jeans. Jay afunda o polegar dolorosamente no meu queixo e empurra meu rosto para o lado. Nisso, eu levanto o braço e seguro seu pulso enquanto cerro o outro punho, pronto para...

— PARA COM ISSO!

O grito é direto no meu ouvido e escoa com o sangue que pulsa na minha cabeça.

— Para com isso, porra! — Hannah está gritando com Jay agora e está entre nós, com o dedo em riste na cara dele, desafiando-o a desobedecê-la. Ele fica calado, lambendo o lábio partido e chacoalhando a mão, e me faz lembrar da minha, que também está doendo. Estou com as unhas cravadas na palma das mãos e tenho a sensação de que meu braço está inteiro vibrando. A dor que sinto nos dedos, que já quebrei uma vez, me faz lembrar por que isso foi uma péssima ideia.

— Volte para o carro, Jay.

Ele não se move.

— Jay, faça o que estou dizendo, tá bom? — Hannah parece exausta, e Jay desvia os olhos de mim e olha para ela antes de obedecer.

Ele bate de ombro comigo ao passar, e me força a conter uma vontade imensa de puxá-lo de volta e partir para cima dele outra vez.

Em vez disso, caminho em direção à porta da minha casa. Hannah vem atrás.

— Tudo bem, agora estamos quites — digo com um sorrisinho. — Eu te salvei da Marcy e você me salvou do Jason.

— Não é engraçado, Ty.

Fecho os olhos. Eu queria que ela não me chamasse assim.

— Eu sei. Desculpa. É que... — Bato a cabeça de leve contra a janelinha da porta e fico recostado ali. — Ele estava agindo como um imbecil.

Hannah não diz nada. Um carro vira a esquina, os faróis refletem e eu vejo que seus olhos estão marejados.

— Não fala isso.

— Mas é verdade. Seu irmão postiço é um completo...

— Ele é o pai. — As palavras sussurradas saem tão baixo que eu poderia ter imaginado. Eu *queria* ter imaginado. — O Jay é o pai do meu bebê.

Deve existir uma coisa certa a ser feita, mas não sei o que é, e sinto a distância aumentar entre nós a cada segundo que passa. Quando me dou conta de que qualquer coisa é melhor do que nada, já é tarde e ela se afasta do abraço que tento dar.

— Não posso... — Ela faz sinal para que eu me afaste.

— Hannah...

— Eu te ligo amanhã. — Com isso, ela sai correndo pela calçada. Vou atrás, mas a luz do hall acende e, quando paro, vejo Jay descendo do carro e indo atrás dela. Mesmo que eu consiga passar na frente dele, o que vou fazer quando alcançá-la?

HANNAH

Não sei para onde estou correndo. Não conheço muito bem esta parte da cidade. Paro no primeiro banco que vejo e sento. Correr não deve ser muito bom para alguém na minha condição.

Bebê idiota. Eu queria...

O quase pensamento me faz chorar ainda mais. Foi sem querer. Nunca desejei isso, nem de longe, mas...

As lágrimas continuam brotando e eu estou quase engasgando na minha tristeza. O problema é que não consigo parar.

Alguém senta ao meu lado e pousa a mão sobre o meu ombro. Olho e vejo que é o Jay.

Uma pequena parte de mim esperava que fosse o Aaron. Essa parte está decepcionada. O restante de mim? Não sei. Ainda estou muito brava com Jay.

— Hannah, eu sinto muito.

— É bom mesmo — consigo falar entre os soluços. Respiro fundo e tento me controlar. — Você é um... imbecil.

Minha voz some na última palavra e eu penso no que acabou de acontecer com Aaron — não quando contei a verdade para ele, mas a briga antes. Aaron. Brigando. E uma briga que eu acho que ele ia ganhar. Esse não é o Aaron que eu pensei que conhecia.

— Venha aqui, Han. — Jay se aproxima. Seu braço me envolve por completo até eu recostar nele e ouvir as batidas do seu coração através da jaqueta. — Me desculpa.

Por que ele está se desculpando? Por ter brigado com um dos melhores amigos que eu já tive? Por ter me perguntado se eu tenho certeza de que ele é o pai? Por sempre dizer que este não é o momento certo para contar para as pessoas? Por dizer que não precisa de uma foto do ultrassom? Por tudo o que aconteceu entre nós?

Não quero que ele lamente por isso.

Porque eu não lamento.

AARON

Olho pela janela, com as luzes apagadas, esperando que eles voltem, preocupado com Hannah. Quando eles finalmente retornam, vejo que estão abraçados e que ela está com a cabeça recostada no ombro dele.

— Hannah... — sussurro, invadido por uma onda de decepção. Quando eles se aproximam do carro, Jay abre a porta para ela. Nenhum dos dois faz menção de entrar.

Viro de costas para não ver o que vai acontecer em seguida.

HANNAH

A última vez que Jay me olhou desse jeito foi na noite em que engravidei.

— O que estamos fazendo? — ele sussurra. Seus olhos buscam os meus, uma mão encostada na porta, a outra apoiada no capô, me prendendo no espaço entre ele e o carro. Eu o observo, me concentrando em cada detalhe do seu rosto: a barba por fazer, o nariz e as sobrancelhas, os lábios e o modo como sua língua se move entre os dentes quando ele fala. — Não era para ser assim.

Ele se vira e eu entro no carro, meu corpo tomado de desejo. Jay ocupa o banco do motorista, enfia a chave na ignição, mas não dá partida. Em vez disso, vira e olha para mim.

— Não sei o que fazer.

— Já faz mais de um ano que você está dirigindo — digo, sorrindo, e ele sorri de volta de um jeito que faz o meu coração parar na garganta.

— Por mais estranho que pareça, não é disso que eu estou falando. — Ele apoia a lateral do rosto no encosto de cabeça, do mesmo jeito que estou fazendo, o tempo todo sem tirar os olhos de mim.

Quero que ele me beije. Quero tanto que seria capaz de confundir imaginação com o ato em si. Será que ele está pensando a mesma coisa? E então, como se fosse um desejo realizado, Jay diminui o espaço entre nós e inclina a cabeça até sua boca tocar a minha, tentando me possuir assim como eu estou tentando possuí-lo, nossa respiração se acelerando ao mesmo tempo, o nariz pressionando a bochecha um do outro... Meu corpo não é meu, minha cabeça está confusa e eu não consigo impedir uma mão de subir até a gola de sua jaqueta e puxá-lo mais para perto enquanto me afasto um pouco e recupero o fôlego, olhando em seus olhos.

— Han... — Ele não conclui o pensamento, e quando vejo está se inclinando e estamos nos beijando mais uma vez, e estou pensando que o impensável, o inesperado, aconteceu. Jay mudou de ideia.

AARON

Quando minha mãe vem me perguntar se eu vi o Kaiser em algum lugar, ainda estou sentado no escuro, em silêncio, esperando ouvir o barulho do carro de Jay indo embora. Para ser sincero, sei que esse comportamento é um pouco bizarro, mas eles estão sentados no carro há mais de dez minutos, e a cada segundo que passa o meu humor piora. Os acontecimentos desta noite e o modo como reagi a eles me assustam.

Minha mãe pergunta por que estou sentado com a luz apagada e eu encolho os ombros, os ouvidos aguçados quando penso ter ouvido a partida de um motor.

— Aaron, você sabe que esse é o tipo de comportamento que preocupa uma mãe. — Ela senta na cama e eu ouço o carro indo embora, o motor roncando. Eles se foram.

Olho para minha mãe. Não posso lhe contar toda a história, mas...

— Eu descobri quem é o pai.

HANNAH

Aquela sempre será uma noite a ser lembrada. O resultado da soma do dinheiro de Robert com os amigos de Jay foi uma festa incrível. Uma tenda no quintal e uma tonelada de pré-universitários na nossa casa? Sim, por favor. Demorou um pouco para que eu os convencesse a me deixar ficar, uma vez que o restante da família passaria a noite na casa dos pais de Robert, mas Jay prometeu que ficaria de olho em mim.

Ele disse que Katie também podia vir, e ela chegou mais cedo naquela noite. Demoramos um tempão para ficar prontas, tanto que, quando descemos, vários amigos do Jay já tinham chegado. Não vou mentir. Eu estava à caça. Um verão paquerando Tyrone e aprendendo a fazer um cara perder o controle tinha me deixado confiante. Havia um carinha de quem eu gostava, o Dion, que era da mesma classe do Jay, mas achei melhor esperar e passei uma hora ou mais com Katie sondando o terreno — quer dizer, a sala de estar — antes de deixá-la e ir para a cozinha.

Dion estava lá. Eu sabia que ele já tinha notado a minha presença, pois rolaram vários olhares, e foi fácil mostrar que eu estava a fim quando o peguei sozinho. Isso até alguém aparecer na cozinha.

— Han?

Olhei da bancada, onde estava apoiada estrategicamente, com os braços cruzados. Jay não parecia nada feliz.

— Jay! Cara! — Dion se virou para trocar um daqueles cumprimentos que os meninos adoram, mas Jay não tirava os olhos de mim. Parei de me apoiar na bancada e peguei minha garrafa.

— Batendo um papo com a minha irmãzinha, Dion? — ele perguntou, todo inocente. Senti vontade de lhe dar um soco.

— Irmãzinha...? — Dion olhou apavorado para mim, em seguida para Jay. — Você é a Hannah...? Eu não reconheci ela... você... — Ele não sabia com quem falar. — Bom, preciso ir ao... hum... Vejo vocês por aí.

Correndo seria a descrição mais precisa do modo como o cara saiu da cozinha.

Dei um soco em Jay. No braço. Um golpe perfeito.

— Ai. — Ele esfregou o braço, mas sorriu para mim. — O Dion tem namorada, Han. Eu só estava cuidando de você.

Ah.

Saí andando, mas quando passei ouvi Jay dizer:

— Roupa legal. — Sorri comigo mesma e o perdoei.

Katie estava aos beijos com um cara no canto da sala, e logo cansei de ficar escutando as conversas das outras pessoas. O negócio era mudar de cenário. A tenda estava chamando, e eu estava com vontade de dançar — e ser vista. Vamos encarar a verdade, tudo é uma questão de inibição, e eu não sofro disso. Fui me infiltrando entre os grupos que já estavam na pista de dança e não demorou muito para um carinha fofo começar a dançar comigo. Quando passei os braços ao redor do garoto, senti duas mãos me puxando para trás. Nem liguei. Mãos na cintura nunca é um mau sinal, e o toque era bom. Elas não pareciam tímidas ao tocar em mim.

Quando as mãos me giraram, percebi por quê.

Sorrindo, Jay se inclinou e me contou que tinha pedido uma música. Quando começou, caí na risada logo nos primeiros acordes. Era a "nossa" música, aquela para a qual inventamos uma coreografia, que executamos no casamento da minha mãe com Robert depois de passarmos *horas* treinando na sala. Jay estava convencido de que podia me ensinar a fazer o "running man", apesar de ele mesmo não ter a menor ideia de como era o passo. Mas então, sem pensar muito, nos colocamos a postos, um círculo se formou ao redor e saímos dançado direitinho, rindo tanto que mal conseguíamos respirar.

E eu me senti especial. Eu nunca tinha me sentido especial. Não mesmo. Não acho que muitas pessoas se sintam. É preciso ter muita autoconfiança para pensar que alguém que você admira te acha legal. É preciso ter uma boa dose de fé para *acreditar* nisso. Mas às vezes alguém é legal o bastante para fazer você se sentir assim. Eu sabia que todo mundo estava rindo enquanto dançávamos feito robôs com defeito, mas a única pessoa que importava para mim era o Jay. Sempre foi assim, de um jeito ou de outro.

A noite passou. Conversei e dancei com um milhão de pessoas diferentes, aproveitei tanto que fui a última a ir para a cama, quando saí caçando Katie entre os corpos largados nos sofás e no quarto de hóspedes. Mas ela não estava em lugar nenhum... até que eu abri a porta do meu quarto.

Ninguém se deu o trabalho de fechar as cortinas, e sob a luz do luar eu vi um garoto caído de cara na minha cama, desmaiado. Mas foi o show no chão que me pegou de surpresa. Não reconheci o cara, mas ele parecia bem satisfeito com o que estava acontecendo — minha melhor amiga cavalgando em cima dele feito uma amazona, de costas para mim. Fechei a porta o mais rápido que pude, mas ainda ouvi quando Katie começou a fazer uns ruídos agudos esquisitos. Nojento.

Eu poderia ter batido na porta, dando uma chance para eles se recomporem antes de entrar e mandar todo mundo sair. Em vez disso, subi para o quarto de Jay, no sótão.

— Jay, sou eu, a Hannah — falei, abrindo a porta um pouquinho.

— Oi, Han, está tudo bem? — Fazendo sinal para eu entrar, ele sentou, sem camisa, os olhos turvos de tanta cerveja.

— A Katie está com um cara no meu quarto. — Sentei na cama ao lado dele.

— Que surpresa — ele disse. — Quer ficar aqui?

— Ãrrã. — Levantei da cama e me ajeitei no pufe, mas tinha uma corrente de ar. Eu me encolhi, peguei uma camiseta de Jay que estava jogada no chão e cobri os pés. Sabia que estava fazendo muito barulho. O motivo para isso era que...

Jay sentou novamente.

— Você está bem aí?

— Estou com frio. Tem espaço aí na sua cama?

Eu sabia que não tinha, e o observei se afastar e erguer a coberta para que eu entrasse embaixo dela.

— Ou você pode ficar onde está e correr o risco de eu ir aí te matar por se mexer muito.

Subi na cama, adorando o calor do colchão e o cheiro dele enquanto me ajeitava embaixo do edredom. O sono não era exatamente o que me aguardava ali. Eu estava superconsciente do corpo de Jay do outro lado da cama. Era como se eu pudesse sentir cada respiração sua. Eu me virei um pouco para dar uma olhada nele. Seus olhos estavam fechados.

Eu me remexi, tentando me ajeitar, mas não conseguia. Estava inteira vibrando e excitada. *Isso é absurdo. É o Jay.* Fechei os olhos bem apertado e me concentrei na ideia de cair no sono.

— Han?

— Oi? — Não olhei de lado.

— A sua respiração está barulhenta.

— Obrigada. — Sorri no travesseiro.

Veio o silêncio novamente, mas eu estava com menos sono ainda do que antes.

Jay se mexeu e eu senti sua respiração no meu pescoço. Só conseguia pensar naquele sopro de ar na minha pele. Um movimento e eu senti um braço me envolvendo. Pousei a mão carinhosamente sobre a dele. Jay paralisou, como se estivesse esperando algo. Lentamente, e sem muita certeza, entrelacei os dedos nos seus e gentilmente guiei sua mão para debaixo da minha blusa e sobre a pele da minha barriga.

Soltei o ar.

Deveria ser estranho. Mas na verdade, *na verdade* não era.

O corpo de Jay estava tão perto do meu. Eu podia sentir o calor nas minhas costas, suas pernas encaixadas na curva das minhas. Gradualmente, percebi que fui indo para trás, me encostando nele. A mão embaixo da minha blusa me acariciava muito, muito de leve.

A respiração no meu pescoço se tornou mais quente e senti lábios tocarem minha pele. Suaves como uma pena e ao mesmo tempo frios e quentes. Jay beijou meu pescoço uma vez, então mais uma, e ao longo do meu ombro. Então se ergueu sobre o cotovelo e eu me virei para olhar para ele.

Olhamos um para outro sem dizer nada, deixando que nossos olhos falassem por nós. Em seguida estávamos nos beijando. Eu nunca tinha sido beijada daquele jeito. Foi a coisa mais sexy que já aconteceu comigo. Fui tomada pelo desejo à medida que o beijo me envolvia por inteiro.

A mão embaixo da minha blusa ajeitou meu corpo até ele estar em cima de mim. Entre beijos na boca, no pescoço e nos ombros, ele tirou minha blusa e arrancou minha saia até ficarmos só com as roupas de baixo, pele com pele, enquanto nos acariciávamos e nos beijávamos. Eu sentia a pressão do seu membro através da cueca contra o meu corpo, e a minha mão desceu...

Jay estremeceu, e eu senti o tremor ecoando em meu próprio corpo. Ele deslizou as unhas sobre a pele da minha cintura, beirando o elástico da minha calcinha. Fiquei tensa, sabendo o que aconteceria em seguida, mas na verdade sem saber de nada. No que aquilo ia dar? Aquele não era um cara qualquer que eu conhecera algumas horas antes, alguns dias antes, algumas semanas antes. Era o Jay.

E as regras eram muito diferentes para o Jay. Eu acho.

A cueca e a calcinha se foram num instante. Assim como o meu sutiã.

Seus dedos traçaram cada centímetro do meu corpo, dos meus seios, das laterais, e subiram para o rosto. E então ele parou, segurou meu rosto entre os dedos e olhou no fundo dos meus olhos.

— Alguém já te disse como você é linda?

Não respondi.

— Você é especial, Hannah. — Ele subiu um pouco e me deu um beijo na testa. Jay me empurrou de volta na cama e me beijou, sua língua invadindo a minha boca, antes de ele descer, e descer, e descer pelo meu corpo até...

Minha. Nossa.

Eu estava em um mundo maravilhoso quando Jay se afastou para pegar um preservativo na gaveta do criado-mudo e colocá-lo. Enquanto ele me penetrava, nós dois arfamos, e foi um pouco desconfortável no começo, mas quando percebi estava tentando me enterrar nele, me entregando com a mesma intensidade, beijando qualquer parte da sua pele que se aproximasse, e cravei as mãos em suas costas, nos ombros, no traseiro... Nem pensei no que estava fazendo, não estava tentando me sair bem, não estava pensando se ele me daria um dez. Só estava lá, no momento, sentindo, querendo muito e muito e muito mais e...

Acabou tão rápido. Não teria sido suficiente nem se tivesse durado a noite toda. Eu simplesmente queria mais.

Quando ele saiu de dentro de mim, eu murchei.

Deitamos de lado, nossas testas se tocando, uma mão repousando sobre o corpo do outro enquanto nos beijávamos e sorríamos um para o outro, de olhos abertos. Não tínhamos muito o que dizer. Apenas sorríamos e nos beijávamos e nos tocávamos. Eu me senti um pouco sensível, quase dolorida, mas a sensação diminuiu à medida que meu coração foi desacelerando e voltando ao normal. Depois de um tempo, deslizei a mão pelo seu corpo, até embaixo. Então desci até lá também. Jay não precisou de muita persuasão quando voltei para cima.

— Estou pronto para outra se você estiver — ele disse, acariciando minha coxa e rindo quando eu suspirei e revirei os olhos em resposta.

Não era minha intenção, mas eu não tinha muito controle da situação. Perto dele, eu não precisava ter.

Jay passou por cima de mim e abriu a gaveta.

— Merda. — Abriu a carteira. — É foda.

— Sim, é isso mesmo que eu estou esperando.

— Acabou a camisinha.

E nesse ponto eu deveria ter alguma na minha bolsa ou no bolso ou no sutiã. Só que eu não tinha. Jay voltou para perto de mim, franzindo o cenho.

— Não tem problema — respondi. — Não precisa de camisinha para fazer isso. — Minha mão desceu e eu comecei novamente, beijando seu pescoço até ele relaxar. Logo estávamos brincando de novo, nos beijando, nos tocando... e foi uma delícia. Isso basta, eu disse a mim mesma. Totalmente.

Mas no dia seguinte Jay ia fazer as malas e partir para a universidade. Não haveria mais escapadas para fazer aquilo outras vezes, a menos que eu conseguisse ir visitá-lo, mas não achava que isso fosse acontecer. Havia sempre a esperança de que Jay viesse para casa nos fins de semana, mas...

Era tão gostoso ficar assim pertinho dele. Por que eu queria mais do que isso?

— Nós poderíamos... — comecei, mas não terminei. Jay parou o que estava fazendo, e eu balancei a cabeça. — Não para.

Ele recomeçou. Estava maravilhoso. Fechei os olhos e me arrastei para baixo até senti-lo rijo se encostando em mim, então deslizei mais perto e desci e o envolvi até ele quase...

— Hannah. — Jay se afastou, mas eu me movi de um jeito que ele ficou preso e olhei no fundo dos seus olhos.

— Não tenho nada, eu juro.

— Não é com isso que eu estou preocupado — Jay disse. — Me diz que você toma pílula ou algo assim.

Quase falei que sim. Eu queria tanto que fosse verdade.

— Você pode tirar na hora, ou eu posso tomar a pílula do dia seguinte — respondi, esperançosa, mexendo os quadris para que ele pudesse sentir meu corpo contra o seu. Ficar tão perto assim estava me matando.

— Eu posso... — Ele me penetrou, só um pouco, e eu mordi o lábio de prazer. Eu o queria tanto. — Ou você pode...

Ele tirou de novo.
— A gente pode...
Entrou outra vez.
— Mas...
Saiu.
— Por favor, Jay.
Entrou. Até o fim.
— Seu pedido é uma ordem — ele murmurou, antes de nos tornarmos incapazes de dizer qualquer coisa.

A segunda vez foi melhor que a primeira. Mais demorada, mais devagar, mais intensa. Não existia nenhuma pessoa em quem eu confiasse mais do que no Jay, e, exatamente como eu pedi, ele tirou na hora.

* * *

E agora acabou, e ele se afasta, tirando as mãos quentes de cima de mim. Como o que começou com um beijo termina com Jay — o primeiro cara que eu amei, que eu *ainda* amo — me dizendo que não pode fazer isso, que o que aconteceu naquela noite foi um erro? Como um beijo pode acabar nisso? Em nada além de silêncio? Fui uma idiota ao pensar que as coisas estavam prestes a mudar... As lágrimas que estou derramando enquanto olho fixamente pela janela do carro não são mais pelo meu bebê, pela minha família ou pelo Jay. São por mim.

Porque hoje eu descobri que Jay não é o cara que eu pensava que fosse e, no fim das contas, Aaron também não é bem o cara que eu imaginava que fosse.

Duas decepções em uma noite é mais do que eu acho que posso suportar.

DOMINGO, 14 DE FEVEREIRO
FERIADO ESCOLAR

AARON

— Você vai me contar o que está acontecendo entre você e a sua namoradinha ou vai ficar sentado aí e perder o jogo? — pergunta Neville. Se já não tivesse mudado o dia do nosso "encontro" de sexta, eu teria cancelado. Mas até ficar sentado aqui, com uma dor de cabeça daquelas, perdendo todas as rodadas e imaginando se vou topar com a Hannah, é melhor do que ter de suportar a ira de um Neville desprezado.

— A Hannah não é minha namoradinha.

— Ela está carregando um filho seu, garotão. Isso faz dela algo mais do que uma amiga.

— Tanto faz — digo, afundando na cadeira e tocando com cuidado o alto do nariz. Meu rosto dói. Minha mão também. — O bebê não é meu.

Será possível que eu acabei de falar isso? Abro os olhos para checar se Neville ouviu, mas não tem nada de errado com sua audição e ele olha para mim ansioso, esperando.

— Você *não pode* contar isso para *ninguém*, de jeito nenhum. Nem para a enfermeira bonita com quem você fofoca quando ela vem medir sua pressão, nem para a recepcionista em quem você tenta jogar charme para sair. — Olho sério para ele. — E muito menos para a avó da Hannah.

Neville está olhando para mim com as sobrancelhas encolhidas. Os pelos grisalhos saltam do emaranhado, parecendo antenas, e tremem enquanto ele me encara.

— Eu sei guardar segredo.

Pode ser — contanto que ele se lembre de que é um segredo que ele precisa guardar. Mas acho que agora é tarde.

— Nós nunca transamos. — Neville franze a testa, esperando. — Eu me ofereci para fingir ser o pai da criança para ajudá-la, para protegê-la de todo mundo na escola, para dar apoio para ela diante da família. — Só que não foi por isso que eu me ofereci. — Eu me ofereci porque queria ajudar. Eu queria fazer algo significativo.

Neville toma um gole de café e mexe o maxilar enquanto pensa no que acabei de dizer.

— Significativo. É uma palavra e tanto.

— O que você quer dizer com isso? — Eu esperava que ele fosse me perguntar quem é o pai verdadeiro. Não isso.

— Você acha que tem algo de significativo em um garoto ajudar uma garota de um modo que nenhum garoto sensato faria. Vocês dois mal se conheciam no começo do ano e mesmo assim você se prontificou a fazer isso?

— A Hannah precisava de ajuda e eu precisava ajudar. Eu precisava sentir que posso fazer algo importante, que tem um motivo... — Eu me interrompo.

— Um motivo para quê?

Não posso contar para ele. Não posso contar para ninguém.

— Para nada — respondo. — Eu só queria ajudá-la. Eu gosto da Hannah. Muito.

Neville ergue as sobrancelhas e eu estalo a língua.

— Não desse jeito. — Provavelmente não desse jeito. — Ela é especial.

— Não é especial o suficiente se não sabe quem é o pai do filho dela.

— Para com isso. — Sei que ele só estava brincando, e não era para ter soado tão rude, mas depois da noite passada... Estou feliz por estarmos de folga na escola. Meu pai me pediu para ajudar a consertar a cerca, e tem o casamento de uma prima no fim de semana. Tenho desculpas suficientes para evitar Hannah até que eu consiga colocar a cabeça no lugar e ser a pessoa que ela quer que eu seja.

Neville fica em pé, suas juntas estalam, seus movimentos são rijos.

— Não sei o que acontece com você, garoto. — Ele olha para mim. — Mas um dia você vai descobrir que ela não é a única que precisa de um amigo. E, quando descobrir, saiba que eu estou aqui. Você pode até pensar que consegue esconder direitinho seja lá o que está te atormentando, mas você não é tão bom nisso quanto imagina.

— Não tem...

— Agora levante a bunda daí e venha ajudar um velho a chegar ao banheiro, pode ser? Preciso dar uma aliviada.

SÁBADO, 20 DE FEVEREIRO
FERIADO ESCOLAR

AARON

Acabamos nos perdendo no caminho. O que não me surpreende, uma vez que a minha mãe se recusa a comprar um GPS e o meu pai fica tão enjoado no carro que não consegue ler um mapa. Por isso, sobra para mim ver onde estamos no meu celular e ensinar o caminho até a igreja.

É o casamento da minha prima Sarah. Se Dante tivesse participado de um dos encontros da família da minha mãe, tenho certeza de que teria colocado um décimo círculo do inferno para uma ocasião dessas. Minha mãe está tão nervosa que o volante está mais para um acessório onde ela pode se debruçar para brigar com as cercas vivas e os pedestres do que uma ferramenta para dirigir o carro. Meu pai sabiamente se recolheu ao silêncio depois do fiasco com o mapa. Nós três sabemos que estamos rumo a uma noite de sussurros e "preocupação", quando parentes distantes ficarão olhando para mim como se eu estivesse prestes a arrebentar o lugar.

Concordamos que ninguém precisa ficar sabendo que eu sou o falso pai do filho de uma amiga da escola. Meus pais sabem que eu sei quem é o pai, mas eu não disse o nome para eles.

Jay.

Quero ficar bravo com ele. Quero pensar que ele se aproveitou da Hannah. Mas estamos falando da *Hannah*, e eu lembro claramente o que ela me disse na noite em que tirei Tyrone de cima dela: *Ninguém pode me forçar a fazer o que eu não quero... muito menos aquilo.*

Desde que a conheço, nunca questionei essa declaração. Nem mesmo agora.

Uma semana depois de descobrir a identidade do pai da criança, em vez de estar bravo com Jay, estou bravo com Hannah.

TERÇA-FEIRA, 23 DE FEVEREIRO

HANNAH

— O Aaron chegou! — Robert anuncia lá de baixo.

— Aaron! — Lola berra de dentro do banheiro e sai correndo com seu roupão cor-de-rosa, deixando minha mãe ajoelhada perto da banheira, olhando para mim como se eu precisasse impedi-la. Ouço Lola se atirar nos braços de Aaron, espio por cima do corrimão e o vejo abraçando-a, colocando-a no chão e a empurrando de volta para a escada.

— ... já passou da sua hora de dormir — ouço quando ele se aproxima um pouco mais.

— Está na hora da historinha — Lola responde, então se vira e o puxa pela mão. — Você pode ler para mim. Dois capítulos do *Sr. Gum*.

— Um capítulo, Lolly — diz minha mãe, e olha para Aaron. Nem se desse para desenhar um ponto de interrogação preto acima da cabeça dela, seus pensamentos seriam mais claros.

— Mãe, o Aaron... — começo a falar, mas ela me interrompe com um olhar e Lola vence, como sempre.

Vou esperar no meu quarto, onde as anotações estão espalhadas sobre a minha cama e os post-its estão prontos para ser arrancados do bloquinho e colados nas páginas certas do meu guia de estudos. Eu não deveria ficar chateada com ele por passar um tempo com Lola, mas estou. Aaron é alguém que supostamente devia ser só meu. Ele é *meu* amigo, e está fazendo algo incrível por *mim*, não é um irmão substituto para Lola nem outra pessoa para ajudar minha mãe. Quando ele chega no quarto, estou de péssimo humor.

— Desculpa. Ela pediu para eu ler mais um capítulo. Eu não sabia o que fazer, por isso li mais um e depois ela já estava quase dormindo.

— Isso explica por que você demorou tanto — falo e lhe dou as costas.

— Sim, foi por esse motivo que eu acabei de dizer isso. Eu estava explicando. — Ele senta na cadeira giratória e dá uma olhada nas minhas anotações, espalhadas por toda parte. — Por onde você quer começar?

Encolho os ombros. Agora que Aaron está aqui para me ajudar com a revisão, tudo o que quero fazer é ficar brava com ele. Quero brigar com alguém.

Na verdade, estou com vontade de brigar com Aaron desde que ele ficou a semana passada inteira sem falar comigo. Desde que contei para ele, por telefone, como as coisas estavam com Jay — e como tudo começou. Não foi exatamente a maneira ideal. Eu esperava que ele dissesse algo. Não sei o quê. Talvez eu tenha imaginado que ele fosse me dizer que estava lá se eu precisasse. Ou que me entendia. Que isso não mudava nada. Mas ele não disse.

Depois ele viajou para ir a um casamento e agora está de volta, como se nunca tivéssemos tido aquela conversa. E está aqui para me ajudar. Como se nada tivesse mudado.

— O que você já fez até agora? — ele pergunta.

Quando estendo as minhas últimas anotações, metade acaba escorregando da minha mão, por isso ele se abaixa para recolher e eu resisto à tentação de pisotear tudo. Aaron dá uma olhada no que já fiz.

— É um bom começo, mas acho que você precisa explorar um pouco mais a relação entre a verdade e a fé. — E ele dispara, falando sobre o livro como se fosse algo sobre o qual ele realmente se interessa.

Eu o encaro enquanto ele fala. Ele é muito bonito, o que me irrita. Achei-o até que fofo quando o conheci, mas depois ele cortou o cabelo, e, quanto mais você o conhece, mais bonito ele fica. Alguns meninos são assim, não são? Acho que a personalidade tem muito a ver com a aparência, e é por isso que, quando você os conhece um pouco melhor, eles se tornam menos atraentes.

— Aaron? — interrompo o que ele está dizendo.

— Hum?

— O que aconteceu no casamento?

Ele encolhe os ombros.

— Minha prima se casou. Minha mãe bebeu um pouco a mais. Meu pai dançou. Muito mal.

— Tinha muitas garotas lá? — Não sei ao certo por que tomei esse rumo, mas estou com a pulga atrás da orelha.

— Ãrrã.
— Bonitas?
— Acho que sim. — Aaron olha para o livro e não para mim, e percebo que ele engole em seco, só uma vez, e então eu saco tudo. Simplesmente *saco*.

Ele ficou com alguém no casamento.

AARON

Eu fiquei com alguém no casamento. E daí? Até parece que vou ver a menina outra vez.

Não preciso me justificar por isso.

Nem para mim mesmo, nem para Hannah.

Muito menos para Hannah.

Ela transou com alguém. Eu sei disso. *Sempre* soube. Nunca imaginei que ela tivesse concebido por milagre. Mas o pai é o Jay. O *Jay*. É muito para assimilar. E, se tem uma coisa que eu preciso fazer, é lembrar a mim mesmo qual é a minha posição: amigo de verdade, pai de mentira. Uma coisa que nunca fui é namorado da Hannah.

Portanto, seja lá o que pareça, ou o modo como ela está olhando para mim, eu não traí ninguém.

QUARTA-FEIRA, 24 DE FEVEREIRO

HANNAH

Chorei até cair no sono na noite passada. Como será que ela era? Quem se aproximou de quem? O que eles fizeram? Imaginei o que eu faria se visse um garoto bonito em uma festa de família, e sei que isso envolveria mais do que um beijo no rosto e mãos dadas. Mas nem todas as garotas são como eu. Mesmo assim. Só consigo pensar que Aaron beijou alguém. Que suas mãos tocaram a pele de alguém, despindo-a. Imagino-o de olhos fechados aproveitando seja lá o que tenha acontecido, e isso me deixa enjoada.

Não acredito que estou com ciúme.

AARON

Hannah me convidou para ir à loja da esquina com ela na hora do almoço. Eu a encontro esperando por mim na frente da escola. Seu casaco quase não serve mais, e ela está usando um cachecol grosso que não faz parte do uniforme para cobrir a abertura entre as lapelas, e as mão estão enfiadas nos bolsos. O modo como ela está parada, olhando tão fixamente para o chão, me preocupa. Ela se vira quando me aproximo, e é de olhos ainda cabisbaixos que ela começa a caminhar ao meu lado e passamos em frente aos portões da escola.

— O que foi, Han? — Paro quando não podemos mais ser vistos da escola.

Ela franze a testa, sem tirar os olhos do chão.

— Não quero que as coisas sejam assim.

— Nem eu — digo.

— Eu sei que você ficou com alguém no casamento. — Ela tem tanta certeza da verdade que nem ergue os olhos para checar. — E você não devia ter achado que precisava esconder isso de mim.

Não tem nada que eu possa dizer quanto a isso.

— Só quero que você saiba que não precisa guardar segredos de mim. Você pode confiar em mim. — Ela ergue os olhos e eu me aproximo. — Eu confio em você.

Eu sei que ela está pensando no único segredo que é tão grande que ela não conseguiu contar para ninguém. Tirando eu.

— Hannah. — Passo os braços ao seu redor e a puxo para um abraço, do jeito que eu deveria ter feito na noite em que ela me contou que Jay é o pai. Talvez ele não seja o único que a decepcionou. Pressiono o rosto em seus cabelos por um segundo. — Desculpa.

— Está desculpado — ela murmura no meu colarinho.

QUARTA-FEIRA, 3 DE MARÇO

HANNAH

Esta última semana tem sido insuportável.

Nunca senti tanto tesão em toda a minha vida e acho que vou morrer se não transar logo. Estou tão desesperada que nem ligo muito para com quem será. Eu seria capaz de pular em um cadáver se seus globos oculares se virassem do jeito certo na minha direção.

Tyrone. Minha nossa. Não consigo parar de pensar naquela noite em que transamos. Acho que a minha memória está de brincadeira comigo, considerando o modo como me recordo de seu membro, não que eu esteja raciocinando com clareza para solucionar a questão.

Fletch... Lembranças de suas mãos embaixo da minha saia e sobre a minha pele. Sinto um calor lá embaixo quando olho para ele sem querer, enquanto tento desviar os olhos do sr. Dhupam, que provavelmente é o professor mais bonitão que temos. (O que não quer dizer muito, mas fale isso para a minha calcinha, porque o meu cérebro não está ouvindo. Na verdade, a minha calcinha também não.)

Sei que fui longe demais quando me pego olhando para a bunda do Gideon.

Mas quem iria querer pegar alguém cujo bebê está estourando os botões da blusa dela e nem é dele? Além do mais, não esqueci o chilique que dei na festa do Rex. Meu corpo não quer sexo com mais ninguém, não importa o que eu pense quando há um exemplar da espécie masculina a uma distância acessível.

Meu corpo quer sexo com Jay. Pensar no nosso beijo no carro já é o bastante para causar um miniespasmo de desejo, e, se eu deixar a minha mente viajar de volta para a festa dele...

Deve ser *por isso* que o casamento foi inventado. Para você ter com quem transar durante a gravidez.

AARON

Na condição de melhor amigo da Hannah, tenho o direito exclusivo de notar que ela tem andado muito chata. Ela não presta atenção em uma palavra que digo. Quando não está olhando por cima do meu ombro, seu olhar está perdido em algum lugar totalmente distante. Eu a peguei olhando para a braguilha do Rex outro dia quando ele veio falar comigo sobre o trabalho de tecnologia da informação e comunicação.

Apesar de a minha amizade com Hannah ter me transformado em uma pessoa tão atraente quanto herpes labial para a turma do basquete, Rex ainda tenta falar comigo, dá sorrisinhos e cumprimenta com acenos de cabeça quando passa por mim no corredor. A menos que ele esteja com Katie; nesse caso, ele olha para o chão. Ela deu uma patada nele outro dia na entrada, e Mark Grey fingiu estar dando uma chicotada atrás dela. Os outros riram, mas Rex ficou péssimo. Eu me pergunto se a garantia de sexo regular é uma troca justa pela sua dignidade.

Quando comentei isso com Hannah depois que nos encontramos antes do almoço, ela apenas assentiu vagamente.

— Você escutou o que eu disse? — perguntei.

— Você falou alguma coisa sobre sexo.

— Você só pensa nisso?

Pensei que estivesse provocando-a, mas ela olhou para mim muito séria e disse:

— Sim. Eu só penso nisso.

— Sério?

— Acho que vou morrer se não transar logo.

— *Sério?* Não faz tanto tempo assim...

— Se eu tivesse transado quinze minutos atrás, ainda estaria com vontade — ela murmurou.

— Minhas obrigações como pai do bebê não se estendem a isso, desculpa — falei com um sorriso, mas não levei em conta a falta épica de senso de humor da Hannah.

— Eu sei, Aaron. Não precisa soletrar. — E com isso ela se levantou e saiu do refeitório.

SÁBADO, 6 DE MARÇO

AARON

Se eu soubesse para onde estávamos indo, teria feito todos os esforços possíveis para cair fora de um passeio ao shopping com Hannah, Anj e Gideon.

O Clearwater Center fica do outro lado do rio — o lado que eu conheço muito bem. O lado em que morei até sete meses atrás.

Nenhum deles sabe, e eu pretendo deixar por isso mesmo.

Penso no que Hannah disse quando atendi o telefone: "Se eu não posso fazer sexo, então vou fazer compras".

Eu deveria ter dado uma com ela.

HANNAH

Nós saímos da loja carregados de sacolas. Digo "nós", mas na verdade é "eu". Anj disse que ia "pensar" na jaqueta que experimentou, enquanto eu enlouqueci e comprei a loja inteira, ou pelo menos toda a seção de gestantes. Robert me deu algum dinheiro depois que tive uma crise de choro no meio da semana e só estávamos eu e ele em casa. Eu estava parada diante do meu guarda-roupa, chorando desesperada e olhando para os três vestidos de grávida horrorosos que minha mãe insistiu em comprar para mim, e o ruído desceu até o escritório dele. Ele me abraçou e disse que era normal eu me sentir assim — pelo jeito minha mãe teve um ataque parecido quando estava esperando a Lola.

Nisso ele pegou a carteira e me deu todo o dinheiro que tinha — que era um *bolão*. Foi exatamente isso o que ele fez com a minha mãe, e acha que essa é a melhor maneira de atenuar os distúrbios causados pelos hormônios. Concordo plenamente.

— Onde estão os meninos? — pergunto, uma vez que Aaron e Gideon sumiram no momento em que entramos na loja. Queria tanto uma opinião masculina sobre minhas roupas novas.

— Lá. — Anj aponta para a loja de quadrinhos, que se chama Outrosmundos. É o nirvana nerd, ao qual nunca dei muita atenção. — O Gideon me arrasta para lá toda vez que a gente vem aqui.

— Por quê? — pergunto.

— Olhe atrás do balcão. — Anj me cutuca. Dou uma espiada pela vitrine no cara que está atendendo. Para ser sincera, ele não faz muito o meu tipo, mas até que é bonitinho.

Enquanto estou olhando, Gideon irrompe pela porta, seguido por Aaron. Gideon entra bem no meio de nós duas e sai de braços dados com a gente, cantarolando:

— Ele pegou o meu e-mail.

Mas um grupo de garotas está no nosso caminho e eu recuo antes de trombarmos. Percebo que Aaron não veio. Olho em volta e o vejo parado entre nós e a loja de quadrinhos. A princípio penso que ele está olhando para mim, mas então percebo que Aaron está encarando as meninas que estão vindo em nossa direção.

AARON

Quando Gideon me convidou para irmos à Outrosmundos, concordei. Tudo bem — a única pessoa do meu passado que sabia que aquele lugar existe não estaria lá. Entrar naquela loja foi surreal. Pôsteres novos, layout novo. Eu não costumava ir tanto lá a ponto de ficar amigo dos vendedores e não reconheci o cara que Gideon estava paquerando. Entrei na parte de graphic novels, peguei uma que já tive e abri na minha parte preferida. É sobre sonhos. Estranho, dado o relacionamento íntimo que tenho com os meus.

Quando terminei de ler, me virei e caminhei até o balcão. Gideon se tocou e fomos embora.

Eu me senti seguro lá.

Agora, do lado de fora, não estou me sentindo nem um pouco seguro.

HANNAH

Os outros dois nem notaram que Aaron está parado no meio do caminho, por isso sou a única que vê a cara dele enquanto o grupo de meninas se divide para desviar de nós, com suas sacolas batendo nas minhas antes de se juntarem de novo à medida que se aproximam dele.

Aaron está apavorado.

AARON

Quatro delas. Todas dolorosamente familiares. Uma muito mais que as outras. Eu me viro de lado e penso em me jogar por cima da grade de proteção para o piso de baixo, só para fugir. Mas não é preciso: elas passam por mim, ocupadas demais conversando para me notar.

HANNAH

—Aaron? — É a segunda vez que repito seu nome, e toco seu queixo para virar seu rosto para mim. Quero perguntar o que aconteceu, mas me detenho. Ele nunca me faz perguntas. Eu deveria fazer o mesmo por ele.

Percebo que uma das meninas virou a cabeça e está olhando para nós. Ela é bonita, loira, faz o tipo roqueira. Nossos olhares se cruzam por um momento, então ela contrai as sobrancelhas e seus olhos param em Aaron, como se ele fosse alguém conhecido… mas passa um monte de gente e ela se perde entre os outros passantes.

Só então percebo que Aaron não está mais encostado na grade; ele está encostado em mim.

AARON

Tem uma caixa dentro do meu guarda-roupa, uma daquelas caixas de plástico baratas com tampas que nunca fecham direito. Ela está coberta de adesivos: super-heróis desbotados, discos holográficos brilhantes, marcas de adesivos que arranquei porque enjoei e um retrato meu desenhado a caneta, adesivos novos de skate, maiores e mais legais, e logos de bandas. Na tampa, colei um papel e escrevi em letras maiúsculas: "IDENTIFIQUE-SE CIDADÃO", e desenhei a impressão digital intrincada de um polegar. Meu lado revisor encontra uma caneta e coloca uma vírgula antes de "CIDADÃO". Satisfeito como uma criança, coloco a caixa sobre a cama e sento por um momento, pensando se essa é mesmo uma boa ideia.

Não é, mas vou em frente mesmo assim.

A caixa está cheia até a borda de envelopes, cartões, cadernos, pastas finas de cartolina e muitas, *muitas* plantas ficcionais da Estrela da Morte. Tiro quase tudo e mexo em alguns itens menos familiares, tentando lembrar por que os guardei. Encontro um projeto do ensino fundamental e um bilhete grampeado na capa em que a professora faz uma brincadeira, dizendo que eu serei o próximo Roald Dahl. Dou risada. Estou olhando as recordações do meu antigo eu.

No fundo da caixa estão as fotos de escola — muito grandes para caberem direito, estão meio dobradas nas molduras de papelão. Só pego a de cima, do fim do nono ano. É uma foto menor do que as que ficam expostas nos corredores da Kingsway, acho que somos quatrocentos e cinquenta apenas, mas só estou olhando para a garota que vi há duas horas: Penny Fraser. Ela está um pouco virada para a menina ao lado, com um sorriso prestes a se abrir, mechas de cabelo caindo no rosto. Olho mais de perto, para o nariz torto e a orelha cheia de piercings. Ela parece tão *nova*. Não tanto quanto em algumas fotos nossas juntos, aquelas escondidas nos álbuns que a minha mãe guardou cuidadosamente embrulhados no sótão.

Estou na fileira de trás, morrendo de vergonha do corte de cabelo horroroso que a minha mãe me obrigou a fazer um dia antes. Se olhar um pouquinho mais de perto, juro que dá para ver a marca de sol na minha testa onde a franja alcançava... mas talvez eu só esteja imaginando, porque me lembro de ter ficado muito incomodado com isso na época. Meus olhos passam por rostos conhecidos até o fim da fileira.

Chris.

A dor nem sempre é um punhal afiado girando no coração ou um bolo no estômago; às vezes é uma rede, jogada de repente e silenciosamente sobre a alma, de modo que você se sente preso e sufocado dentro dela. Sinto a perda nos recessos mais profundos de mim, oculta em partes da minha mente e da minha essência, ao lado da saudade de alguém que nunca mais verei.

Viro a fotografia para baixo e passo um longo, longo tempo olhando pela janela.

SEXTA-FEIRA, 12 DE MARÇO

AARON

Conto para Neville que vi a Penny no Clearwater. Contextualizo o suficiente para impedi-lo de me fazer perguntas.

— Por que você está me contando isso?

É óbvio que não contextualizei o suficiente.

— Não sou seu terapeuta e não estamos no programa do Jeremy Springer. — Não o corrijo. — Você não pode vir aqui, simplesmente descarregar o que quiser e ir embora.

— Eu não estava...

— Estava sim. Sou velho e sábio e já cansei dessa baboseira — diz ele. — Você está tirando só algumas peças do quebra-cabeça de dentro da caixa. Não é necessário juntar todas as peças, mas você precisa entender que é frustrante para mim saber apenas alguns pedaços.

Não digo nada, lembrando de quando ele me disse que eu precisava de um amigo.

— Pessoas que só oferecem pedaços de si mesmas estão escondendo alguma coisa.

— Você também faz isso — digo baixinho.

— Bem, você não é o único aqui escondendo coisas.

Olho para ele, estudando sua fisionomia, atento à seriedade de seu olhar e ouvindo o *tec* de seus dentes enquanto ele mexe levemente o maxilar — uma coisa que ele só faz quando está prestes a limpar as cartas da mesa de jogo.

— Você sabe que eu vou perguntar que coisas, não sabe? — indago e ele assente. — E você vai me dizer que em troca vou ter de contar algo sobre mim. — Ele assente outra vez e fecha os olhos brevemente enquanto balança a cabeça devagar.

Gosto do Neville. Não sei por quê. Ele fede a álcool e suor. É um péssimo perdedor e um ganhador terrível. Ele não tem uma palavra gentil para dizer sobre ninguém, e todos os seus pensamentos são maliciosos. Mesmo assim, ele me faz rir — dele, do mundo e de mim mesmo. E é muito louvável aprender a não se levar muito a sério. Neville é muito mais do que a soma das suas partes enrugadas. Ele é meu amigo.

Ele ainda está olhando para mim, então se ajeita, seus quadris estalam e eu vejo uma pontada de dor em sua expressão antes de ele se recostar de volta na cadeira.

— Você pode ser uma bicha e é péssimo com as cartas, mas acho que não é mau. E eu confio em você.

O que me surpreende.

— Então vou te contar uma coisa minha. E depois você me conta uma sua. — Ele não me espera concordar. Sabe que não precisa. — Eu nunca me perdoei pelo que fiz com a minha esposa.

Tem tantas coisas que eu poderia perguntar: *O que você fez? Por que você não pode se perdoar?* Mas sei o que eu gostaria que alguém me perguntasse.

— Como era o nome dela?

— Alison. — Neville enfia a mão no bolso e me estende uma foto tirada de dentro da carteira. A foto é dele mesmo, percebo logo de cara. Ele está um pouco mais velho que o meu pai e parece meio malandro. A mulher ao seu lado está com os braços entrelaçados ao redor dele e sorrindo, revirando os olhos para o marido.

Devolvo a foto.

— O que aconteceu?

— Eu a traí.

Eu gostaria que isso me surpreendesse.

— Alison sabia como eu era antes de se casar comigo, mas prometi que levaria a sério nossos votos. E levei por um tempo, mas fraquejei depois que tivemos filhos...

Filhos?

E assim eu fiquei sabendo sobre a vida de Neville, sobre o seu casamento e o peso que ele sentiu depois que se tornou pai. Nunca pensei sobre a paternidade — essa é uma parte da gravidez da Hannah que nem ela nem eu sabemos como é. De qualquer maneira, não consigo imaginar ninguém lidando com isso tão mal quanto Neville. Parece que ele transou com metade das funcionárias da universidade e com a maioria das mães de alunas.

É um milagre que seu casamento tenha durado tanto tempo — vinte e quatro anos. A separação aconteceu quando uma das mulheres com quem ele transou resolveu acabar com o casamento dele, não contando para sua esposa, mas para a filha. No dia do casamento dela. Com o filho da mulher. Da noite para o dia, o amor das filhas se transformou em ódio pelo que ele fez com a mãe delas — então, seis semanas depois, ela morreu.

— Do que ela morreu?

— De coração partido. — Neville olha para seus chinelos, por isso não vê meu revirar de olhos involuntário e insensível.

— As pessoas não morrem de coração partido, Neville.

— O que você sabe? — ele sussurra enquanto seus ombros começam a chacoalhar. Sento mais perto. Neville se contém e não me chama de gay quando meu joelho esbarra no seu. Ele está muito ocupado chorando. Fico ali sentado perto dele, deixando que saiba que estou ali quando ele precisar de mim, e enquanto isso penso que Neville não pode acreditar de verdade que é o responsável pela morte da esposa.

Não do modo que eu sou pela do Chris.

Agora não é o momento para contar isso a ele.

QUINTA-FEIRA, 18 DE MARÇO

HANNAH

Quando descobri que Katie tinha contado para Marcy sobre o bebê, admito que pirei. Não do tipo raiva e gritos. Não. Estou acima disso. Liguei para saber a versão dela da história. Liguei SETE VEZES antes de ser forçada a deixar recado. Era para ter sido tudo muito natural e educado, tipo: "A Marcy colocou um post no Facebook e eu não consigo imaginar como ela ficou sabendo..." Mas não foi. Ficou mais para: "Você [soluço] é a minha melhor [soluço] AMIGA [fungada, fungada, respiração profunda], e eu CONFIEI em você [engasgo com as lágrimas], e por que você contou para a Marcy? [soluço... silêncio] Só quero conversar com você. [fungadinha] Você é a minha melhor amiga, Katie. [fungadinha] Então me liga, tá? [suspiro]". Nunca contei para ninguém que deixei esse recado. Nem para minha mãe, nem para Aaron. Nem para Anj e Gideon. Apenas esperei que ela me ligasse.

Ela nunca ligou.

Já faz dois meses, e quando a vejo parada perto dos armários imagino que esteja esperando a Nicole, cujo armário fica a duas portas do meu. Não digo nada para ela enquanto soco minha mochila dentro do armário, pego um dinheiro e bato a porta. Sei que, se eu sair agora, terei tempo suficiente para ir até a esquina comprar um sorvete e voltar antes da próxima aula. O clima não está muito para sorvete, mas, ei, os hormônios não se preocupam se o sol está brilhando ou não.

— Aonde você vai? — pergunta Katie enquanto visto meu blazer apertado.

Estou tão surpresa que ela esteja falando comigo que respondo sem querer.

— Na loja da esquina.

Katie contrai os olhos, esperando por algo.

— Vou com você. — Ela desencosta dos armários e segue em direção à porta.

Agora não quero mais ir, mas também não quero parecer uma covarde. Além do mais, vale a pena correr o risco por um sorvete.

— Eu sei que ele não é o pai — ela diz enquanto passamos pelos portões. — Fiz as contas.

Então é isso.

— É melhor revisar, Katie. Nós duas sabemos que você não é muito boa em matemática — falo com calma. Não vou comprar briga. Não posso. Katie não é tão boba quanto todo mundo imagina.

— Rá-rá. Não.

Damos mais alguns passos.

— O que você está fazendo, Katie?

— Estou sendo sua amiga.

— Você não sabe o que isso significa.

Mas ela continua, como se não tivesse ouvido.

— ... achei que você devia saber que eu descobri. — Sinto um calafrio de medo de que ela fale o nome de Jay, mas ela não fala. — Os encontros e tal. Quatro meses em janeiro? Foi antes do Aaron. Se até eu posso descobrir, não vai demorar muito para que alguém mais perceba.

Paro no caminho.

— Isso é uma ameaça?

Ela para e olha para mim sem dizer nada. O que significa que é uma ameaça.

Uma onda de raiva toma conta de mim, e eu tremo enquanto me seguro para não avançar em cima dela, lhe dar um tapa e arranhar sua cara. Quero destruí-la com a minha dor. Não quero ficar impotente. Por uma fração de segundo, minha visão escurece enquanto penso nisso, e sinto os dedos se dobrarem para dentro das palmas e os punhos se fecharem.

Quero gritar com ela, como se o som pudesse explodir seus ossos em milhares de pedaços, e então o que sobrasse eu terminaria de triturar no chão com meus sapatos.

Eu gostaria de todo o meu coração poder magoá-la do mesmo jeito que ela me magoou.

Mas não posso, porque somente alguém de quem você gosta é capaz de te magoar, e a Katie não gosta de mim.

Respiro fundo e deixo a raiva passar. Eu me sinto tão... inútil.

— Você está enganada. O Aaron é o pai. Pode dizer o que quiser para ele, isso não vai mudar nada.

Ela parece desapontada, e percebo que esperava que eu fosse explodir na cara dela. Esqueci como ela gosta de uma briga. Ela me olha por um momento antes de curvar os lábios num sorriso desagradável.

— Pode mudar muito quando o seu bebê sair moreno. Quando ele perceber que é do Tyrone.

Estou certa de que ela pensa que isso vai disparar uma reação. Depois da nossa briga, Marcy quase terminou com Tyrone, mas ele é um ótimo mentiroso, sabe jogar charme e é bom de cama. Essas coisas contam. Por isso ela ficou com ele. Katie está desesperada para que eu morda a isca. Desesperada para descobrir a verdade de que ela sempre desconfiou. Desesperada para dar a Marcy um motivo para notá-la novamente, quando Katie revelar que eu transei com Tyrone.

O que facilita muito para eu não reagir a tudo isso. Isso e o fato de que eu não dou a mínima para Tyrone.

— Admita que é do Tyrone, porra.

Fico calada.

— Você não vai conseguir mentir para sempre, sabia?! — Ela está tensa, descontrolada porque não está conseguindo o que quer. — O Aaron vai descobrir e aí vai te abandonar, e você vai ficar com um bebê que ninguém quer.

Vou para cima dela num piscar de olhos, e nós ficamos cara a cara.

— Se eu ouvir você dizer mais uma vez que ninguém quer o meu bebê, vou contar para todo mundo o que eu sei sobre você. Vou mostrar as fotos que tenho no meu celular de você fazendo um boquete em um idiota qualquer perto do banheiro de um bar. Vou mandar para a Marcy uma mensagem que você me enviou no Facebook em que disse quanto a bunda dela era gorda. Vou procurar nos meus livros de inglês e vou achar aquela conversa sobre trepar/casar/matar, quando você disse que treparia com o Mark Grey, casaria com o Tyrone para uma transa diária e mataria o Rex para livrá-lo do sofrimento.

Katie não parece tão confiante agora.

— Você não faria isso. Tenho o mesmo tanto de merda sobre você.

— Sim, tem mesmo. Você era a minha *melhor* amiga. — Vejo uma centelha em seu olhar e imagino se ela se lembra do meu recado. — Eu confiei em você, mas você engoliu tudo isso e vomitou de volta na minha cara. E sabe de uma coisa? Os amigos que eu tenho sabem quanto eu posso ser vagabunda, e mesmo assim escolheram andar comigo. Nada disso importa para eles.

Percebo que ela está pensando em tudo o que acabei de dizer e está prestes a falar algo sobre Aaron — outra vez.

— O Aaron não vai me decepcionar, por isso nem se dê ao trabalho de tentar. Mas, se você quiser me testar...

Deixo a conversa em aberto antes de sair correndo para a loja. Ainda quero aquele sorvete. Ouço Katie gritar atrás de mim, mas não dou ouvidos.

SEXTA-FEIRA, 19 DE MARÇO

HANNAH

Sinto Katie me observando enquanto saio da aula de inglês com Aaron. Passamos por ela, encostada na parede perto da porta, e sinto seus olhos nos acompanhando corredor afora.

Imagino se Aaron também percebeu.

AARON

Será que vai ter cachorro-quente no refeitório hoje? Venho tentando encontrar um padrão de quando eles servem coisas gostosas, e pelos meus cálculos as chances são muito boas hoje. Se não tiver cachorro-quente, talvez tenha algum tipo de massa...

— Você a viu lá? — Hannah diz, do nada.

— Vi quem onde? — Dou uma geral pelo refeitório enquanto entramos.

— A Katie. Lá na aula de inglês.

Encolho os ombros em resposta. Ignore a Katie e ela desaparecerá, como um pum fedido.

— Ela estava olhando para a gente — diz Hannah, empurrando a bandeja sobre a grade com tanta raiva que a comida quase cai, mas eu a amparo com a mão espalmada. Ela está muito brava com isso. Na noite passada ela me ligou para contar tudo sobre o confronto com Katie. Foi uma conversa longa e muito repetitiva. Digo agora a mesma coisa que disse ontem:

— E daí? Eu não vou a lugar nenhum. Ela pode contar para quem quiser o que quiser. Quanto a você e eu? — Toco carinhosamente a barriga de Hannah. — Estamos muito bem aqui. A Katie pode...

HANNAH

Ele para quando vê que estou chorando e me abraça, mas eu gesticulo, brava, para que ele se afaste.

— Não sei por que estou chorando. Não precisa ser solidário. — Mas retribuo o abraço mesmo assim. Demoro um pouco ali e alguém de trás não perde a chance de soltar um assobio. Imbecil.

Sentamos com Anj e Gideon, que guardaram lugar para nós. Aaron acabou de voltar com potinhos de ketchup para os cachorros-quentes quando seu telefone vibra. Pego a minha parte de grávida do molho (comer por dois é a *melhor* das desculpas) e então noto que ele está contraindo as sobrancelhas ao ler a mensagem.

— Está tudo bem? — pergunta Gideon. Aaron parece estar longe e eu o cutuco.

Ele ergue os olhos, ainda com cara de preocupado.

— É do asilo. Diz que não preciso ir visitar o Neville hoje à noite.

— Notícia boa ou bomba?

— Estou preocupado, só isso. A mensagem diz que ele não está se sentindo muito bem.

— Por que você não telefona? — Anj sugere. — Para ter certeza.

Concordo. Sei como é quando fico preocupada com a minha avó.

— Rápido, enquanto a professora de inglês está olhando para o outro lado.

AARON

Eu me escondo embaixo da mesa. Esta escola é ridícula com essa proibição de usar o celular. Carregue sempre o seu — mas nunca use.

— Sou eu, o Aaron — digo assim que Neville atende.

— Só podia ser. — Ele tem um acesso de tosse tão forte e carregado que afasto o telefone da orelha, como se fosse espirrar algo em mim.

— Você está bem?

— Claro que sim. Só estou com um pouco de tosse e o pessoal me colocou de quarentena no quarto. — Mais tosse. — Não querem que os frágeis velhinhos peguem isso e batam as botas.

— Mas você não corre esse risco, não é mesmo? — Tento parecer o mais despreocupado possível enquanto ouço os passos da professora de inglês vindo em direção à nossa mesa.

— Que é isso? Tá com peninha de mim? — Uma risada rouca e mais tosse. — Larga de ser tonto.

— Eles disseram que não é para eu ir...

— Eu sei, falei para eles dizerem isso para você. Não quero que você fique doente e passe para Hannah e o bebê. Te vejo... — tosse — semana que vem.

Aperto o botão vermelho e bato a cabeça quando saio de debaixo da mesa, então percebo que a professora de inglês sacou tudo.

HANNAH

Robert não pode vir me buscar depois da aula. Lola tem uma festa depois da escola e ele está ajudando, na esperança de que isso encoraje outros pais a fazerem o mesmo na festa da Lola, no próximo mês. Ele me perguntou se eu gostaria de ir também, mas usei a desculpa da gravidez. A: Isso não é algo que eu deveria fazer nas minhas condições (o que é uma tremenda mentira — não está escrito em lugar nenhum "Nada de festinhas infantis!") e B: Será mesmo que ele gostaria de exibir sua enteada adolescente grávida?

Anj e eu estamos andando até o ponto de ônibus quando ela diz:

— E aí, qual é a do Aaron?

Por uma fração de segundo, entro em pânico e penso que ela está falando sobre a dúvida que Katie está tentando espalhar sobre a paternidade.

— Depois da semana passada, pensei que tinha acontecido alguma coisa entre vocês.

Depois do nosso passeio no shopping, Aaron ficou um pouco fechado. Ele nunca explicou o que foi aquele miniataque de piração e eu nunca perguntei. Pelo visto não confiamos tanto assim um no outro.

— Não. Estamos bem.

— Bom, esta semana sim... — Ela me olha de lado. — Você ficou sabendo o que a Katie anda dizendo?

— O que ela anda dizendo?

— Não sei direito, mas ouvi ela falando para a Nicole como é esquisito o Aaron ter mudado de escola bem no meio do período.

Eu me recupero rapidamente.

— Não é tão esquisito assim. Eles mudaram de casa.

Isso é tudo o que eu sei. Aaron disse que eles foram para a Austrália no verão e voltaram para uma casa nova. É como se a vida dele antes das férias nunca tivesse existido.

— Sei... — Anj prossegue. — É estranho como ele nunca fala nada sobre a vida dele antes de vir para cá, sabe?

Encolho os ombros.

— Ele fala disso com você?

— Não. — Olho para ela enquanto digo isso, para que ela saiba que não estou escondendo nenhuma verdade misteriosa que possa nos separar. Apenas a mentira que nos une.

— Achei que você soubesse de alguma coisa. — Ela está com as sobrancelhas contraídas.

Nego, balançando a cabeça.

— ... ele é, tipo, o seu melhor amigo...

Verdade.

— ... o pai do seu bebê...

Mentira.

— ... você não *quer* saber qual é a dele?

A verdade é que eu não quero. Aaron é a minha rocha. Meu herói. Há um ditado sobre heróis com pés de barro... Não quero descobrir do que são feitos os pés do Aaron.

TERÇA-FEIRA, 23 DE MARÇO

AARON

Depois que a aula termina, enrolo um pouco para salvar e fechar meu trabalho. Apesar de normalmente a sala esvaziar trinta segundos depois que toca o sinal para o almoço, não estou sozinho. Rex está esperando por mim na porta e diz "Oi" enquanto me aproximo. E até estabelece contato visual.

— Oi — respondo e sigo andando pelo corredor em meio ao aglomerado de corpos que se encaminham para o refeitório.

Rex vem logo atrás, forçando um menino do sétimo ano a desviar dele.

— E aí, como vão as coisas? Com a Hannah e tudo o mais?

Encolho os ombros.

— Bem.

Rex limpa a garganta e baixa os olhos para o chão.

— Já escolheram o nome do bebê?

— Nenhuma decisão ainda. — Uma boa saída para a pergunta. — Mas se você quiser ainda dá tempo de escolher. Só vai nascer daqui a três meses. Rexina soa bem...

O modo como ele ri da minha piadinha sem graça, diante de um monte de testemunhas, é muito suspeito.

— O que você quer, Rex? — paro e o encaro. Mas ele desvia os olhos.

— Eu falei para ela que você ia desconfiar.

— Por que ela mandou você? — Não preciso perguntar de quem ele está falando. — Foi para me falar que eu não sou o pai?

Rex fica sem jeito.

— Olha... É o que o pessoal anda dizendo...

— Pessoal?! Você quer dizer a Katie — falo um pouco alto demais. Algumas pessoas olham para nós. — Diga a ela a mesma coisa que a Hannah disse: eu não vou a lugar nenhum.

Isso chama sua atenção. Não tinha lhe ocorrido que Hannah pudesse ter me contado isso. Que ela e eu somos parceiros.

— A Katie e a Hannah eram amigas de verdade. Se tem alguém que sabe... — Ele percebe o modo como eu o encaro e não conclui o que estava dizendo.

— Você não vai tentar usar o argumento de "amigas de verdade" depois do que a Katie fez com a Hannah, vai? — Perco o controle do volume da minha voz.

— A Katie também ficou chateada...

— Por que você está defendendo ela? — Cansei disso. — Sério. Você não se toca? Não percebe o jeito como ela te trata? Aquela garota é venenosa, Rex.

— Você está falando da minha namorada!

— *Para de defender essa garota!* — Estou quase gritando de frustração, e mal percebo o monte de gente que se juntou ao nosso redor para ver o que está acontecendo. — Olha como ela descartou a Hannah. As duas eram *melhores amigas*. Em vez de fazer o trabalho sujo para ela, cuide da sua vida antes que ela te dê um pé na bunda também.

Ele vem atrás de mim quando saio correndo, mas não estou correndo dele, e sim da minha perda de controle. Tem um nó dentro de mim, feito de muitas coisas — culpa, raiva, tristeza... e medo. Estou com medo de que a dúvida da Katie não pare por aí. Quando ela descobrir que não pode me virar contra Hannah, até onde será capaz de ir para descobrir um jeito de virar Hannah contra mim? Deus sabe que ela não vai precisar ir muito longe.

TERCEIRO

SEXTA-FEIRA, 26 DE MARÇO

HANNAH

Vinte e oito semanas.

O bebê está pesando oitocentos e setenta e cinco gramas. (Apesar de parecer muito mais, pelo tamanho que estou…)

Ele já consegue abrir os olhinhos, chupar o dedo e soluçar. (Ele soluça bastante.)

Pelo jeito, também sonha. Presumivelmente, sonhar e ficar acordado é tudo igual, uma vez que a única coisa que ele já viu até hoje é o interior de uma barriga.

Se nascesse agora, ele teria noventa por cento de chance de sobreviver. Mas não saia ainda, pequenino. Fique aí assando até estar prontinho, tá?

Ele soluça para mim. Vou assumir que foi uma resposta positiva.

AARON

Quando meu pai me deixa aos pés da rampa de entrada do asilo, penso em sair correndo — claro que penso nisso —, mas Neville colocou a alma a meus pés com sua confissão, e agora é a minha vez.

Tomara que Neville seja capaz de me perdoar de um jeito que eu não consigo.

Assino o livro de visitantes e sigo para o quarto dele, mas, quando entro, levo um choque ao vê-lo diminuído dentro das roupas — e de chinelos, não de sapatos. Neville sempre criticou os velhos que passam o dia de chinelo e pijama.

— Bonito chinelo.

— Não enche. — Ele olha bravo para seus pés. — Mijei no meu sapato.

Sorrio.

— Se quiser que eu compre um par novo, é só falar.

— Acho que você está precisando muito mais do que eu, companheiro.

Rindo, sento na outra cadeira e olho para ele. Noto o volume de um inalador no bolso de sua camisa.

— Você está bem?

— Vou sobreviver. — Ele tosse. Muito. Estendo um copo de água que estava em cima da mesa, mas ele pega o inalador. — O médico queria me dar antibiótico, mas mandei ele para aquele lugar.

— Será que foi uma boa ideia?

— Antibiótico me dá diarreia. Estou velho e devagar. Não quero cagar nos meus chinelos, concorda? Aí não vou ter nada para manter meus pés aquecidos.

Não tenho argumentos para isso.

— Sobre aquilo que você me contou... na outra semana... — Estou olhando para o carpete, analisando a estampa entre meus pés. — Obrigado.

— Por quê?

— Por confiar que eu não ia deixar a verdade mudar nada. Por saber que eu ainda voltaria para te visitar na semana seguinte.

— Mas você não veio... — Ele só está me provocando.

Neville olha para mim, seu peito estremece a cada vez que ele respira, mas seu olhar é firme.

— Aaron. Seja lá o que você for me contar, ainda espero te ver na semana que vem. Não tem nada que você possa me contar que vá mudar isso.

Fecho os olhos e vou com fé. Chegou o momento de contar para Neville como foi que eu matei o meu melhor amigo.

QUINTA-FEIRA, 1º DE ABRIL

HANNAH

Acabei de assistir à minha primeira partida de netball, depois da aula. Não, isso não foi uma piada de Primeiro de Abril. (Eu até queria que fosse, já que netball é o esporte mais chato de *todos*, apesar de ser melhor do que passar a tarde escutando Aaron e Gideon falarem sobre filmes antigos de ficção científica.) Tem um monte de gente do nosso ano circulando pelas quadras, e alguns jogadores estão saindo do vestiário e voltando para lá. Não vou ficar por aqui — eu e Anj vamos para a minha casa fazer (e "degustar") os comes e bebes da festa de aniversário da Lola, que será amanhã —, mas estou esperando em um lugar bem óbvio, na porta do vestiário, e a Tilly, que faz aula de educação pessoal, social e de saúde comigo, vem conversar.

A conversa é uma desculpa. Na verdade ela só quer passar a mão na minha barriga. Ela coloca a mochila no chão e se inclina para olhar mais de perto, suas mãos tocando por cima da minha camisa da escola.

— Que estranho!

Não menciono que o bebê se mexendo é menos estranho do que ela tocando na minha barriga.

Quando Anj, "A Jogadora da Temporada", sai do vestiário, sua alegria na quadra se transformou em fúria e ela avança para cima de Tilly.

— Por que todo mundo está me perguntando se o Gideon e o Aaron estão ficando?

Tilly parece atônita, o que é justo, pois a Anj brava é assustadora.

— Talvez porque a Katie Coleman está falando para todo mundo que o Aaron mudou de escola porque estava sendo vítima de bullying depois que saiu do armário — Tilly dispara e prende a respiração, esperando a resposta da Anj.

— Bom, eles são só amigos.

— Tudo bem — Tilly guincha. — Não fui eu quem perguntou.

— Eu sei — diz Anj. — Desculpa.

Tilly sai rapidamente para ver onde está rolando a festa. Eu me sinto uma derrotada ao vê-la ir se encontrar com o pessoal popular enquanto tudo o que me resta é cuidar dos preparativos da festa de uma menininha de seis anos. Acho que é assim que vai ser a minha vida daqui para a frente — é melhor ir me acostumando.

— Essa mochila é da Tilly, não é? — Anj está olhando na direção do meu pé esquerdo.

— Sim.

Ela suspira. Até parece que alguma outra pessoa vai levar para ela, assim seguimos o burburinho, sem dizer nada. Estou tentando juntar as peças do que desconfio que a Katie esteja tramando. Espalhar um boato convincente de que Aaron é gay (vamos encarar, essa é uma conclusão que não achei difícil tirar há bem pouco tempo) meio que levanta a suspeita de que ele não é realmente o pai do meu bebê. Além do mais, este lugar é um tanto atrasado quando o assunto é sair do armário. Se fosse diferente, por que Gideon ainda estaria à espera da sua primeira conquista? Ele é bonitinho. Eu toparia. Mas ninguém topa.

A voz da Katie vai ficando mais alta à medida que nos aproximamos do pessoal perto das arquibancadas. Ela sempre precisou ser a que grita mais alto. Ela e Marcy, pelo jeito, estão provocando Tyrone, perguntando se ele já fez teste de aids. Não é preciso ser um gênio para sacar aonde ela quer chegar, e eu sinto Anj tensa perto de mim, os dentes cerrados, a mão segurando firme a alça da mochila de Tilly.

— Sério. A Katie precisa ter uma conversinha com a minha mãe para aprender algumas coisas... — murmuro, mas nenhuma de nós está rindo quando avistamos as duas.

Nenhuma delas nos viu — ainda estamos um pouco distantes. Marcy ri tanto que acaba respingando sua bebida em Tyrone quando diz:

— Agora você vai ficar amiguinho do Gideon? Vai convidá-lo para entrar no time de basquete?

Anj parte para cima do grupo, mas o armário Mark Grey está no caminho e ninguém abre espaço para ela. Eu quero ir junto, brigar pelos meus amigos...

E então ouço Rex pedindo para Tyrone mandar a namorada dele parar de falar merda.

O grupo solta um delicioso "Uuuuuuh!" e eu estou na ponta dos pés, tentando ver o que está acontecendo. Tyrone parece bravo, mas é Marcy quem está furiosa, apesar de não dar para entender muito bem o que ela está dizendo, de tanto que ela grita... Tyrone, na verdade, está segurando-a para impedir que ela bata no Rex, eu acho...

— O Rex só está com ciúme porque o Aaron gosta do Tyrone!

E nisso todos se calam. Porque a pessoa que falou isso foi a Katie. A namorada do Rex.

Vejo uma brecha e vou me enfiando sem pedir licença até conseguir ficar ao lado da Anj, espiando entre os corpos enquanto Katie ri da própria piada. Os outros parecem estar muito sem graça.

— Bem que ele me avisou. — Apesar de estar falando baixo, acredito que não tenha uma pessoa aqui que não captou o que Rex está dizendo, ou o modo como Katie está olhando para ele.

De repente, sinto pena dele. Rex não é má pessoa — não merece uma namorada que olhe para ele com tanto desprezo.

— Do que você está falando? — Ela quase cospe nele quando diz isso.

— Você ferrou a sua melhor amiga e agora está tentando ferrar o Aaron. Ninguém está nem aí para com quem ele fica, mas você fala como se fosse algo importante.

Pelo jeito, Katie não tem resposta para a verdade.

— O Aaron estava certo o tempo todo. Você não é confiável. Você seria capaz de me apunhalar pelas costas depois de ter feito um boquete em mim, se achasse que com isso ganharia alguns pontos.

Katie abre a boca, mas, antes que consiga dizer alguma coisa, Rex já está indo embora.

— Nem se dê o trabalho de vir atrás de mim, Katie. Você é uma fofoqueira imunda. Está tudo terminado entre a gente — diz ele, enquanto abre caminho entre o pessoal, dando de ombros. Quando passa por mim, ele olha nos meus olhos e sorri. É um sorriso sem graça e triste que diz que ele sabe. Entende. Olho de volta para Katie, que está agindo como se não estivesse nem aí por ter acabado de levar um fora na frente de todo mundo. Mas ela se importa, pois está acompanhando Rex com os olhos e estabelece contato visual comigo.

O problema de ser amigo de uma pessoa por muito tempo é que você acaba aprendendo a conhecê-la. E eu sei que ela está pensando a mesma coisa que eu: se Katie não é mais namorada do Rex, Marcy ainda vai deixá-la andar com elas?

Apesar de querer que a Katie caia — quero que ela sinta uma fração do sofrimento que causou em mim —, prefiro que ela continue na boa com Marcy. Afinal, se sentir que está caindo, não há como prever o que ela será capaz de fazer para voltar... Não há como prever a reputação de quem ela vai arrasar para ficar bem na foto.

Na verdade, é muito fácil prever. Rex não poderia ter tornado o alvo mais óbvio nem se tivesse pintado um xis vermelho nas costas do Aaron.

SEXTA-FEIRA, 2 DE ABRIL
SEXTA-FEIRA SANTA

HANNAH

Ignorando o fato de que estava faltando um membro-chave da família, porque ele resolveu ir para a Escócia com seus amigos da faculdade, declaro a festa de aniversário da Lola a melhor de todas. Bolo? Sim. Sanduíche de pão de fôrma sem casca? Sim. Mais açúcar do que o necessário para dez crianças, quatro adolescentes e cinco adultos (e um coelho) consumirem? Sim. E várias brincadeiras incríveis. Gosto do modo como meus amigos não fingem ser superiores demais para se divertir com brincadeiras antigas de festas de aniversário — Gideon desabou de tanto rir em vez de ficar parado feito uma estátua; Anj causou a maior confusão roubando as cadeiras das crianças mesmo depois de elas já terem sentado; Aaron saiu carregando Lola nas costas quando ela quis fingir que era um caubói arrebanhando todos os seus amigos no quintal...

Acho que gastamos todo o divertimento do mundo hoje. O que é justo, pois amanhã vou começar a estudar feito louca, então minha vida não vai ficar nada divertida.

— Hannah?

Minha mãe está parada na porta e, como estou virada de costas, ela tem de esperar até que eu gire e consiga ficar de frente.

Ela entra, senta na beirada da cama e me entrega o telefone sem dizer nada.

Franzo a testa e pego o telefone, olhando para o relógio. Já é quase meia-noite.

— Hannah? É você, meu amor? — É a vovó.

— Sim, sou eu. Você está bem, vó? — Estou preocupada.

— Eu? Sim, eu estou bem... tudo bem. — Uma pausa. — Hannah, preciso lhe contar algo, querida.

Estou suando e em pânico.

— É o Neville.

Neville?

— Ele morreu, querida.

SÁBADO, 3 DE ABRIL
FIM DE SEMANA DE PÁSCOA

HANNAH

Levei um tempo ridículo para escrever uma mensagem depois que fiquei sabendo sobre Neville. O que dizer em poucos caracteres?

"Fiquei sabendo q o Neville morreu ontem. Que merda. Vc tá bem?"

"Sinto mto pelo Neville, ele era um cara legal. Vc tá bem?"

"Minha avó me contou do Neville. Deve estar sendo mto difícil p/ vc. Vc tá bem?"

"A morte é um saco. Vc tá bem?"

"Vc tá bem?"

No fim, acabei enviando algo menos invasivo:

> Tô aqui se vc precisar. Bj

Talvez a mensagem tenha sido muito impessoal. Será que eu deveria ter telefonado?

Normalmente sou boa nesse tipo de situação, sei cuidar de alguém, dar atenção na dose certa para as pessoas. Mas o meu relacionamento com Aaron não é assim. É ele quem cuida de mim.

Sento. Pense, Hannah. O que Aaron faria?

É como aquelas pessoas que perguntam: "O que Jesus faria?"

Jesus diria algo assim: "Neville foi para o lugar que merece". Ele não diria "céu", porque tenho certeza de que Neville está indo para *baixo*. Ele fez dos sete pecados capitais sua lista de coisas a fazer, com a luxúria grifada três vezes.

Veja só quem está falando. Não acho que Deus vá ficar muito satisfeito se eu tentar passar pelos portões do céu depois do que aprontei na minha juventude devassa.

Não adianta. Não sei o que Aaron faria e não posso lhe pedir conselhos sobre isso.

O grupo solta um delicioso "Uuuuuuh!" e eu estou na ponta dos pés, tentando ver o que está acontecendo. Tyrone parece bravo, mas é Marcy quem está furiosa, apesar de não dar para entender muito bem o que ela está dizendo, de tanto que ela grita... Tyrone, na verdade, está segurando-a para impedir que ela bata no Rex, eu acho...

— O Rex só está com ciúme porque o Aaron gosta do Tyrone!

E nisso todos se calam. Porque a pessoa que falou isso foi a Katie. A namorada do Rex.

Vejo uma brecha e vou me enfiando sem pedir licença até conseguir ficar ao lado da Anj, espiando entre os corpos enquanto Katie ri da própria piada. Os outros parecem estar muito sem graça.

— Bem que ele me avisou. — Apesar de estar falando baixo, acredito que não tenha uma pessoa aqui que não captou o que Rex está dizendo, ou o modo como Katie está olhando para ele.

De repente, sinto pena dele. Rex não é má pessoa — não merece uma namorada que olhe para ele com tanto desprezo.

— Do que você está falando? — Ela quase cospe nele quando diz isso.

— Você ferrou a sua melhor amiga e agora está tentando ferrar o Aaron. Ninguém está nem aí para com quem ele fica, mas você fala como se fosse algo importante.

Pelo jeito, Katie não tem resposta para a verdade.

— O Aaron estava certo o tempo todo. Você não é confiável. Você seria capaz de me apunhalar pelas costas depois de ter feito um boquete em mim, se achasse que com isso ganharia alguns pontos.

Katie abre a boca, mas, antes que consiga dizer alguma coisa, Rex já está indo embora.

— Nem se dê o trabalho de vir atrás de mim, Katie. Você é uma fofoqueira imunda. Está tudo terminado entre a gente — diz ele, enquanto abre caminho entre o pessoal, dando de ombros. Quando passa por mim, ele olha nos meus olhos e sorri. É um sorriso sem graça e triste que diz que ele sabe. Entende. Olho de volta para Katie, que está agindo como se não estivesse nem aí por ter acabado de levar um fora na frente de todo mundo. Mas ela se importa, pois está acompanhando Rex com os olhos e estabelece contato visual comigo.

O problema de ser amigo de uma pessoa por muito tempo é que você acaba aprendendo a conhecê-la. E eu sei que ela está pensando a mesma coisa que eu: se Katie não é mais namorada do Rex, Marcy ainda vai deixá-la andar com elas?

Apesar de querer que a Katie caia — quero que ela sinta uma fração do sofrimento que causou em mim —, prefiro que ela continue na boa com Marcy. Afinal, se sentir que está caindo, não há como prever o que ela será capaz de fazer para voltar... Não há como prever a reputação de quem ela vai arrasar para ficar bem na foto.

Na verdade, é muito fácil prever. Rex não poderia ter tornado o alvo mais óbvio nem se tivesse pintado um xis vermelho nas costas do Aaron.

* * *

Talvez eu não devesse ter vindo à casa dele. É um pouco invasivo. Mas agora não posso voltar atrás, pois estou estourando de vontade de fazer xixi e não sei se aguento segurar até chegar em casa, e ninguém vai querer uma grávida agachada atrás da cerca viva do jardim.

A sra. Tyler — não posso chamá-la de Stephanie (se o fizer, terei de chamar o marido dela pelo primeiro nome, e nenhum de nós quer isso) — é quem atende à porta. Ela parece surpresa e ao mesmo tempo feliz em me ver, e diz que Aaron está no quarto dele. Só depois que passo correndo por ela para ir ao banheiro e recebo um sorriso solidário que diz "Sei como é, já passei por isso", percebo que a sra. Tyler pelo jeito ainda não sabe sobre Neville. E agora que estou aqui, me aliviando no banheiro dela, perdi a chance de descobrir.

Subo e o quarto do Aaron parece escuro, mas, quando abro a porta, vejo que ele está deitado na cama de short e camiseta, assistindo à TV. Entro e sento aos pés da cama.

— Oi — digo.

Aaron assente e volta a olhar para o que quer que esteja assistindo. Propaganda, eu acho.

— Você está bem? — pergunto, como se não soubesse a resposta. Nem sei por que estou perguntando.

Aaron não diz nada.

— Você só está triste por causa do Neville?

Seus olhos desviam de seja lá qual era o ponto em que estavam fixos, mas não olham para mim. Eles pousam na jaqueta de couro que Neville lhe deu de Natal.

— Não existe isso de "só" triste — ele diz, antes de me olhar de um jeito que faz com que eu me sinta do tamanho de uma formiga.

— Eu não quis dizer isso — falo. — Desculpa.

AARON

Encolho os ombros.

— Só estou dizendo — falo com um sorrisinho que não foi para Hannah. Eu queria que ela me deixasse em paz. O silêncio combina com meu humor. Ela se remexe aos pés da cama, tentando encontrar as palavras certas para fazer com que eu me abra sobre Neville.

Perda de tempo. Não vou falar com ela sobre isso. Palavras não podem descrever o que estou sentindo.

— Quando vai ser o funeral?

Acho que essa pergunta é melhor do que uma sobre os meus sentimentos.

— Na próxima semana. A Páscoa atrasou tudo.

— Você vai?

Concordo com um aceno de cabeça. Claro que vou.

— Quer que eu vá junto? — A pergunta chega até mim depois de percorrer um túnel longo e escuro, por isso nem parece de verdade quando a escuto. Não respondo. Estou pensando em funerais. Muitos funerais.

Um suspiro e eu volto para o quarto: Hannah está sentada na minha cama, propagandas sem sentido estão passando atrás dela, refletindo uma luz no alto de sua cabeça que parece uma auréola. Se Hannah é o meu anjo da guarda, não é à toa que eu esteja ferrado.

— Escuta, Aaron, eu sei que é horrível o Neville ter partido... — Penso em quantos eufemismos existem para a morte e tento imaginar se já ouvi metade deles. — Mas não acho que ficar sozinho em casa, sentado na cama, vá ajudar você a se sentir melhor.

Não digo nada. Ela me levou de volta a um território perigoso, onde falamos sobre sentimentos. Não estou pronto para sentimentos. Não estou pronto para senti-los, muito menos para falar sobre eles.

Minha mãe chama lá de baixo.

— Preciso descer para jantar — digo, na esperança de que ela se toque.

HANNAH

Tento pensar no que posso fazer para que ele saiba que pode falar comigo sobre isso. Que eu estou aqui. Não somente em seu quarto, mas em sua vida. Eu me aproximo um pouco para lhe dar um abraço, mas é a pior coisa que eu poderia ter feito. Aaron inclina o corpo para a frente na altura da cintura, mas fica duro e frio e não põe os braços ao meu redor, apenas espera até que eu termine de abraçá-lo antes de voltar para trás.

— Por que você veio?

— Eu queria ver como você estava.

Aaron aponta para suas roupas e seu cabelo.

— Seus pais sabem?

Ele não diz nada.

— Você não contou para eles? — Isso é preocupante, mas não quero dar a impressão de que estou julgando. — Aaron, pode conversar comigo.

— Estou conversando com você.

— Na verdade você não para de olhar por cima do meu ombro para aquela TV idiota e de gesticular com as mãos. Isso não é conversar.

— Desculpa. Meu melhor amigo acabou de morrer. Não estou muito para conversinhas educadas.

— Não quero uma conversinha educada. — Estou ficando irritada, e o fato de ele ter acabado de dizer que Neville era seu melhor amigo não ajudou muito. O que eu sou, então? — Só quero conversar. Com você. Estou preocupada.

— Obrigado pela consideração. — Ele está sendo um tanto sarcástico. — Interessante o modo como a sua preocupação está se manifestando em irritação comigo. Isso é muito comovente.

Estou pasma de ver como ele está sendo cruel. Mas ele está transtornado, está sofrendo. Preciso ter paciência. O que não é muito o meu estilo. Aaron ainda olha por cima do meu ombro e percebo que ele está cansado. Será que ligaram para ele no meio da noite? Ou nas primeiras horas da manhã? Quero que ele me conte o que está se passando em sua cabeça — se ele quer chorar, sair, beber todas… Eu. Não. Sei. E esse é o problema. Eu *quero* saber. Quero fazer o que ele quiser que eu faça.

Eu gostaria de ser uma vidente.

AARON

Hannah está se esforçando aos pés da cama. Sei que ela quer algo de mim, mas não tenho nada para dar.

— Hannah, preciso descer para jantar.

Ela assente, e eu percebo que tenta segurar uma fungada.

— Você está chorando?

— Não. — Ela está mentindo. Nem sei por que perguntei. — Só estou triste por causa do Neville.

Sua voz sai rouca por causa das lágrimas, e quando ela ergue os olhos vejo que estão marejados.

— Eu também — digo, mas minhas palavras são vazias. Soam como se eu estivesse lendo as falas de uma peça de teatro. Não estão ligadas a nada do que está acontecendo dentro de mim.

— Você pode falar sobre isso comigo, sabia? Estou aqui para te ouvir.

Ela está mais preocupada com que eu me abra do que comigo mesmo.

HANNAH

— Hannah, será que dá para esquecer isso? — Aaron se levanta. — Não quero falar disso. Não estou bem. Não estou nem perto de estar bem, mas isso não significa que eu queira falar sobre isso. Nem com você, nem com meus pais, nem com um psicólogo...

A reação me apanha de surpresa. Por que ele está tão bravo com a minha preocupação?

— Será que dá para me deixar sozinho?

— Não. — Minha resposta surpreende até a mim mesma. — Não posso deixar você sozinho, Aaron. Estou preocupada. Gosto de você. Quero ajudar no momento em que você mais precisa de mim. Do mesmo jeito que você me ajudou.

— Quer pagar na mesma moeda?

— Não foi isso que eu quis dizer... — Mas ele não está me escutando.

— Porque não precisa.

— O que você quer dizer com isso? — Estou com medo. Sinto algo mortal e sombrio no meu coração.

— Se o preço por ser o seu herói é ter você tentando me salvar assim, então estou fora.

— Fora? — sussurro. Parece que eu perdi o controle de tudo o que está acontecendo ao meu redor. Aaron se fechou e eu não consigo pegar a ponta da corda.

— Estou fora. Chega. Acabou. Vá procurar o Jay e faça com que ele tome uma atitude de homem. — Aaron olha para além de mim; seu olhar é cruel e distante. É como se ele fosse outra pessoa. — Não sou o herói que você está procurando, Hannah... — De repente ele senta na cama, pressionando as mãos sobre os olhos. — Simplesmente não sou. Você está esperando muito de mim.

— Não espero nada de você. — Eu me aproximo e me agacho diante dele, e, quando estou quase tocando suas mãos...

— Você espera que eu me abra. — Suas mãos se abrem e ele olha no fundo dos meus olhos. As minhas param no meio do caminho.

— Isso é pedir muito? — Estou implorando. Não quero que ele se feche para mim.

— Sim. É. — Ele cobre o rosto com as mãos outra vez. — Por favor. Me deixa em paz, Hannah. Por favor...

AARON

Quando tiro as mãos dos olhos, ela já foi embora — e não pode ver que estou chorando. Pelo Neville. Pelo Chris. Por mim.

E, conforme escorrego até o chão e deixo tudo sair, percebo que estou chorando pela Hannah, porque ela pensa que me perdeu quando não sabe nada sobre o que é perder.

HANNAH

Não tive enjoos durante toda a gravidez. Até agora. Acabo vomitando na cerquinha do jardim de alguém, mas não tem muito que eu possa fazer a respeito, por isso saio correndo, limpando a boca e tentando segurar as lágrimas.

Seja lá quem estava naquele quarto, não era Aaron. Não o *meu* Aaron, não o Aaron que ficou do meu lado quando Jay não o fez, não o Aaron que impediu Marcy de me bater, que chamou Jay de covarde, que transformou a mentira em realidade.

Posso muito bem viver sem o pai falso do bebê, mas acabei de perder meu melhor amigo e não entendi muito bem por quê.

TERÇA-FEIRA, 6 DE ABRIL
FERIADO DE PÁSCOA

HANNAH

Aaron não telefonou. Faz três dias. Quero quebrar o silêncio, quero ligar para ele, mas a última coisa que ele pediu foi para deixá-lo em paz. É isso que ele queria de mim, e é o que estou tentando fazer. Estou tentando ser a heroína dele, mesmo que isso signifique chorar sozinha até dormir todas as noites de tanta preocupação.

Minha mãe me perguntou se ele viria hoje, mas falei que achava que não. A data está marcada no nosso calendário faz uma eternidade, mas não falei nada para ele. Eu não tinha certeza se ainda estaríamos mantendo a mentira que inventamos quando fosse conhecer a maternidade. Será que imaginei que já teria resolvido tudo com Jay? Que ele teria contado por mim?

Seria uma grande estupidez da minha parte ter imaginado tudo isso.

Este lugar parece legal, apesar de eu estar um pouco assustada com uns barulhos que parecem uma vaca mugindo, vindos de um dos quartos, no fim do corredor. Quando olho para minha mãe, ela finge que não está ouvindo nada. Para disfarçar, começa a ler em voz alta todos os panfletos que estão sobre a mesa, me enchendo de perguntas:

Será que eu quero um parto na água? (Err...)

Ou eu quero um parto normal com anestesia peridural? (Agora sim).

Eu quero ficar na enfermaria ou em um quarto particular? (A resposta para essa pergunta não é óbvia?)

Quem eu vou convidar para ser meu acompanhante no curso para gestantes?

A última pergunta me causa um nó na garganta, e eu tento segurar o choro. Óbvio que eu quero que a minha mãe esteja lá, mas a palavra "acompanhante" me faz pensar em Aaron. Eu não deveria ter deixado para a última hora para perguntar se ele poderia vir hoje. Eu ia fazer isso no fim de semana, mas depois...

Ah, meu Deus, estou sentindo tanta falta dele. E ele nem é o pai de verdade.

Vá procurar o Jay e faça com que ele tome uma atitude de homem. Talvez tenha chegado a hora de fazer isso.

SEXTA-FEIRA, 9 DE ABRIL
FERIADO DE PÁSCOA

HANNAH

Minha fonte informou que Jay voltou ontem da viagem de bebedeira pela Escócia. Minha fonte está chateada porque o seu filho escolheu ir para a casa da mãe dele em vez de vir para a nossa, mas, é claro, ele não sabe que o seu filho fez isso porque está com medo do que eu possa fazer se ele der as caras por aqui. Então, vou levar a briga até ele.

É a mãe do Jason que atende a porta.

— Hannah!

Um sorrisão e ela faz de tudo para não olhar para a minha barriga. Já estou acostumada. Ela chama aos pés da escada e Jay grita algo que não consigo entender.

— Ele disse que está no banho. — Ela não pergunta se eu quero esperar.

— Vou esperar.

Ela vai para a cozinha, onde as paredes estão cobertas de fotos — a outra metade da vida do Jay: algumas fotos da escola e várias das férias, com ele, seus meios-irmãozinhos do mau e os pais. Ela percebe que estou olhando e diz algo sobre os gêmeos terem saído com o pai para passar o dia fora. Ótimo. Não preciso deles por perto para me julgarem também.

— De quanto tempo você está?

— Trinta semanas.

— Parece mais do que isso.

— É tudo sorvete. — Encolho os ombros. Provavelmente não é, mas tento dizer a mim mesma que é melhor estar gorda do que ter que dar à luz um bebê gigante. É a versão mental de colocar os dedos nos ouvidos e cantar "lá-lá-lá-lá".

— Você já sabe o que é?

Resisto à tentação de dizer "Um bebê" e opto por:

— Não.

— Já pensou em nomes?

Encolho os ombros e olho para a porta, na esperança de que Jay venha me salvar desse papinho torturante. Tenho uma pequena lista de nomes, mas não contei a ninguém, caso mude de ideia — ou caso alguém tente me fazer mudar de ideia. Quando minha mãe ficou grávida da Lola, fez uma lista no quadro de recados da cozinha, e Jay e eu apagávamos os nomes que odiávamos quando ela não estava olhando. Ela nunca escreveu "Lola", e se tivesse escrito eu teria apagado, mesmo assim Lola é um nome que combina *tanto* com a minha irmãzinha que eu nem consigo lembrar quais eram os outros que estavam no páreo.

— O Jason ia se chamar Jasmine se fosse menina — diz a mãe do Jay e sorri. — Gosto de nomes que começam com "J".

Aceno com a cabeça. Dá um tempo, "J". Sempre odiei vir aqui. A mãe do Jay não é igual à minha — ela é do tipo blusa de cashmere e brincos de pérola. Não trabalha, e uma vez Jay me contou que tudo o que o seu padrasto ganha vai para os gêmeos. A casa onde eles moram, as roupas que a mãe do Jay veste — é tudo uma mentira bancada pelo Robert. A única verdade neste lugar é o carro velho que Jay comprou sozinho.

Ouço passos pesados, ao estilo Lola, na escada, e então ele surge na porta da cozinha. Seus olhos parecem mais azuis do que o normal, como se também tivessem sido lavados no banho. Jay me lança um sorriso sem graça e sua mãe sai com um "Tchauzinho, Hannah".

Ele pega uma lata de Coca para mim sem me perguntar e faz sinal na direção do jardim de inverno, onde o sofá de vime estala quando ele se larga esparramado. Ignoro a lata cheia de cafeína que não posso ingerir e sento na poltrona de frente para ele. Não quero sentar perto dele.

— Dentro de dez semanas vou ter o seu bebê. — Vou direto ao ponto, para não pensar muito no que aconteceu na última vez em que ficamos sozinhos e acabamos nos beijando. O momento de perder tempo acabou.

Jay assente, sem olhar para mim, sem dizer nada.

— A data prevista do parto é 18 de junho. — A cada vez que digo isso, parece mais perto. Dã. Eu sei que *está* cada vez mais perto, mas agora está começando a *parecer* também. Jay ainda não disse nada, mas eu vou esperar.

Espero.

Espero um pouco mais.

Ele está tomando sua bebida e nem olha para mim.

Isso é igualzinho à última vez que falei com Aaron. Uma tristeza aperta meu coração quando penso nele, imaginando como será que ele está... Não. Agora não. Isso é sobre mim e Jay. E o nosso bebê.

Ele toma mais um gole.

— O que você quer que eu diga?

— Quero saber se você vai estar lá para me dar apoio.

— O quê? No dia do nascimento?

Engulo em seco. Nada de lágrimas, lembra, Hannah?

— Eu não estava pensando nisso especificamente...

— Vai ser bem no meio das minhas provas...

— Sim, e daí? Vai ser no meio das minhas também!

Jay me olha de um jeito tão frio que congela o calor da minha raiva.

— Eu não escolhi isso.

O que eu posso dizer?

O silêncio se espalha pelo ambiente e preenche o espaço entre nós. Estou de um lado do vale, gritando por socorro, chorando porque estou sozinha aqui... e ele está do outro lado, dando as costas com um encolher de ombros.

— Mas está acontecendo...

— Não por opção minha. — Jay olha para a lata em suas mãos e percebo que as pontas dos seus dedos estão achatadas de tanto apertar a latinha. — Você nunca perguntou o que eu queria, Hannah. Nunca me deu a chance de fazer parte disso até ser tarde demais.

Engulo em seco.

— Você teria me pedido para tirar o bebê.

— Não sei. — Ele fecha os olhos bem apertado e balança a cabeça levemente antes de abri-los novamente. Mas ainda não olha para mim. — Sim, provavelmente. Você é minha...

E não completamos essa frase, nenhum de nós.

— Por que você não tomou a pílula do dia seguinte? Qual a dificuldade de fazer isso?

Eu o encaro. O cara por quem eu era apaixonada estava indo embora para a universidade — uma semana antes da data marcada, porque mal podia esperar para se ver livre de nós. Eu estava cansada e emotiva, e a distância da minha casa até a farmácia no centro da cidade era muito grande para eu ir sozinha. E eu fui burra. Muito, muito burra. Pensei que, já que ele havia tirado na hora, eu nem precisava me preocupar.

— Qual o sentido de ficar falando disso? Isso não muda os fatos. O bebê é seu. E eu...

O modo como ele inclina a cabeça para trás me impede de continuar. Ele não quer me ouvir dizendo que o amo — e eu não sei se quero dizer isso, porque, não importa quanto eu minta para mim mesma, sei que o que eu realmente queria, o motivo de ter vindo até aqui de joelhos, é: eu queria ouvir Jay dizer que me ama.

— Eu quero que você esteja do meu lado. — Minha voz soa fraca e de repente me sinto pesada, como se o peso de tudo tivesse acabado de me atingir. Estou esperando um bebê, um bebê do Jay, e ele ainda não sacou isso. *Ainda*. Estou sentada na frente dele, com a barriga escapando da blusa e da legging, e ainda tenho de implorar para ele de todas as maneiras que conheço. Não tem mais nada que eu possa fazer.

— Você tem o Aaron para isso. — Jay olha para mim quando diz isso, e imagino se ele consegue ver a dor estampada em meu rosto, porque ele acha que pode simplesmente passar essa responsabilidade para outra pessoa. E a dor corta lá no fundo: essa outra pessoa me falou que está fora.

Levanto com o maior esforço e Jay ergue os olhos enquanto espero que ele me peça para ficar e resolvermos isso. Mas ele não diz nada conforme sigo para a cozinha, implorando silenciosamente que ele venha atrás de mim, enquanto seguro as lágrimas para tentar ouvir o barulho de seus passos sobre a cerâmica. Tento andar mais devagar até a porta da frente, para dar tempo de ele mudar de ideia. Agarro a maçaneta, paro e fecho os olhos.

Por favor, Jay.

Mas eu abro a porta e, quando me viro para fechá-la, não tem ninguém lá.

Do outro lado da porta se encontra o sofrimento. Pela primeira vez desde que fiz o teste de gravidez no banheiro da minha avó, sinto medo. Um medo incontrolável e aterrorizante de ter cometido o maior erro da minha vida.

TERÇA-FEIRA, 13 DE ABRIL
FERIADO DE PÁSCOA

AARON

No fundo do meu guarda-roupa, tem um terno que só usei uma vez. Acho que ainda serve. Não cresci muito, e ele era um pouco grande. Tiro o terno de dentro da capa protetora, o penduro atrás da porta e procuro uma camisa de uniforme limpa, então entro no quarto ao lado e pego uma gravata do meu pai — ele saiu cedo para jogar golfe e minha mãe foi trabalhar. Eles ainda não sabem. Saí na sexta-feira — fui visitar o túmulo do Chris e passei algumas horas lá, tempo suficiente para adormecer os dedos dos pés e fazer meus pais pensarem que eu estava em Cedarfields.

Olho para meu reflexo no espelho, e uma lembrança do menino que pensei ter esquecido olha de volta para mim. Passei tanto tempo me escondendo dele que não percebi que ele estava simplesmente esperando.

Troco as meias. Neville aprovaria as verde-claras levemente subversivas que acabo usando. Pego a jaqueta de couro e saio, tão concentrado em para onde estou indo que nem verifico se tranquei mesmo a porta. Bom, que seja. Trancar a porta me parece um tanto insignificante se comparado com a morte.

Tem um mundo do lado de fora passando por mim através da janela: trabalhadores no horário de descanso, ferramentas espalhadas no chão e cantis nas mãos de unhas sujas; pessoas esperando no cruzamento para atravessar a rua; um jovem casal discutindo, sem estar de mãos dadas; um corredor pulando de um pé para o outro, aguardando impaciente por uma brecha no trânsito; criancinhas da escola primária brincando em um parque, aproveitando um dia de liberdade...

Eu me viro e olho para os passageiros: um homem falando muito alto ao telefone em francês; duas mães muito ocupadas mandando seus filhos pararem de pressionar o rosto contra a janela e lamber o vidro; uma senhora com cachos grisalhos macios, olhos meio fechados atrás dos óculos tão limpos que refletem a luz do sol...

Eu me sinto tão alheio. Como se estivesse assistindo a um drama na TV com uma música de autopiedade dos Smiths tocando enquanto a câmera faz uma panorâmica da cena diante de mim. Até mesmo o modo como os raios de sol da manhã penetram pela janela embaça um pouco a imagem.

Sinto alguma coisa úmida no queixo e ergo a mão para tocar. Quando tiro os dedos, vejo que estão molhados de lágrimas que eu nem sabia que estavam caindo. O embaçado no canto dos meus olhos começa a tomar conta de tudo.

Desço um ponto antes. Não se deve chegar chorando a um funeral — é como chegar a um encontro se masturbando. Enfio as mãos nos bolsos da jaqueta e descubro que tem um buraco no canto do forro do bolso esquerdo. Forço o dedo pelo buraco e cutuco o avesso macio do couro, que ninguém além do fabricante viu, então escuto o barulho de algo rasgando e minha mão inteira escorrega pelo buraco até o fundo da jaqueta.

Tem alguma coisa lá.

HANNAH

No fundo do meu guarda-roupa, tem um vestido que só usei uma vez. Acho que ainda serve.

Merda. Não serve.

Eu me jogo na cama, e o vestido, supostamente de stretch, enrola embaixo das minhas axilas (que é o limite máximo que ele desce). De todo jeito, é azul-marinho mesmo, e eu não tenho certeza se se pode usar essa cor em um funeral. Não tenho certeza se *eu* posso ir a um funeral. Perguntei para a vovó se ela iria, mas descobri que eles têm um local reservado para cultos ecumênicos lá no asilo. Acho que faz sentido, do contrário eles teriam ingressos para a temporada completa de velórios da cidade. Minha mãe não vai a velórios — ela acha que despedidas devem ser privadas —, portanto não faz sentido perguntar se ela vai. Então terei de ir sozinha.

E procurar o Aaron.

Não acho que vou encontrá-lo, mesmo que trombe com ele e estenda os braços para um abraço. E, se não posso fazer isso, não sei por que outro motivo eu iria.

AARON

Depois do velório, espero o resto do dia, sentado, lendo meu livro até que as cinzas estejam prontas para ser recolhidas — normalmente eles costumam demorar mais, porém, quando veem que estou sozinho, apressam as coisas. Nunca esperei que fosse cumprir a promessa que fiz a Neville há algumas semanas — pensei que fôssemos conseguir arranjar que ele falasse com as filhas antes de... Eu estava errado.

Já é fim de tarde quando pego o ônibus para os lados da cidade onde fica o Drunken Duchess. O lugar parece apertado visto de fora, uma construção velha ao estilo eduardiano com janelas descascando e tijolos soltando tanta poeira que, se um cliente espirrar, corre o risco de tudo vir abaixo. A placa é nova, apesar de ser muito feia e mostrar os babados do calção da duquesa quando balança com o vento. É de muito mau gosto. A cara do Neville.

— Documento.

É a primeira coisa que o barman diz, antes mesmo de eu me sentar.

— Meu nome é Aaron Tyler — digo. — Sou amigo do Neville Robson. — Coloco as cinzas em cima do balcão. Elas não estão em uma urna, porque eu não sabia que você precisa levar uma, por isso acabaram sendo colocadas na única coisa que os funcionários conseguiram encontrar, mas o barman mal reage ao Tupperware cheio de restos humanos e continua polindo o copo em sua mão.

— Achei mesmo que tinha reconhecido a jaqueta — diz alguém à minha esquerda. — Veio jogar as cinzas dele na área externa? — Eu nem tinha visto o senhor sentado à ponta do balcão, mas ele parece no mínimo duas vezes mais velho do que Neville era.

— Sim — respondo.

— Vai fazer isso agora?

Concordo com um aceno de cabeça, mas não saio do lugar. De repente, não me sinto pronto para fazer isso.

— Deixe ele tomar uma bebida — diz o senhor para o barman.

— Quantos anos você tem, filho?

— Dezoito — respondo.

— Sei. Fez quando? — ele diz, pegando outro copo, menos brilhante.

— Ontem. — Olho para ele e nós ficamos nos encarando por um segundo.

— Engraçado, pelo jeito você pensa que eu nasci nesse dia — ele observa, girando o pulso para dar polimento.

Enfio a mão no buraco do bolso de Neville e pego o que encontrei lá. É uma nota. Na verdade, duas. Desdobro-as cuidadosamente.

— Qual era a bebida preferida dele? — pergunto, alisando os vincos com a unha do polegar.

— Whisky mac — responde o barman.

— Isso deve dar para pagar uma ou duas rodadas — digo e deposito sobre o balcão a herança de Neville. Duas notas de cinquenta.

HANNAH

Minha mãe volta depois de ter ido levar Lola à casa de uma amiguinha — como cobriu o plantão de alguém no início da semana, ela tem a tarde de folga, por isso temos tempo para pegar todas as roupas velhas e brinquedos de Lola e decidir quais separar para o bebê. Ela está na cozinha tirando pedaços de palha da blusa e ergue os olhos quando entro para beber alguma coisa.

— Será que você poderia varrer a área de serviço? Derrubei o saco de palha do coelho quando estava guardando a água...

Quando percebe que andei chorando, ela se aproxima e me guia até a mesa, onde choro baixinho enquanto ela prepara alguma coisa quente e reconfortante para beber. Chocolate quente.

— Cafeína... — murmuro, mas o olhar dela diz: "Chega dessa bobagem".

— Fale comigo, Han. — Ela está sentada tão perto que quando abaixo a cabeça recosto confortavelmente sobre o seu ombro. Minha mãe não hesita em me abraçar e tira o cabelo do meu rosto do jeito que fazia quando eu era pequena. Nunca a vi fazendo isso com Lola, o que me faz sentir especial.

— O que está acontecendo entre você e o Aaron?

Então ela *percebeu*. Tento não falar nada de ruim sobre Aaron, pois ela não precisa de uma desculpa para pensar mal dele — o doador de esperma pegador que engravidou sua filha adolescente. Ela acabou fazendo concessões e ele ganhou pontos por ter ficado do meu lado, me ajudado com os estudos, e aos poucos acabou virando um membro da família. Mas não é preciso muito para isso mudar. E eu não quero que mude. *Nunca* quis que mudasse.

Portanto, conto para ela o que posso contar: que ele está triste, que eu tentei ajudar, mas ele não deixou. Que eu achei que ele ligaria hoje para me convidar para ir ao funeral com ele. Nem preciso contar que ele não ligou.

— Você não vai gostar do que eu vou dizer — ela diz, baixinho.

Prendo a respiração.

— Nem todos lidam com as situações do jeito que imaginamos que deveriam. Você é do tipo que se abre. Quase sempre. — Ela não olha para mim, mas eu sei o que está passando pela sua cabeça. — O Aaron não me parece ser esse tipo de pessoa. Ele é... — ela para por alguns segundos. — Não quero dizer "distante"...

Então não diga. É o que eu quero pedir. Isso soa tão frio e duro. Mas ao mesmo tempo tão verdadeiro.

— O Robert também é assim — diz ela.

— Ele é? — Sinto a bochecha da minha mãe se mexendo recostada na minha cabeça e imagino seu sorriso.

— O Robert é bem mais velho do que o Aaron. Ele aprendeu que os sentimentos profundos ficam mais bem escondidos atrás de muito afeto e bravata. Mas tem coisas que ainda não sei sobre ele, ou não entendo, e às vezes brigamos e eu não sei como alcançá-lo.

Minha mãe e Robert brigam? Nunca os vi brigando. Não como ela e meu pai brigavam.

— Quando o irmão do Robert morreu, fiquei muito preocupada sobre como ele estava se sentindo. Tentei mostrar que eu estava aqui para cuidar do Jay, para que Robert não sentisse muita pressão. Liguei para a cunhada dele, para saber se ela estava bem, pois não queria que Robert tivesse que ligar para ela e lembrar a perda do irmão.

Tudo isso faz sentido para mim.

— Mas eu estava fazendo tudo isso para que *eu* me sentisse melhor. Estava tão envolvida sendo uma boa esposa que nunca parei para oferecer ao Robert o que ele queria.

— O que ele queria?
— Nada.
Levanto a cabeça do ombro dela e ergo o olhar.
— Não entendi.
— Nem eu — diz ela, com um sorriso triste.

AARON

O pub está ficando lotado. Já entornei três whiskies mac e as paredes estão começando a rodar. Tem alguém perto de mim cheirando a hambúrguer, e isso me deixa um pouco enjoado.

— Cerveja — peço.

O barman me ignora e serve o cara perto de mim, que sai andando com sua bebida, levando junto o bafo de hambúrguer.

— Será que dá para me servir uma cerveja, por favor? — peço. Tenho certeza de que é isso que digo, porque estou me concentrando para fazer com que as palavras saiam exatamente como deveriam. Não pastosas. Nem muito forçadas. Sei como parecer sóbrio.

O barman está olhando para mim.

— Como eu me chamo? — ele pergunta.

O nome dele? Ah, sim, tivemos uma conversa sobre nomes, sobre Greville, o irmão do Neville, e o homem que está sentado à ponta do balcão se apresentou e depois me desafiou a tentar adivinhar o nome do barman. Que era... como era mesmo?

— Ste — respondo, num incrível rompante de lucidez.

— St*even* — ele me corrige, olhando desconfiado.

— Ele sabe — diz o senhor na ponta do balcão, cujo nome não consigo lembrar. — Ele está te provocando.

— Dê uma cerveja para ele também — digo, generoso.

— Mande aquela Bombardier — o senhor complementa.

— Manda a Bombeiros, então — digo cuidadosamente. St*even*, o barman, me olha de um jeito esquisito, mas serve a nossa bebida.

Bebo a minha muito rápido e sinto um soluço prestes a subir. Empurro goela abaixo e a bile queima no fundo do meu nariz. Tomo mais um pouco de cerveja e olho para a caixa de plástico em cima do balcão. Alguém traz de volta alguns copos vazios. Tem um copo menor entre eles, então jogo um pouco de cerveja dentro e o empurro para perto da caixa.

— Saúde, Neville! — declaro e bato meu copo no que acabei de servir.

O barman enxuga a poça de cerveja que derrubei sobre o balcão enquanto recolhe os outros copos vazios. Mas deixa a cerveja do Neville onde está.

Meu copo está quase vazio. Provavelmente porque eu despejei metade no copo do Neville. Preciso de algo mais.

Não vejo por que não beber algo mais. Minhas mãos precisam segurar alguma coisa, minha boca precisa beber alguma coisa, minha garganta precisa engolir alguma coisa.

— Posso te pagar uma bebida? — pergunto para a pessoa que está chegando.

— Tudo bem. — É uma garota. Ela tem peitões. Suas roupas não são nada discretas e seus seios estão na altura exata dos olhos de alguém que esteja sentado, meio debruçado, em uma banqueta de bar.

Neville aprovaria.

— Você pode comprar, então? — peço para os peitos e estendo uma nota de vinte para a dona deles. — Uma cerveja para mim. Não, uma vodca. Não, as duas. E o que você quiser.

— Você — ela diz, com um sorriso.

— Isso, para mim — repito, meio perdido. Ela pede as bebidas e o barman finge que não sabe que a vodca e a cerveja são para mim. Lá se foi sua ética para com a minha sobriedade.

— O que é isso? — pergunta ela, olhando para a caixa em cima do balcão.

— É o Neville — respondo.

— Neville? — Ela pega sua bebida e me devolve o troco. Não é muita coisa, mas ainda tenho mais dinheiro no bolso.

— Neville Robson — digo. — Ele costumava vir beber aqui.

Vejo que ela faz cara de nojo quando se dá conta de que estou sentado aqui bebendo com um defunto. Mas seus peitos continuam firmes, por isso me contento com uma última olhada naquelas belezinhas antes de ela os levar de volta para um grupinho no canto.

Que horas são?

São seis e meia.

Eu deveria ir espalhar as cinzas do Neville na área externa do bar. Depois que terminar minhas bebidas.

Ih. A vodca já era. Quando foi que eu bebi? Sei lá. Bebo a cerveja.

Estou precisando mijar. Desço do banquinho e o chão balança tanto que preciso me apoiar no balcão por um momento. O barman nem percebe, mas o senhor na ponta do balcão sim, e vejo quando ele me dá um sorriso de quem sabe o que estou sentindo.

Vou ao banheiro. Vomito dentro de uma das cabines e depois faço xixi em cima. Quando saio, tem uns caras nos urinóis e quase trombo em um deles a caminho da pia. Ele fala alguma coisa, mas não estou prestando muita atenção. Foi exatamente por isso que quase trombei nele.

Lavo as mãos e olho muito rápido para meu reflexo no espelho. O banheiro mexe para a frente e para trás e tenho de encostar a cabeça no espelho e fechar os olhos até passar. Quando os abro outra vez, minha cara virou uma placa de pele com um olho de ciclope gigante no meio da testa. Acerto o foco até ficar com dois olhos. Tá embaçado, mas menos esquisito. Então me afasto do espelho.

Não estou muito bem. Não estou mais de jaqueta e a camisa está desabotoada, mais do que estava quando saí de casa. Onde está a gravata do meu pai? Fico apavorado por um momento e saio batendo em todos os bolsos até descobrir que está no bolso da calça. Tiro-a de lá e vejo que está manchada. De onde será que veio isso?

Parece maionese.

Ah, sim. Comi um sanduíche no bar, mais cedo — a maior parte dele agora se encontra dentro do segundo vaso sanitário; o resto parece estar na gravata do meu pai.

Olho de volta para minha imagem no espelho. Não gosto do que vejo. Vejo alguém que decepcionou seus amigos. Neville, Chris...

Chris. Eu sinto tanto a sua falta, cara. Eu sinto tanto.

Não seja meu amigo, ou você vai morrer.

Olho para a pessoa no espelho. Eu queria que ela estivesse morta, em vez deles.

HANNAH

Estamos na cozinha e eu estou tentando convencer minha mãe de que merecemos comer um bolo com cobertura de fondant depois da trabalheira para separar as coisas quando meu telefone acende.

— Hannah! — Minha mãe estala a língua quando paro no meio da frase para pegar o telefone. Mas esqueço do bolo quando vejo quem enviou a mensagem e abro para ler o mais rápido possível o que Aaron tem a me dizer.

> Voce nao saBe o q é mentirr no sabe o qu eu

A mensagem termina assim. Ele deve ter enviado sem querer antes de terminar, mas meu telefone acende outra vez, quase em seguida.

> Foi eeee ele um bom eu o perdi. Foi tudo culpa mnha!!2

Minha mãe já não me olha mais feio quando ergo os olhos. Ela percebeu que está acontecendo alguma coisa. Respondo a mensagem, preocupada:

> Onde vc está?

Em seguida telefono também. Cai na caixa postal. Fico em dúvida se devo ligar outra vez, mas ligo mesmo assim. Desta vez ele atende. Na hora os últimos dez dias são esquecidos.

— Alô? — falo, uma vez que Aaron não diz nada.

— Hannah?

— Sim, sou eu. Você está bem?

Nenhuma resposta.

— Aaron? Onde você está? — pergunto, tentando não deixar transparecer meu nervosismo.

— Banheiro.

Sua fala está tão enrolada que ele mal consegue falar o "o" final.

— No banheiro de onde?

— Drunken Duchess. Eu o perdi, Hannah. O Neville. Ele não está aqui.

— O Neville não está no banheiro? — Será que dava para o garoto ficar mais confuso?

— Eu achei que tinha trazido ele junto, mas não, e quando voltei ele não estava mais lá. Como eu pude perdê-lo? COMO?! — Afasto o telefone de tanto que ele grita.

— Você quer que eu vá aí te ajudar a procurar por ele? — pergunto, mas Aaron não está ouvindo. Acho que ele está chorando. Coloco a mão sobre o telefone. — Você pode me levar até um pub chamado Drunken Duchess? — pergunto para minha mãe.

— Por quê? — ela murmura, contraindo as sobrancelhas, mas eu ignoro e digo para Aaron que já estou indo, apesar de achar que ele desligou.

— Era o Aaron. Aconteceu alguma coisa... — Estou quase na porta quando topo com Robert chegando, de terno e com a chave do carro na mão.

— Onde é o incêndio? — ele brinca antes de ver a cara da minha mãe, e então me segura pelos ombros. — Hannah?

Às vezes é mais difícil mentir para Robert do que para minha mãe.

— O Aaron está em um pub... — Vejo sua cara de desaprovação, mas ele não diz nada. — Ele está tendo um tipo de colapso nervoso.

Olho para Robert e de volta para minha mãe.

— Preciso ajudá-lo; ele está precisando de mim.

Rola uma conversa entre eles, uma troca de olhares e arfadas, sem palavras, até que:

— Eu dirijo.

Robert dá meia-volta e segue direto para o carro, e minha mãe e eu corremos atrás. Eles fazem um monte de perguntas, não tenho resposta para nenhuma, e preciso usar de um pouco de persuasão para convencê-los a esperar no carro; minha mãe só vai me deixar mais nervosa, e eu não posso entrar em um pub como o Drunken Duchess com Robert vestido para assumir a presidência. Já eu me encaixo direitinho. O lugar tem cheiro de cerveja azeda e pururuca, e começo pedindo "Com licença" para as pessoas, antes de sair empurrando quem estiver no meu caminho. Só tenho quinze minutos até minha mãe vir atrás de mim.

— Oi — falo para o barman.

— Documento — responde ele.

— Oi, estou grávida! — falo, apontando para minha barriga. — Não vim cair na farra.

— Em que posso ajudar, então? — diz ele, em um tom formal tão esquisito que acho que ele está tirando uma com a minha cara.

— Estou procurando o meu amigo, Aaron. Cabelos castanho-escuros, jaqueta de couro... — Nisso vejo a jaqueta sobre a qual estou falando caída no chão. Eu me agacho e uso o balcão do bar como apoio para levantar. — Esta jaqueta de couro.

— Ele está na área externa — informa o barman, apontando para uma portinha caindo aos pedaços.

Saio, mas Aaron não está lá.

Volto e dou uma olhada geral no salão. Aaron não está aqui, mesmo assim dou uma verificada no canto onde tem um alvo de dardos. Abro a porta do banheiro masculino e tento respirar o mínimo possível. Xixi de homem fede.

— Aaron? — chamo, grata por não ter nenhum estranho ali.

— O banheiro das mulheres é naquela porta, meu bem. — Alguém vem por trás de mim. Viro o rosto e vejo um homem quase da idade do Robert com uma tatuagem saindo da gola da camiseta de time de futebol.

— Estou procurando o meu amigo — digo e termino de entrar, tentando me curvar para dar uma olhada embaixo da porta das cabines.

Empurro as portas, e uma delas esbarra em algo.

— Aaron? — indago, tentando abaixar um pouco mais. O cara da tatuagem no pescoço abaixa por mim e assente.

— Tem alguém aí. — Ele dá um empurrão um pouco mais forte, e então acerta em cheio. Em seguida vem um gemido. O homem segura a porta aberta e eu vejo Aaron caído no chão, com o rosto pressionado contra a parede e a mão pendurada no vaso. Tem uma mancha na manga da sua camisa, e, quando ele abre os olhos, vejo que estão muito vermelhos. Mas eles não ficam abertos por muito tempo.

Meu ajudante não me deixa entrar; ele mesmo arrasta Aaron para fora. Ele grita para eu abrir a porta do banheiro e o leva pelo corredor até a saída de incêndio. Então coloca Aaron sentado e volta para dentro, dizendo que vai buscar um pouco de água. Eu me abaixo com cuidado ao lado de Aaron e me encolho dentro da sua jaqueta de couro. Está frio — o que deveria despertá-lo um pouco pelo menos.

Olho para o cabelo em sua nuca. Ele cortou — acho que para ir ao velório —, e imagino como seria acariciá-lo. E, porque ele está bêbado e porque eu quero, pouso a mão no pescoço de Aaron e deslizo o polegar sobre sua pele e em seu cabelo.

Por um segundo, penso que é isso que ele quer também... Até que ele chacoalha a cabeça e eu afasto a mão, irritada, porque mesmo agora, em plena letargia alcoólica, ele não me deixa entrar.

Então ele se inclina para a frente e vomita.

Tudo bem, eu o solto. Não vou tocar nele outra vez.

— Você está bem? — pergunto. Está mais do que claro que não, mas o que mais eu posso dizer?

Aaron balança a cabeça.

— Eu o perdi, Han.

— Você perdeu o Neville? Você quer dizer as cinzas dele?

Ele não diz nada, mas a porta se abre atrás de nós e o meu cavaleiro de camiseta de futebol estende um copo d'água e um Tupperware.

— O barman disse que o rapaz pode estar procurando por isso — ele informa e sorri para mim. — Grite se precisar de uma mão ou qualquer coisa, meu bem.

— Obrigada — agradeço, antes de segurar a caixa e dar uma olhada nela. Está cheia de cinzas.

Neville.

— Pegue — digo e entrego para Aaron primeiro a caixa e depois a água, como se estivesse insinuando que ele deveria misturar tudo feito cimento. Ele não diz nada, mas percebo que seus ombros pendem, aliviados.

— Preciso espalhar as cinzas do Chris — ele diz, colocando o copo no chão para ficar em pé.

— Chris?

— Do Neville. As cinzas do Neville. — Aaron oscila perigosamente e quase derruba o copo d'água quando começa a arranhar a pontinha da tampa, tentando abri-la.

— Para, Aaron. — Fico em pé e pouso a mão sobre a dele. — Vamos voltar outra hora para fazer isso. Acho que o Neville não ia se importar.

AARON

Quando a Hannah chegou aqui? Não me lembro disso.

Mas ela achou o Neville.

— Obrigado — agradeço e lhe dou um abraço. Ela parece sem jeito.

— De nada — ela responde e me dá um tapinha no ombro.

Estou com um gosto horrível na boca. Tem um copo d'água no degrau, então pego e tomo um gole. Faço um bochecho e cuspo, em seguida tomo um gole decente. Apesar de escorrer um pouco pelo canto da minha boca e o colarinho da camisa, a maior parte consegue entrar.

— O que você está fazendo aqui? — pergunto para Hannah. — Pensei que não estivéssemos nos falando. Estamos nos falando?

— *Você* não estava falando comigo — ela diz, franzindo a testa. — Mas me enviou uma mensagem. Eu liguei. E fiquei preocupada.

Balanço a cabeça. Ela não deveria ficar preocupada comigo. Sou perigoso para as pessoas que gostam de mim.

— Eu o matei — digo, enquanto ela me guia para fora.

— Matou quem? — Hannah pergunta, com toda a paciência.

— O Chris.

— Não sei do que você está falando. — Agora ela está irritada.

— Do meu melhor amigo — respondo.

— O quê? — Ela para de levantar a trava dura do portão dos fundos e olha para mim, e penso em como ela é bonita quando não tenta ser. Seu cabelo está meio bagunçado e ela não está usando nada de maquiagem, mas isso significa que é possível notar ainda mais seus olhos. Mesmo sob a iluminação amarelada da rua.

— O meu melhor amigo — repito o que sei que acabei de dizer. — Você é a minha melhor amiga.

— Você também é o meu. Por que você acha que eu vim até aqui atrás de você? — Ela diz e tenta abrir a trava do portão novamente. — Quem é esse Chris de quem você não para de falar?

Chris. Ah, Deus, Chris. Sinto muito. Que saudade de você, cara. Sinto muito. Eu não fiz de... Eu nunca devia ter... Eu não...

Caio sentado no chão, apoio a cabeça entre as mãos e as lágrimas descem tão rápido que quase engasgo com elas. Sou todo tristeza. Mas não dói. É um vazio frio e profundo dentro de mim, e quero que acabe. Não consigo enfrentar isso outra vez. Não consigo...

HANNAH

Merda. Não faço a menor ideia do que acabou de acontecer, mas Aaron está se acabando no chão. Está fazendo uns barulhos horríveis — como um lamento — e soluçando tão forte que todo o seu corpo chacoalha. Quando ele olha para mim, seu rosto parece uma daquelas máscaras de teatro, com a boca virada para baixo e lágrimas escorrendo. Nunca vi nada igual, e isso me assusta.

Mas isso não tem a ver comigo, não é?

Tem a ver com o meu melhor amigo.

QUARTA-FEIRA, 14 DE ABRIL
FERIADO DE PÁSCOA

AARON

Acordo enjoado no meio da noite em uma casa estranha, em uma cama estranha. Tem um balde de plástico ao lado da cama, vomito nele e em seguida o empurro para longe. Nisso percebo que alguém deixou ali uma garrafa d'água e um copo. Bebo metade da garrafa e deito, e parece que estou no gira-gira do parque com alguém girando e girando...

Acordo outra vez, e tem luz penetrando pela janela. Alguém trocou o balde sujo por um limpo, e também tem água fresca e um pacote de batatinhas ao lado. Dispenso as batatinhas e bebo toda a água, apesar de ser um horror ficar sentado. Eu me sinto fraco de tanto vomitar e estou com vontade de fazer xixi, mas... caio de volta na cama e me cubro com o edredom. Estou cheirando mal, o que não é um bom sinal, mas não me importo. Acho que isso também não é um bom sinal.

Quando acordo pela terceira vez, estou me sentindo um pouco melhor. Sou invadido por uma onda de gratidão — quanto mais o corpo coloca para fora o incômodo, mais ele se livra do álcool. Tem barulho do lado de fora, e ouço Lola correndo na escada. Levanto e me espreguiço, em seguida me arrasto até janela e dou uma espiada no mundo lá fora. Já é fim de tarde. Uma batida suave à porta e em seguida Hannah entra, de calça de agasalho e uma de suas camisetas velhas que cobrem a barriga.

— Minha mãe quer saber se você está com fome. — Sua expressão é completamente neutra. O que me preocupa.

— Pode ser outro pacote de batatinha? — indago com um sorriso. Em resposta, recebo um meio-sorriso, antes de ela dizer que estou precisando escovar os dentes com urgência.

— Pode usar a escova verde. Também tem uma toalha e roupas para você.

Percebo a indireta e vou tomar um banho. Depois de me enxugar, visto o short e a camiseta desbotada da Nike que ela arrumou. Devem ser do Jay, mas ela separou para mim.

Hannah está esperando na cama ao lado de uma bandeja cheia de comida: batatinhas, biscoitos, pizza gelada, maçã fatiada, sorvete e duas latinhas, uma de Diet Coke e outra de limonada. Não preciso nem perguntar para quem é o sorvete enquanto me sento. Esse bebê que ela está esperando deve ser feito de sorvete.

— Desculpa. Pela semana passada. — Eu me desculpo do fundo do meu estômago vazio antes de pegar uma fatia de pizza. — E por ontem à noite.

— Você disse umas coisas muito assustadoras — é tudo o que ela responde. Não lembro exatamente o que foi que eu disse. Não me lembro de muitas coisas, apenas de partes aqui e ali, peças de um quebra-cabeça que não fornecem nenhuma pista do todo.

— O quê, por exemplo? — pergunto, pois esse é o único jeito de descobrir. Não que eu queira.

— Você disse que não tinha ninguém. — Ela engole, determinada a acabar com o sorvete. — E que você matou o seu melhor amigo, o Chris.

Uma pausa se segue. Eu contei para ela sobre o Chris? Baixo os olhos para o edredom, tentando desesperadamente lembrar quanto falei sobre isso, imaginando se lhe contei tudo ou nada, ou alguma coisa confusa e pela metade.

— Você disse que queria estar morto.

Sua voz se entrecorta, eu ergo os olhos e vejo que ela está chorando. Lágrimas fartas escorrem pelo seu rosto.

Nunca a vi tão triste.

— Desculpa, Hannah — digo, me aproximando para abraçá-la. — Eu não quis dizer isso.

— Quis sim — ela responde sobre o meu ombro.

Penso em mentir, mas como?

Ela me aperta tanto que acho que está tentando penetrar na minha alma. E sinto que está chegando o momento de escolher entre me fechar de vez para ela ou deixá-la entrar...

— Quem é Chris? — ela pergunta.

Prendo a respiração e fecho os olhos. Penso em uma parte da minha vida que tentei trancafiar. Mas eu a soltei quando contei para Neville, e agora ela está aqui neste quarto, esperando para ser compartilhada com a pessoa de quem eu mais queria esconder. Não posso me dar ao luxo de perder Hannah, do mesmo jeito que ela não pode me perder, mas, se eu não contar a verdade, então estará tudo acabado.

Que se dane. Vamos nessa.

HANNAH

E então eu fiquei sabendo quem é o Chris — e o que aconteceu com ele. Foi a coisa mais difícil que já tive de ouvir, mas sei que foi ainda mais difícil para ele me contar.

Isso não muda nada. Aaron ainda é a minha pessoa favorita no mundo. Ele ainda é o meu herói, mesmo que não consiga entender por quê.

AARON

Dentre os momentos mais importantes da minha vida, o Dia das Profissões, no outono do quinto ano, é o meu favorito. Todo mundo tinha que ir para a escola vestido de acordo com o que queria ser quando crescesse. Fui com um blazer de tweed e gravata-borboleta e, quando a srta. Weston me perguntou o que eu queria ser, falei que seria doutor.

— Você não devia estar usando um jaleco e um estetoscópio, igual ao Paul? — Ela apontou para Paul Black, que estava tentando estrangular todo mundo com o estetoscópio em questão.

Antes que eu pudesse responder, um garoto de outra classe, que eu não conhecia, interveio.

— O Paul é um médico — explicou ele, com um olhar de aprovação. — Ele aqui quer ser o Doutor Who.

— Quem?

Ela não entendeu e nós fomos mandados para uma mesa nos fundos para refletir sobre por que é errado questionar os professores.

— Meu nome é Aaron Tyler — sussurrei do outro lado da mesa.

— Chris Lam. — Ele viu que a srta. Weston não estava olhando e estendeu a mão por cima da mesa, dando uma piscadinha por trás dos óculos enormes. — Muito prazer, Aaron.

Trocamos um aperto de mãos e eu sorri.

— Meus amigos me chamam de Ty.

Nosso lado geek serviu de base para uma grande amizade, e, quando estudei para entrar no Bart's — o Colégio St. Bartholomeu —, foi com Chris, na esperança de passarmos ou fracassarmos juntos. No dia em que ficamos sabendo que os dois tinham entrado, Chris veio à minha casa para comemorar com limonada e uma fornada do famoso brownie do meu pai. Tínhamos acabado de desenrolar nossas plantas da Estrela da Morte e prender as beiradas com copos meio cheios e pratos vazios quando bateram na porta e alguém entrou correndo, agitando uma folha de papel.

— Entrei!

Meu outro melhor amigo. Aquele que eu mantinha escondido do Chris. Aquele que sabia mais sobre *Star Wars* do que George Lucas, que ajudou a pintar todas as minhas miniaturas de D&D, que me conhecia desde o berçário. O único problema era que... ela era uma menina. Chris não gostava de meninas.

— Penny... Chris. — Eu me virei para ele, que estava suando tanto que seus óculos tinham escorregado para a ponta do nariz. — Chris, esta é a Penny.

— Oi! — Penny chacoalhou tanto a mão do Chris que o braço dele quase descolou do ombro.

Não foi exatamente o início de algo lindo, e passei o primeiro ano inteiro no Bart's feito um peão no meio da batalha deles para ver quem era o meu melhor amigo, e o segundo tentando impedir que eles se matassem, até que finalmente, após uma trégua no nono ano, entramos na puberdade e Chris e Penny começaram a se dar muito melhor. Tão bem que viraram muito mais que amigos na festa de Halloween no décimo ano, e seis meses depois ainda estavam firmes quando Chris viajou para a França, no feriado prolongado de Páscoa.

Curti aquelas duas semanas tendo Penny só para mim. Saímos juntos, assistimos a filmes e jogamos jogos antigos de RPG no meu computador, apesar de eu ter certeza de que iria perdê-la completamente assim que seu namorado voltasse. Foi uma surpresa quando recebi uma mensagem dele no dia da sua volta, me convidando para um passeio pelo centro da cidade.

Encontrei Chris no final da rua dele.

— Tem certeza que prefere ir andando? — perguntei, olhando para o céu. Minha mãe tinha dito para eu pegar uma capa de chuva, mas ignorei o conselho.

— Não é muito longe. — O que era mentira, mas ele estava agindo de um jeito estranho, por isso não insisti. Estávamos andando havia uns dez minutos, falando sobre a lição de casa que nenhum dos dois tinha feito, quando atravessamos a rua principal na altura do Bart's. O ar estava pesado e um trovão estourou a alguns quilômetros de distância (um mau agouro, se é que isso existe) quando Chris interrompeu o que eu estava dizendo.

— Preciso te contar uma coisa. — Ele abriu a boca algumas vezes, como se estivesse ensaiando para formar as palavras. — Eu traí a Penny.

Parei de andar. O céu estava rugindo, e pensei ter visto um relâmpago de canto de olho. Eu não sabia o que dizer.

Ele parou um pouco à frente.

— Fala alguma coisa, Ty.

— *Por quê?* — Ignorei o encolher de ombros de Chris, pois não queria mesmo saber a resposta. — Como você vai contar para ela?

Ele esfregou a nuca. Era um gesto que ele costumava fazer quando estava prestes a dizer alguma coisa que ninguém queria ouvir.

— Não sei se vou contar.

Contraí os olhos.

— Qual foi o nível da traição, cara?

O trovão silenciou. Nisso percebi por que ele estava agindo daquela maneira: ele tinha transado com alguém.

— Cansou de esperar, foi isso? — O tom da minha voz foi duro, mas ele merecia. Penny tinha dito a ele que queria esperar o momento certo. Quando Chris me contou isso, disse que não se importava e que a respeitava por isso.

Ele não disse nada.

— Então... e agora? Você perdeu a virgindade no estrangeiro e agora que confessou acha que isso vai mudar num passe de mágica?

— Deixa disso, Ty... — Um raio.

— Disso o quê? Como você esperava que eu fosse reagir?

— Só... para de agir feito um babaca. — Chris chegou mais perto. — Não quero magoar a Penny... Eu gosto dela.

Isso me fez rir. Foi uma risada melancólica e dissonou contra o estrondo de um trovão.

— Se você realmente gostasse da Penny, não estaria contando isso para mim, e sim para ela. — Lembrei de todas as coisas que ela tinha falado sobre Chris ao longo das duas últimas semanas, a confiança com a qual ela me disse que eu saberia quando conhecesse a garota certa... — Se você não contar para ela, eu conto.

Chris me olhou de modo frio, com os olhos contraídos por trás dos óculos enquanto assimilava a ameaça.

— Você seria capaz de me entregar?

— Entregar *você*? Eu conheço a Penny desde...

— Até parece que ela vai correr para os seus braços porque eu pisei na bola!

O silêncio se instalou enquanto nós dois percebíamos que ele tinha ido longe demais. Gotas grossas começaram a cair do céu, e eu fiquei olhando o asfalto escurecer com a chuva. A luz amarelada da tempestade combinava bem com o meu humor. Eu não conseguia acreditar que Chris tinha acabado de dizer aquilo.

— Escuta, eu não quis...— ele começou, estendendo o braço para tocar no meu ombro.

— Vai se ferrar! — esbravejei, batendo na sua mão.

— Vamos arrumar um lugar para conversar. — Ele subiu a gola da jaqueta e se encolheu dentro dela enquanto a chuva despencava sobre nós. — Estou ficando ensopado.

— E daí? — Eu não estava nem aí se estava ficando molhado. Estava muito bravo para me preocupar com uma chuvinha. Ou com uma chuvona. Meu cabelo já estava grudado na cabeça.

— Bom, não vou ficar parado aqui me molhando e levando bronca de você — Chris retrucou e se virou na direção do meio-fio.

Eu o segurei pelo braço e o puxei de volta.

— Você não vai a lugar nenhum até explicar o que acabou de dizer.

Ele chacoalhou o braço e conseguiu se livrar de mim. O fato de ele estar tentando fugir me deixou furioso, e eu o agarrei pelo outro braço, girando-o para que ele me olhasse de frente.

— Me solta!

— Deixa de ser um babaca covarde, Chris!

Bravo, ele me empurrou com as duas mãos na altura do peito, fazendo com que eu perdesse o equilíbrio... mas eu ainda o segurava pela jaqueta e o puxei de volta, e sem querer bati o queixo em sua testa quando tentava me firmar para não cair sentado. Foi a briga mais desajeitada da história das brigas. Parecíamos mais dois gatos se atracando pelo mesmo novelo de lã, até que Chris segurou firme no meu ombro e afundou o polegar na cavidade acima da minha clavícula, e com um grito eu o soltei.

A chuva continuava caindo, emplastrando seu cabelo, uma cascata descia pelos seus óculos. Enquanto impunha distância me segurando firme com um braço, Chris passou a manga encharcada no nariz para verificar se estava sangrando. Não estava, e, do nada, ele pareceu cansado de brigar e se virou na direção da rua. Eu o agarrei pela manga e tentei puxá-lo de volta. Não queria deixar as coisas por isso mesmo, nem mesmo pelo tempo que levaria para encontrarmos um lugar seco para sentar, mas, pelo modo como se debatia e tentava puxar a manga da jaqueta, ele deve ter achado que eu ainda queria briga. Mas não era isso que eu queria.

Então eu o soltei.

Chris não estava esperando que eu fizesse isso. Ele estava jogando todo o peso do corpo na direção contrária, com um pé na beirada do meio-fio e o outro na enxurrada que descia pela sarjeta.

Então ele escorregou.

Ele girou enquanto tentava recuperar o equilíbrio para não cair para a frente. Mas foi o movimento errado, pois ele pisou em falso, desajeitado, e caiu longe da calçada.

Na rua.

São milhares de coisinhas que colaboram para que algo grande aconteça. Asfalto molhado, um carro vindo um pouco rápido demais para pegar o farol verde, um garoto que caiu para a frente quando deveria ter caído para trás, um garoto que não deveria ter soltado a manga da jaqueta do amigo e soltou.

Quando você vê algo muito horrível acontecendo, não processa aquilo — só depois você consegue pensar nos detalhes. A única coisa que registrei foi o barulho: um estalo forte e um baque, ambos violentos e bruscos, o som de um corpo atingindo um capô e quebrando. Esse é o barulho que eu ouço nos meus piores pesadelos.

Chris ficou todo retorcido no chão, e tinha algo mais escuro que a água da chuva empoçando perto da sua cabeça. Eu estava morrendo de medo de descobrir se ele ainda estava respirando, mas caminhei calmamente em direção à rua e me abaixei para verificar.

Não dava para ter certeza. Não dava para ter certeza de nada.

Eu só conseguia pensar que a última coisa que eu disse para o meu melhor amigo foi que ele era um babaca covarde.

HANNAH

Pouso a mão sobre a dele. Nem sei se ele nota.

AARON

Eu não tinha me tocado até que, no hospital, meu pai entrou no quarto e sussurrou algo sobre Chris para minha mãe. Ela se virou para mim e me abraçou, agarrando-se a mim e me apertando como se fosse eu quem nunca mais voltaria para casa. Eu a abracei e deixei que ela derramasse suas lágrimas silenciosas de gratidão sobre meu ombro. Deixei que ela sussurrasse para mim que me amava muito.

Nisso, comecei chorar. Não havia pensamentos, apenas sentimentos de perda e horror e dor, alívio porque meus pais não passariam pelo que os pais do Chris estavam passando, vergonha por ter sentido isso. A culpa me fez chorar mais e mais até que eu mal conseguia respirar de tanto soluçar e acabei vomitando no chão, mas ninguém disse nada, nem meu pai, nem minha mãe, nem mesmo a enfermeira que entrou silenciosamente e limpou tudo e deu para minha mãe uma daquelas bacias de inox. Não sei quando eles me levaram para casa.

Durante o depoimento para a polícia, no dia seguinte, eu só olhava melancólico para a toalha da mesa. Não queria ver o olhar da policial quando eu contasse a verdade.

— Nós estávamos brigando. — Senti meu pai enrijecer na cadeira perto de mim. Era a primeira vez que ele escutava a história.

— E... — A voz da policial era cautelosa, neutra, prudente.

— Eu não tive... intenção. — As palavras pareciam sair da minha boca como se eu não tivesse controle. — Ele estava tentando se livrar e eu o puxava para trás...

Fechei os olhos, mas abri em seguida para evitar as lembranças que esperavam na escuridão.

— Você estava o puxando para trás?

Ergui os olhos e então vi o modo como ela olhava para mim, com os dentes cerrados, aguardando.

— Eu não devia ter soltado. — Comecei a chorar tanto que o depoimento foi suspenso e meu pai me puxou para perto e disse que me amava. Ele disse que a culpa não tinha sido minha, que eu não era o culpado. Não acreditei nele.

Fui poupado do funeral. Quando não consegui descer do carro com meu novo terno preto, meu pai simplesmente virou e voltou para casa. Mas a escola era uma distração da qual eu pensei que daria conta. Eu estava errado. Os olhares solidários e os abraços das meninas — exceto da Penny, que faltou; os tapinhas nas costas dos garotos; os professores fingindo não ver a carteira vazia ao meu lado. Mas foi a linha em branco na lista de chamada, na qual o nome dele deveria estar, que me pegou mais, me fez pensar no espaço no meu mundo que o meu melhor amigo deveria estar ocupando.

No fim da semana encontrei Rav esperando por mim na entrada principal. Nós éramos amigos — nós três.

— A semana foi difícil — disse ele.

Assenti.

— Quer encher a cara comigo e uns outros caras?

Eu fui e fiquei muito, muito bêbado. Tão bêbado que chegou um ponto em que eu não sabia quem era. Tão bêbado que esqueci quem eram meus amigos e acabei no meio de um bando de caras que se reuniam tarde da noite em um supermercado perto da minha casa — uns caras de quem Chis e eu sempre tivemos um pouco de medo.

Chris. Não importava quanto eu bebia, não conseguia me esquecer do Chris.

Pelo menos, não até eu desmaiar.

Na manhã seguinte, acordei no sofá da sala de Rav, com meu anfitrião me dizendo que eu estava proibido de vomitar, senão a mãe dele acabaria descobrindo o que tínhamos aprontado — não que eu conseguisse me lembrar de alguma coisa. Com toda a dor que eu estava sentindo, percebi que doze horas tinham se passado como se fossem doze minutos. Naquela noite, nem precisei de convite; fui direto para o supermercado com dinheiro suficiente para dar para o cara mais velho — um sujeito chamado Smiffy, grande como Mark Grey — comprar uma garrafa de tequila e bebi tudo.

Mas não pude fazer o mesmo no dia seguinte, nem no domingo.

A semana passou. Acorda. Lembra. Vai para a escola. Lembra. Volta para casa. Lembra. Vai dormir. E tudo de novo...

Dei um jeito de evitar Penny na escola. Não fazíamos muitas matérias juntos, e eu entrava atrasado e saía mais cedo nas que tínhamos em comum. Nos intervalos eu me escondia na biblioteca, pegava um livro qualquer e lia pelo tempo que fosse preciso para me distrair. Quando o sinal tocava, eu colocava o livro de volta na estante. Mas na quinta à noite ela ligou na minha casa.

— Ty. Precisamos conversar.

Falei que iria à casa dela. O supermercado ficava no meio do caminho entre a minha casa e a da Penny — eram sete horas e eu não me surpreendi quando encontrei Smiffy lá com mais dois caras. Dei para ele uma nota de vinte que eu tinha pegado da carteira do meu pai e pedi para ele comprar uma vodca e uma cerveja. Se ficasse bêbado o bastante antes de ir para a casa da Penny, ela não ia querer falar comigo. Eu não tinha muito tempo, por isso precisei beber rápido e tomei as duas bebidas juntas. Concentrado nos meus próprios problemas, nem notei que Smiffy estava a fim de encrenca quando outro grupo de garotos apareceu no supermercado.

Rolou uma briga perto da porta. Só fui perceber quando um cara que estava perto de mim me puxou e disse que Smiffy estava precisando de uma mão. Não que eu soubesse o que fazer com as minhas mãos; meu cérebro estava muito confuso de tanta bebida, e quando vi estava trombando nas costas de um cara que se virou e me deu um soco na testa.

O mundo ficou mais nítido, e estava vermelho de lembranças.

Minha culpa e minha tristeza extravasaram em forma de violência e eu entrei na briga, segurando uma camiseta para desferir um soco tão forte que ouvi o barulho dos meus ossos quebrando, e saí derrubando um cara atrás do outro. Tudo veio à tona, todo o ódio que eu estava sentindo de mim mesmo... Eu queria *sentir dor*, seguia atacando sem pensar, incapaz de sentir os socos brutais que recebia em resposta. Quanto mais eu batia, menos eu parecia sentir, e isso me deixava desanimado, desesperado para encontrar um jeito de sentir a dor que eu merecia.

Cego de tristeza, acabei atacando um dos nossos.

— O que...? — Smiffy ergueu o nariz, com um braço para cima para se proteger do meu próximo soco, mas não escapou do chute que eu disparei. Ele se curvou, agarrando-se a mim enquanto caía. Eu estava descontrolado, disparando socos, chutes e cabeçadas, acertando tudo o que entrava no meu caminho enquanto todos vinham para cima de mim para tentar me deter, me acalmar. Alguém disse que eu estava sangrando, mas nem liguei e ouvi alguém gritar (podia ser eu, ou o cara que eu tinha acabado de acertar nas partes baixas):

— Para com isso!

Era a voz de uma garota, e os corpos que me cercavam começaram a recuar para a pessoa que tinha gritado poder chegar perto.

— Ty! — Sangue encobria um dos meus olhos, e eu não estava conseguindo enxergar direito com o outro. Mas eu reconheceria Penny em qualquer lugar. Ela tinha cansado de esperar e, quando não atendi o celular, veio atrás de mim.

Quando abri a boca para falar alguma coisa, cuspi sangue e um pedaço de dente.

Penny telefonou para os meus pais, que me levaram para o hospital. Eu tive uma concussão. Estava muito ferido. Um dos meus dentes lascou e tive de levar pontos em um talho que se estendia por todo o meu antebraço esquerdo e em um corte no queixo em que dava para ver o osso. Apesar de o meu nariz por algum milagre continuar intacto, quebrei o dedinho do pé e fraturei alguns dedos das mãos.

Ninguém estava muito satisfeito com a imensa quantidade de álcool que eu tinha ingerido, mas a lavagem estomacal ficou só na ameaça.

O tempo todo minha mãe permaneceu calma, prestando atenção nas doses de analgésico, anotando quantas vezes ela teria de me acordar, pois, caso ocorresse algum sinal de choque ou quaisquer outros sintomas, seria preciso correr para o pronto-socorro. Meu pai chorou no carro no caminho de volta. Ele tentou disfarçar, mas vi seus ombros chacoalhando e notei quando minha mãe tirou a mão do câmbio e tocou no joelho dele.

Senti muita dor no dia seguinte. E vergonha. Meus pais sentaram comigo, conversaram comigo, disseram que me amavam e que eu não podia me punir daquela maneira.

— Por que não? — sussurrei. — Eu mereço.

Minha mãe levantou meu rosto pelo queixo, me forçando a olhar para ela.

— Mas nós não merecemos. — Ela me deu um beijo na testa, e estava de mãos dadas com meu pai. Eu me apoiei nela, e meu pai nos abraçou tão forte que fiquei com medo de estourar um ponto.

HANNAH

A mão que não está tocando em Aaron pousou sobre a minha barriga. Pensei na criança que eu ainda não conheço e acho que talvez eu tenha mais em comum com os pais do Aaron do que com ele.

AARON

Penny estava esperando por mim na biblioteca, na segunda-feira. Ela notou o estrago enquanto eu me sentava — uma mancha amarelada ao redor do meu olho, o pedaço de barba por fazer em volta dos pontos no queixo, os dedos enfaixados.

— Eu também sinto falta dele, sabia? — ela disse, traçando o desenho da mesa com uma unha pintada de azul-marinho.

— Eu sei. Eu...

— Não *ouse* dizer que sente muito, Ty. Não ouse.

— Eu não ia. — Como um pedido de *desculpas* seria capaz de atenuar um pouco que fosse da minha culpa?

Ela me olhou de canto de olho e sorriu.

— Claro que não.

Falei o que eu deveria ter dito logo de cara.

— Eu ia dizer que estou aqui se você precisar.

Penny balançou a cabeça, como se estivesse tentando se livrar das lágrimas que caíam. Eu queria dizer para ela que foi má ideia ela ter me procurado. Que eu não era a pessoa de quem ela achava que precisava. Só que não pude fazer isso com ela. Nem comigo. Eu já tinha perdido um dos meus melhores amigos. Não podia perder a outra.

Isso foi duas semanas depois da morte do Chris — oito mais para sobreviver até o dia do inquérito. Mais oito semanas escondendo a verdade da Penny. Não sei o que pensei que poderia acontecer depois disso — nem sei se estava pensando nisso —, mas, quando chegou o dia de me apresentar no tribunal, menti para Penny mais uma vez, dizendo que tinha uma consulta médica, e fui acompanhado dos meus pais encarar quaisquer que fossem as conclusões a que chegassem.

O propósito do inquérito era repassar os depoimentos e confirmar as circunstâncias que resultaram na morte do Chris, interrogando as testemunhas — eu e a mulher que estava dirigindo o carro — sobre pontos que ainda não tinham ficado claros. Cada palavra que saía da minha boca parecia reafirmar minha culpa, e falar sobre os detalhes da briga foi muito fácil, pois eu me lembrava de cada segundo. E esperava alguma mudança, que eu finalmente fosse exposto pelo que era, finalmente fosse responsabilizado.

O veredito foi morte acidental.

Morte acidental. Essas duas palavras passam pela minha cabeça de vez em quando, como se fossem o trecho de uma música ou de um poema, brotando do nada para me lembrar que coisa nenhuma multiplica mais a culpa do que a absolvição. Como se eu já tivesse chegado perto de esquecer.

Deixei a sala com meus pais e vi o pai do Chris esperando, perto da porta, a esposa sair do banheiro, o rosto dela inchado e vermelho pelas lágrimas que eu causei. Eu queria dizer a ela que sentia muito — não apenas pelo que eu tinha feito, mas porque eu não ia ser punido por isso —, mas ela foi mais rápida.

— Você o matou! — Uma sentença que começou com um silvo e terminou com um grito. De canto de olho, vi algumas pessoas olhando para nós. — Meu filho está *morto* por sua causa...

— Eu... — Mas ela soluçava com as mãos no rosto, e eu vi as lágrimas escapando entre seus dedos enquanto o pai do Chris pousava um braço ao redor dela e a abraçava. Eu esperava que ele também estivesse bravo comigo, já que o temperamento do sr. Lam era lendário, mas, quando ele olhou para mim, seus olhos não ardiam de fúria: eles estavam tristes, opacos com a perda.

— Vá embora, Ty — ele disse, puxando a esposa para mais perto enquanto eu sentia a mão da minha mãe no meu braço. — Você já causou estrago suficiente.

O dia seguinte foi pior.

Quando cheguei à escola, vi que um dos caras que sentavam comigo na aula de tecnologia da informação e comunicação estava me esperando na entrada. Quando cheguei perto, ele me entregou um jornal enrolado.

— Achei que você devia saber — falou e entrou.

Desenrolei o jornal e vi uma foto do Chris na primeira página.

Uma repórter do jornal local tinha assistido ao inquérito e emprestado um ouvido amigo aos pais do Chris. Chris era o quarto "jovem" a morrer nas ruas da região em poucos meses, e o jornal estava encabeçando uma campanha pela redução da velocidade nas áreas residenciais. Naquela manhã, o jornal tinha sido entregue em todas as casas num raio de quinze quilômetros ao redor da nossa escola.

Minhas mãos começaram a tremer enquanto eu lia o artigo, repleto de citações dos ressentidos pais do meu amigo. A reportagem relatava que o filho deles estava brigando com um amigo na beirada da rua, "uma típica briga de adolescentes", que acabou em tragédia quando Chris caiu na frente de um carro. Seguia dizendo que, apesar de a motorista não estar correndo, o modo como Chris caiu... Não consegui terminar de ler. Eu estava tremendo muito.

Fiquei com medo de entrar. Ninguém da escola precisava ver o meu nome impresso para saber com quem Chris estava brigando. Minha mão pareceu estranha sobre a maçaneta da porta enquanto eu criava coragem para abri-la. O mundo parecia inclinado, surreal, enquanto eu seguia pelo corredor. Eu sentia as pessoas olhando para mim, mas não ousava olhar para elas.

Penny estava me esperando perto dos armários. Suas amigas estavam por perto, mantidas afastadas pelo campo de força da fúria que a cercava. Assim que me aproximei, ela disparou. A bofetada ardeu na minha pele. Vi quando ela se preparou para outra, mas então ela hesitou, os dedos foram se dobrando, como se fossem pétalas de uma flor murchando, até sua mão cair largada sobre o meu peito, enquanto lágrimas escorriam de seus olhos fechados.

Tentei abraçá-la, mas ela me empurrou.

Até parece que ela vai correr para os seus braços...

— Penny, eu...

— Não ouse dizer que sente muito, Ty.

Eu não sabia o que mais dizer.

— Está escrito que vocês estavam brigando. Por que vocês estavam brigando? O que podia ser tão importante a ponto de você empurrar o Chris na frente de um carro em movimento?

— Eu não... — fechei os olhos, vi minha mão soltando a jaqueta dele, seu pé no meio-fio — empurrei ele. — A última parte não passou de um sussurro.

— Por que vocês estavam brigando?

Balancei a cabeça. Eu preferia dizer que o tinha empurrado a contar para Penny que o cara que ela amava, aquele por quem ela estava sofrendo tanto, tinha transado com outra.

— Me conta!

— Não era nada importante.

— *Como você pode dizer isso?* — Penny gritou na minha cara, socando meu peito. Tentei colocar os braços ao redor dela, mas ela me empurrou e saiu correndo. Tentei ir atrás dela, mas uma mão me segurou, com um aviso:

— Deixa ela, cara.

Eu não queria ouvir isso e me virei com raiva, com o punho cerrado e para o alto, lembrando como era a sensação de brigar. Buscando algo para me afastar do que estava acontecendo...

Dei um soco tão forte em Rav que quebrei o maxilar dele. E a minha mão.

HANNAH

— O que aconteceu depois disso? — pergunto.

— Fui suspenso. Meus pais decidiram que eu precisava recomeçar e me mandaram passar o verão na Austrália, enquanto procuravam uma casa nova. — Ele olha para o outro lado do quarto, e sua fisionomia é suave, como se estivesse pensando em como é grato por eles terem feito isso.

Mas não foi isso que eu perguntei.

— Quero dizer com a Penny.

Aaron balança a cabeça, uma vez para cada lado, e a sua cara de perdido me mata.

— Isso foi tudo, a nossa amizade acabou. Ela nunca mais falou comigo, e eu facilitei as coisas para ela. Desapareci da minha própria vida, e quando resolvemos mudar excluí minha conta no Facebook, troquei meu endereço de e-mail e mudei o número do meu celular.

Eu jamais seria capaz de fazer isso, apagar toda a minha vida de uma só vez.

— Então você nunca contou para ela por que você e o Chris estavam brigando?

— Nunca contei para ninguém a verdade sobre isso. — Aaron olha para mim e toma um gole da Diet Coke.

— Nem mesmo… — Não digo o nome do Neville, mas vejo Aaron fechar os olhos, e um "não" suave escapa de seus lábios.

Fico olhando demoradamente para sua boca mesmo depois que seus lábios param de se mover.

AARON

Neville pode ter partido, mas Hannah ainda está aqui, apesar de tudo o que fiz para afastá-la. Agora, quando olho para ela, finalmente vejo alguém em quem confio. Alguém que eu amo.

HANNAH

Nossos rostos estão tão próximos que tudo o que vejo são seus olhos, e enxergo algo neles. Algo promissor.

Lentamente, aproximo minha boca da sua até nossos lábios se tocarem, até que tudo o que há entre nós é um beijo.

AARON

Ergo a mão para tocar os cabelos dela…

Alguém tosse na entrada do quarto e nós nos afastamos, culpados.

— Aaron? — diz a mãe da Hannah. — Seus pais estão no telefone.

QUINTA-FEIRA, 15 DE ABRIL
FERIADO DE PÁSCOA

AARON

Meus pais estão — compreensivelmente — muito bravos. Minha mãe em particular. Ontem ela se culpou por ter me colocado em uma posição vulnerável. *Claro* que eu ia me apegar ao Neville, ela devia ter *imaginado* que isso aconteceria. Como ela pôde ser *tão burra*? Demorei um tempão para explicar que a atitude dela fez toda a diferença. Sem Cedarfields, sem Neville, eu nunca teria conseguido chegar até aqui. O motivo pelo qual fiquei tão chateado por perdê-lo é que ele estava lá quando eu mais precisei dele. Não sei se ela entendeu, mas já era tarde e estávamos todos cansados.

Hoje a questão é outra. Hoje ela está brava comigo.

— Não sei o que vou fazer com você. — Permaneço calado. — No ano passado, nesta mesma época, eu não tinha nenhum fio de cabelo branco. Isso é impressionante para uma mulher da minha idade, mas agora... — Ela se inclina para a frente e passa um dedo pelo couro cabeludo, juntando alguns fios brancos como se fosse um astrônomo agrupando uma constelação. — Olha. Estou quase tão grisalha quanto a sua avó.

Meu pai e eu erguemos as sobrancelhas um para o outro.

— Não pensem que eu não vi isso — diz minha mãe, sentando novamente. — Aaron, você precisa parar de fazer isso conosco. Estou falando sério.

— Fazer o quê? — Mas eu sei.

— Nos assustar. — Seus olhos cintilam com lágrimas não derramadas. — Você não sabe como é ser mãe e pai...

Lembro daquela noite no carro com Robert.

— ... no ano passado, nesta mesma época, pensamos que fôssemos te perder, do mesmo modo que os pais do Chris perderam o filho deles. — Dói ouvir isso, mas eu me esforço para escutar. — É um *desperdício*...

Uma pausa se segue quando ela tenta conter as lágrimas. Meu pai pousa a mão em meu ombro e espera até que ela possa continuar. Mas ela ainda não consegue falar, apenas prende a respiração e tenta não chorar.

— Aaron — diz meu pai. — Quando você vai começar a confiar em nós?

Como posso dizer que sempre confiei neles, quando tudo o que faço é mentir sobre as coisas que acontecem na minha vida? Está na hora de contar tudo para eles.

Incluindo o segredo da Hannah — e como me sinto a respeito disso.

QUARTA-FEIRA, 21 DE ABRIL

AARON

Dou um tchau para meu pai quando ele segue para a sala dos professores depois de termos pegado um trânsito pesado no caminho de casa para a escola, conversando em alemão (na maior parte do tempo). Ele parece feliz com a minha pronúncia e parou de reclamar da falta de aptidão para aprender idiomas que rola na nossa família, o que significa que todos aqueles downloads no meu iPod se pagaram. *Gott sei Dank*.

Estou seguindo pelo corredor durante aquele período de calmaria que antecede a hora de assinar a lista de presença, quando todos estão em suas respectivas classes, sentados em suas carteiras, matando tempo até o professor chegar. Subo a escada e viro no corredor; nossa classe é a que fica mais distante da sala dos professores, e posso ouvir o volume alto de vozes deste extremo do corredor. Os cartazes pregados nos murais flutuam com o vento quando eu passo, mas nem olho. Parei de ler o quadro de avisos antes do fim da primeira semana — ninguém lê.

Meu sapato assobia irritantemente mais alguns passos, e eu me detenho para dar uma mexidinha até parar.

Quando chego perto da porta, o barulho do outro lado é ensurdecedor. Nunca foi tão alto assim. Tiro o celular do bolso para ver se está no silencioso — está. Tem algumas ligações perdidas da Hannah; ela deve ter ligado para me pedir para comprar sorvete. E tem uma mensagem do Gideon, mas, uma vez que estou prestes a me encontrar com ele, não me dou o trabalho de abrir.

Viro na direção da porta, abaixo a maçaneta e entro na sala de aula.

HANNAH

Gideon vira na direção da porta e me dá um beliscão.

Giro no lugar e vejo Aaron.

Meu Deus, *por favor*... Não sei o que fazer.

Ele sorri, mas no instante em que vê minha cara percebe que tem alguma coisa errada — alguma coisa *muito* errada —, e o sorriso desaparece quando ele vê meu olhar de desespero. Dou uma olhada para a direita e o observo seguir minha dica.

Todos nós somos tomados por uma agitação súbita enquanto o observamos lendo. Ao meu lado, Gideon está tremendo de raiva e Anj me segura pelo braço, para me impedir de ir até a carteira da vadia que fez isso.

AARON

Deve ter sido necessário um bocado de persistência para tudo isso.

Na parte superior da lousa eletrônica, foi colocada a manchete do jornal local — "QUARTO JOVEM A MORRER EM NOSSAS RUAS" —, e embaixo tem o trecho de uma conversa via Facebook. Uma das participantes é Mandy, uma garota que sentava comigo e o Chris na aula de ciências. Ela vivia nos provocando, dizendo que tínhamos uma amizade colorida quando tentava nos impedir de copiar os resultados de suas experiências — alguém que eu chamava de amiga. A outra é uma tal de Katiecakes, cujo avatar é a foto de um par de peitos — não é difícil adivinhar de quem são. Tento imaginar com quantos amigos meus da outra escola ela tentou até alguém responder. Penso se ela tentou falar com Penny.

A captura da tela exibe um trecho da conversa delas:

O Aaron estava lá qdo o amigo dele morreu?

Sim. Foi dureza para ele. Ele perdeu o rumo, começou a beber, brigar. Deu até um soco em alguém no corredor. Quebrou o queixo do cara.

ESTAMOS FALANDO DO MESMO AARON TYLER?! ;) Foi por isso q ele foi embora?

Ele foi embora depois que saiu a reportagem.

?

Todo mundo achava que tinha sido um acidente, mas a reportagem disse que o Ty e o Chris estavam brigando. Foi por isso que o Chris caiu na rua.

Como????!!!!

É. Foi chocante. A Penny ficou mal.

Quem é Penny?

Era a namorada do Chris. Ela e o Ty sempre foram muito chegados, e depois do acidente ele só andava com ela. Mas eles tiveram uma briga na escola quando ela leu o jornal, e depois disso ela parou de falar com ele. Se ele entrava em um lugar ela saía, coisas assim.

Então eles eram meio que um casal? Cara, isso é HORRÍVEL! Ele empurrou o amigo na frente de um carro e começou a pegar a namorada do cara!

Como Katie não está interessada na verdade, porque o que ela quer é me expor da pior maneira possível, é neste ponto que ela recorta a tela. Prefiro imaginar que Mandy me defendeu, mas quem sabe? Talvez seja isso que todo mundo do Bart's pense. E então vejo uma cópia da reportagem inteira no nosso mural. Lembro dos quadros de aviso lotados pelos quais passei quando vinha para cá. Aposto que Katie espalhou cópias da reportagem por toda a escola. Na verdade, ficarei desapontado se ela não tiver feito isso.

Termino de entrar, sento na minha carteira e olho para Hannah. Ela olha fixamente para mim, como quem olha para um cachorrinho no corredor da morte. Anj parece bem triste também, e Gideon está praticamente soltando fumaça pelas orelhas, mas é Katie que eu encaro.

Sua fisionomia é totalmente indiferente. Ela está observando, esperando, vendo até onde conseguiu me atingir.

A porta se abre e a professora de inglês entra.

HANNAH

A professora de inglês não entende direito o que está vendo. Ela pede para Aaron explicar, uma vez que o nome dele é o único que ela identifica.

Trinta e cinco pares de olhos se viram para ver como ele vai reagir. Trinta e cinco pares de orelhas se aguçam para ouvir o que ele vai dizer. Somente um coração (o meu) ameaça se partir se ele se der mal.

— A classe acabou de descobrir o motivo pelo qual eu mudei de escola.

Ela parece confusa. Será que ela sabe? O pai do Aaron deve ter dito algo para os professores... Nós a vemos olhando nervosa para a lousa, arregalando os olhos quando toma conhecimento de tudo pela primeira vez.

— Alguém pode me dizer quem colocou isso aí?

AARON

A professora de inglês não está olhando para ninguém em particular — tem mais de uma Katie na nossa classe, e até parece que a professora vai descobrir qual delas é só de olhar para a foto minúscula de um decote.

Katie está olhando para Hannah e para mim como se estivesse nos desafiando a dizer algo, mas, quando Hannah abre a boca, alguém diz:

— Sim.

Por um momento, ninguém sabe quem foi, mas reconheço a voz logo de cara e estou olhando para Rex quando ele se levanta da carteira onde estava apoiado.

— Foi a Katie Coleman. Eu a vi mexendo no projetor quando entrei.

Katie fica apavorada. A cor desaparece do seu rosto.

— Isso é verdade? — A professora olha para Katie esperando uma resposta, mas é a pessoa que está atrás dela quem fala.

— É verdade. Ela pediu meu laptop emprestado. Eu não sabia que ela ia usar para fazer isso. — Marcy nem olha para Katie enquanto fala.

HANNAH

Observo Marcy virar as costas para Katie, do jeito que eu sabia que faria. Katie era namorada do melhor amigo do seu namorado. Agora ela não vale mais nada para Marcy — agora ela virou o alvo preferido de humilhação da Marcy.

Katie apostou todas as suas fichas nisso — e perdeu.

Bem feito.

AARON

Devo uma explicação para Anj e Gideon. É muito difícil contar para eles, explicar o que aconteceu quando Neville morreu — como a Hannah me salvou. Contar para eles o que contei para ela, ligando os pontos da pequena apresentação de PowerPoint da Katie. Anj fica chateada, mas escuta e, quando termino, me dá um abraço tão forte quanto o do Gideon. Eles dizem que entendem como deve ter sido difícil e que estão aqui para me apoiar, que são meus amigos.

Neville, Hannah, Gideon, Anj... Não acredito que eu os mereça, mas mesmo assim sou grato. Tão grato que dói.

DOMINGO, 2 DE MAIO

HANNAH

Meu curso pré-natal caiu bem no fim de semana que eu deveria passar no quintal de casa, tentando enfiar mais algumas informações na minha cabeça antes do início das provas. Agora tenho mais uma coisa para estudar. Viva!

Ontem passei quatro horas sentada ouvindo perguntas sobre os preparativos para a chegada do bebê que todas nós já deveríamos saber a esta altura, mas a enfermeira que está dando o curso achou que precisávamos repassar. Ela não estava errada — metade das participantes me faz sentir organizada. Só posso concluir que o cérebro delas, mais velho, é mais afetado por todos os hormônios da gravidez. E elas tinham *tantas perguntas*. Meu Deus, será que achavam que tínhamos o dia inteiro só para isso? Será que elas não sabem que, em uma aula de revisão, quanto mais rápido você deixa o professor explicar a matéria, mais cedo ele termina? Será que elas não têm nada melhor para fazer no fim de semana do que ficar sentadas em uma sala cheia de janelas, derretendo de calor, enquanto a enfermeira responde a mais uma pergunta sobre o primeiro estágio do trabalho de parto? O PRIMEIRO ESTÁGIO. Não chegamos nem no segundo — o mais importante — antes do final do aula.

Vamos falar sobre isso hoje. O parto em si.

Eca.

Eu me inclino para a frente, pego uma xícara de chá e três biscoitos. Preciso de energia. Às cinco da manhã, o alarme da minha bexiga é muito mais eficiente que qualquer despertador já inventado pelo homem, e, se você me colocar sentada em algum lugar quente, as chances de eu dormir são de noventa por cento — tirei um cochilo de cinco minutos no táxi, vindo para cá.

Não quero estar aqui. Minha mãe veio comigo ontem, mas a Lola ficou doente hoje e o Robert viajou a trabalho. Não pude pedir para minha mãe vir comigo — não depois de ter ouvido o barulho de ânsia ecoando do banheiro. Coitadinha da Lolly. Liguei para a vovó, mas ela não pode ir saindo assim, de uma hora para outra.

Portanto estou sozinha. Mãe solteira, grávida, quinze anos. Todas as outras já têm idade para isso, emprego com direito a licença-maternidade e maridos que entendem mais sobre anestésicos do que o anestesista encarregado. Não consigo deixar de sentir certo ressentimento com relação a elas — ei, só tenho quinze anos, tenho direito de estar revoltada com a vida, certo? Não é isso que as pessoas com o dobro da minha idade pensam que eu sinto? Não é assim que elas se sentiam quando tinham a mesma idade? Só que eu não sou elas, e estou brava porque queria o que elas têm, e não entendo por que não posso ter. Por que o Jay não deixa de ser babaca? Por que ele não pode ser o garoto que eu amei por toda a minha vida? Por que ele não pode ser homem e encarar a situação? Não quero que ele se case comigo. Tudo o que eu quero é que ele assuma, para que eu possa parar de mentir para todo mundo.

Ranjo os dentes para me distrair dos pensamentos que tumultuam minha cabeça. A mulher ao meu lado deve ter ouvido — ela está me olhando de um jeito esquisito.

— Seu nome é Hannah, não é? — pergunta a enfermeira, e eu concordo. — Seu acompanhante está chegando?

Acompanhante? Não.

— Minha mãe não pôde vir hoje. A minha irmã está doente. — Roo a unha e a encaro, desafiando-a a dizer mais alguma coisa. Tenho certeza de que ela deve estar imaginando que a minha mãe é solteira, e veja só no que deu... — Meu pai está viajando a trabalho.

Não acredito que falei isso. Acabei de chamar Robert de pai. A onda de amor que sinto por ele me envolve. Eu amo o Robert. Muito. Reclamo dele o tempo todo. Tenho ciúme do modo como ele fica se exibindo por causa do Jay e das coisas que a Lola faz na escola... Mas estou começando a perceber como ele me ama também: quando ele me deu dinheiro para comprar roupas novas; como ele nunca disse uma palavra sequer sobre eu ter de me sustentar sozinha ou sair de casa; aquela vez em que ele me acompanhou na consulta de pré-natal, quando eu esqueci de avisar minha mãe; quando ele voltou do Drunken Duchess comigo e o Aaron coberto de vômito. Lembro da conta fechada no meu coração que costumava pertencer ao meu pai e noto que, sem perceber, acabei transferindo todo o crédito para Robert — e um pouco mais.

A enfermeira bate palmas e o burburinho das futuras mães se aquieta. Eu me remexo na cadeira e sai um barulho de pum. Lindo. Até a cadeira está contra mim. Enfio um pedaço de biscoito na boca e olho feio para qualquer um que ouse estabelecer contato visual.

Dez minutos depois, já estou morrendo de vontade de ir embora. Até agora ouvi tantos homens fazendo perguntas sobre certas partes do corpo de uma mulher que até mesmo eu — que sou dona das tais partes — estou com vergonha. Como esses casais vão conseguir fazer sexo novamente? Não que sexo seja a primeira coisa que passa pela minha cabeça quando vejo a enfermeira puxando uma boneca de plástico de dentro de uma assustadora vagina de borracha em tamanho natural.

Um dos homens pergunta se o tamanho da boneca está em escala.

Não pode ser. Os bebês não são tão grandes assim, exceto em seriados de hospital, onde eles não têm bebês recém-nascidos para usar nas cenas de parto.

Ouço ao longe os suspiros de alívio das mulheres quando ela diz que não.

— A cabeça desta boneca é proporcionalmente menor que a de um bebê.

Merda.

Em meio ao maior silêncio, alguém bate à porta. A enfermeira ergue os olhos, feliz por ter algo para distrair as quinze mulheres louquinhas para arranhar a sua cara. Nem me dou o trabalho de me virar, pois seria muito esforço — apenas a vejo franzindo a testa e dizendo o nome do curso, como se imaginasse que a pessoa estivesse perdida.

— Quem você está procurando, querido?

— Tudo bem, já encontrei, obrigado. — Reconheço a voz, mas, antes que eu consiga me virar, Aaron está sentado na cadeira ao lado, me dando um abraço. — Sua mãe me mandou uma mensagem.

Esse garoto. É o melhor. Pai falso. De bebê. Do mundo.

Fato.

AARON

Tem algumas coisas que é melhor não repetir. Acho que ouvi a maioria delas naquele curso de pré-natal.

SÁBADO, 8 DE MAIO

HANNAH

Ele liga às 23h17 de um sábado. Eu não devia ter atendido.
— Jay?
— Você contou para a Katie?
Não entendo o que ele está dizendo, e meu cérebro está muito lento para formar as perguntas certas.
— Você contou para ela? — ele praticamente grita, e eu não gosto disso.
— Claro que não! Por acaso você sabe *alguma coisa* que aconteceu na minha vida ao longo dos últimos seis meses? Estamos brigadas. E para de gritar — adiciono, num reflexo retardado.
— Bom, ela me enviou uma mensagem dizendo que sabe que eu sou o pai.
A manobra é a cara de Katie Coleman. Dando seguimento ao plano de detonar com o Aaron, ela voltou à identidade do pai. Ela sabe que não é o Aaron nem o Tyrone... e de alguma maneira finalmente acabou chegando no Jay. Ainda bem que não começou por ele. Eu gostaria que ela me deixasse em paz, mas Katie não é disso — quando começa, ela vai até o fim, e ainda não terminou comigo.
— A Katie não sabe de nada — digo, apesar de ter uma duvidazinha lá no fundo. Afinal... ela está certa. Talvez ela só esteja tentando arrancar uma reação dele para ter *certeza*... — Você não respondeu, né?
— Não. Por que você acha que eu estou ligando?
Essa pergunta é tão decepcionante. Por que mais ele me ligaria? Ele só tem enviado e-mails desde a última vez que nos vimos, no feriado de Páscoa.
— Diga que ela está louca ou algo assim. Ninguém mais sabe.
— O Aaron sabe.
Fecho os olhos. Jay sabe ser difícil. Mas, quando me lembro do seu rosto, ainda sinto desejo por ele. Odeio meus hormônios idiotas — ago-

ra não é hora de ficar excitada. Além do mais, por que estou lhe dando conselhos sobre como esconder a verdade quando o que mais quero é que ele a enfrente? Sou uma tonta mesmo.

— Não estou nem aí para o que você vai dizer, Jay. Tchau.

— Espera. — E, como uma marionete, eu espero. Não deveria. Eu deveria desligar agora mesmo. — Hannah?

— Sim? — Tento me mostrar indiferente, mas ele sabe que marcou um ponto.

— Ela não sabe mesmo?

— Não. A menos que você tenha contado.

— Ótimo. O aniversário do meu pai está chegando, e eu acho que ele não precisa ficar sabendo assim...

— Como se um dia ele fosse ficar sabendo, não é mesmo? — digo com raiva e desligo antes de ouvi-lo dizer para eu não fazer isso.

Jay liga novamente em seguida, mas eu não atendo. Ele envia uma mensagem:

> Vc não vai fazer nenhuma bobagem agora, vai?

Respondo:

> Fiz uma grande bobagem há muito tempo. QUALQUER merda vai ser muito mais sensata que isso.

Ele envia outra mensagem:

> Não conte para eles agora, Han. Agora não.

> Quando?

Mas essa ele não responde.
Nem eu.

TERÇA-FEIRA, 18 DE MAIO

AARON

Tem algo no ar enquanto estamos todos juntos, esperando em frente à sala. Ninguém está de uniforme, e é interessante olhar para algumas pessoas que eu nunca vi no parque ou em uma festa. Tem um cara que não faz nenhuma matéria comigo, mas que eu já vi por aí e sempre achei que fosse legal — o tipo de pessoa de quem, em outra vida, eu acabaria virando amigo. A julgar pela camiseta desbotada do Joy Division, chego à conclusão de que eu estava certo.

Katie veste algo supostamente da Juicy Couture — só que "Couture" está escrito com dois "Os". Sinto um pouco de pena dela. Ela não é mais a pessoa que queria ser, e, não importa o que vista ou com quem transe, isso não vai mudar.

— Está olhando o quê? — pergunta Katie, malcriada, e toda a minha pena desaparece. Ouvi dizer que ela tentou contar para Nicole que o irmão postiço da Hannah é o pai do bebê. Nicole disse que ela era ridícula. Uau, como a megera caiu. Não importa que ela esteja dizendo a verdade.

Todos se viram para a porta da frente, que bate contra a parede quando alguém a empurra com muita força. É a Hannah.

A palavra "radiante" me vem à mente. Ela se enquadra no clichê de mulher grávida por um motivo — Hannah está brilhando. Sua pele está mais lisa que a da Marcy, e os cabelos castanhos estão tão perfeitos que parecem de modelo. Todos estão acostumados a vê-la com uma camisa da escola largona que a deixa peituda e gorda, mas hoje ela está usando uma de suas roupas favoritas — um vestido cáqui colado que mostra suas curvas. As sandálias de borracha exibem suas unhas bem pintadas (cortesia da Anj), e a curva das panturrilhas alvas conduz até a barra da legging curta.

Observo os outros à medida que ela se aproxima, o modo como reavaliam a garota colocada de escanteio desde janeiro. Fletch ergue as sobrancelhas e até mesmo Joy Division ergue as suas, considerando por um momento antes de lembrar quem é a garota grávida.

— Estou cagando de medo.

O encanto é quebrado. Essa não é uma deusa da fertilidade. É Hannah Sheppard. Só que a Hannah diante de mim não é a mesma que conheci em setembro — aquela estaria atenta aos olhares em sua direção, teria rebolado um pouco e estabelecido contato visual com no mínimo três garotos antes de chegar até mim.

Meu pai abre a porta da sala e nos convida a entrar. Há um intervalo para tomar fôlego, afiar o cérebro, e então o nervosismo é personificado pelo ruído dos estojos e lápis enquanto caminhamos rumo às provas finais. Quando passamos pelo meu pai, ele dá uma piscada para mim e uma para Hannah, que responde com um sorriso nervoso.

No caminho das nossas carteiras, dou um jeito de pegar na mão dela.

— Boa sorte — digo.

— Vou precisar! — responde Hannah, afobada. — Preciso desejar boa sorte para você também, ou posso ficar com toda ela para mim?

— Pode ficar. — Aperto sua mão mais uma vez, e meus dedos escorregam por sua palma enquanto nos afastamos.

SÁBADO, 22 DE MAIO

HANNAH

Primeira semana:

- Inglês
- Biologia
- Francês x 2 (leitura e escrita)

Estou achando isso mais difícil do que eu tinha imaginado. Não as provas — que estão tão difíceis quanto eu imaginei que estariam —, mas o fato de estar grávida ao mesmo tempo. Pensei que tudo aquilo que minha mãe disse em janeiro sobre adiar as provas fosse a esperança de me dar mais tempo para me preparar melhor, e que o "Você vai estar se sentindo muito desconfortável... não vai estar conseguindo dormir direito... os pés estarão inchados...", não passasse de desculpas.
Eu estava errada.
Toda as noites, acordo umas três vezes para ir ao banheiro. *Três* vezes! Eu não me importaria de fazer xixi a noite toda se voltasse para a cama e conseguisse dormir logo em seguida — só que, depois do segundo xixi, costumo ficar acordada um tempão. Não consigo desligar. Quando meu cérebro não está remoendo todas as coisas que eu não sei e que vão cair na próxima prova, está pensando em Jay.
É a bomba-relógio de um problema que partes distintas do meu cérebro não param de repassar cada vez mais rápido e mais rápido e mais rápido, até eu ficar zonza de preocupação. Então penso em algo como: *Estresse não é bom para o bebê* e entro em outro mundo de preocupações. Fico petrificada com o que vem em seguida. Dentro de um mês estarei dando à luz, e tudo o que aprendi no curso pré-natal foi que dar à luz é a coisa mais dolorosa e assustadora do mundo e que eu posso morrer disso. (Isso e a importância de fazer exercícios pélvicos.) Mas

esse não é o ponto, pois não é do parto que estou com medo — e sim do que acontece depois.

Eu, Hannah Sheppard, serei responsável por outro ser humano. Não um ser que eu carrego convenientemente dentro da minha barriga, mas um que pode se contorcer e gritar e ser derrubado (tenho *tanto* medo disso), e que vai querer se alimentar o tempo *todo* — e alimentar significa amamentar, porque dar mamadeira parece muito complicado, e dizem que a amamentação ajuda a gente a perder peso, mas a ideia me assusta, porque não é para isso que imagino que meus seios foram feitos, só que foi para isso e...

É nesse estágio que costumo pegar no sono. Acho que dá um curto-circuito no meu cérebro e eu apago.

Então acordo para o terceiro xixi e retomo de onde parei.

Quase dormi durante minha primeira prova de francês, na terça-feira. Sabe quando a gente está lendo alguma coisa e simplesmente não registra nada? Aí recomeça e simplesmente sai do ar? Então você pensa: *Só vou fechar os olhos um segundo. Não vou dormir, só descansar*, e tomba para a frente e cai de cara na carteira... Só que você está tão barriguda que existe uma impossibilidade física, por isso você acaba escorregando no vão entre a carteira e a cadeira até ficar presa.

Acordei quando alguém derrubou uma régua no chão. Foi o Gideon. Ele viu que eu estava cochilando.

Katie nunca faria isso. Ela teria me contado depois como eu babei de escorrer pelo canto da boca ou que falei alguma coisa embaraçosa enquanto dormia. Se fosse permitido usar o celular, ela tiraria uma foto e postaria no Facebook. Ela sempre foi capaz de tudo por uma boa risada — e eu nunca percebi que era o alvo de suas piadas.

Mas sinto falta dela. Ou sinto falta da Hannah que eu era antes disso — aquela que saía para beber e dançar, aquela que tinha licença para ser gostosa. Realmente sinto saudade de ser sexy. Sinto mesmo. Ninguém acha uma grávida sexy, nem mesmo a pessoa que a engravidou. Depois disso, o que será de mim? Um saco de estrias, com as partes íntimas mais esticadas que um elástico de cabelo?

Será que alguém vai me querer?

DOMINGO, 23 DE MAIO

HANNAH

Está rolando uma barulheira danada lá embaixo, e isso está acabando com a minha concentração. Fecho o livro e olho para a capa.

Que se foda. Se não sei a diferença entre força centrífuga e força centrípeta até agora, nunca saberei. Além do mais, estou com fome.

Ao descer, vejo vários pares de sapatos na varanda — desconfio que um seja do Aaron. Caminho em direção à cozinha feito uma garota em um filme de terror, só que, quando abro a porta, não sou recebida por um machado assassino, mas por Robert e Lola e meus três melhores amigos montando uma torre de presentes.

Cubro a boca com as duas mãos, mas estou rindo tanto que mal consigo me conter. Enquanto todos se aproximam para me dar um abraço, Lola conta que tem um bolo, mas que não podemos cortar antes de a minha mãe chegar.

— Aonde ela foi? — pergunto.

Robert olha para o relógio e diz que ela estará aqui dentro de um minuto. Não sei aonde ela foi, mas uma vozinha sugere algo que eu realmente queria que fosse verdade, mas desconfio que não seja.

Será que ela foi buscar o Jay na estação?

Shhh, voz. Que bobagem.

Você sabe como ele adora grandes gestos. Talvez ele vá entrar por aquela porta e lhe dar um grande abraço, e depois, com todos os seus amigos presentes, vai segurar a sua mão e dizer que chegou a hora de parar de mentir, e então vai contar que é o pai do seu bebê.

Ele não faria isso, e, de qualquer maneira, por que a minha mãe iria buscá-lo?

Porque você desconfiaria se o Robert não estivesse aqui. Dã.

Engulo em seco, sorrio para os meus amigos e tento não dar ouvidos à vozinha.

Então ouço o barulho de chave na porta! Eu me viro, tentando não parecer muito empolgada nem muito esperançosa. Minha mãe entra, sorrindo, e diz que espera que não tenhamos começado sem o convidado de honra, e eu prendo a respiração, sem conseguir vê-lo.

Porque ele não está lá, está?

É a vovó. E eu sinto vontade de chorar em vez de ficar feliz por vê-la, que é como eu deveria estar — como *estaria* normalmente —, mas estou profundamente decepcionada. Deixo as lágrimas caírem, mas forço um sorriso, dou uns pulinhos e lhe dou um abraço bem apertado. Mais apertado ainda porque me dou conta de que *estou* muito mais feliz que seja ela e não Jay. A vovó ficou do meu lado o tempo todo. Quando ninguém mais sabia, ela não me julgou e simplesmente me deixou fazer a coisa certa. Jay não teria feito isso.

E estou apertando-a, ouvindo minha voz dizer como estou feliz por vê-la, que eu não desconfiei de nada, mas não estou abraçando-a. Estou grudada nela. Porque, se a soltar, sei que vou desmoronar.

AARON

Tem algo errado com a Hannah. Desde que sua avó entrou pela porta, ela está se mostrando exageradamente feliz, fazendo igual à Lola, e eu percebo Paula mordendo a língua para não chamar a atenção da filha de quinze anos na frente dos seus amigos. Gideon e Anj estão rindo junto — eles não parecem perceber que o humor da Hannah é frágil, que está prestes a se desfazer em uma crise de nervos. Seu sorriso parece mais largo, brilhante, mostrando todos os dentes, como se ela estivesse tentando nos convencer — convencer a si mesma — de que está feliz.

Ela *adora* os presentes. ADORA.

Sua mãe lhe dá um pacote de fraldas e um kit de banho. Robert, um cofre de porquinho, e todos nós vemos quando ele enfia uma nota de cinquenta pela abertura depois que o porquinho é tirado da caixa. Lola dá um leão de pelúcia que tenta pegar de volta assim que Hannah rasga o papel de presente. Vejo Hannah pegando um envelope de sua avó, assim como um presente. Ela abre o presente — o tradicional livro do bebê — e guarda o envelope no bolso.

O bolo está delicioso. Paula faz bolo ainda melhor que o meu pai, e este está leve e fofinho, recheado de chantilly e morango e coberto com açúcar de confeiteiro. Lola escreveu "BEBÊ" com gotas de chocolate. Mas ela começou a escrever quase no meio, e o último "Ê" está espremido em um lado do bolo.

Depois de comermos tanto bolo e docinhos e salgadinhos que estamos todos à beira de um coma diabético coletivo, a mãe da Hannah diz que precisa levar Ivy de volta para Cedarfields e se iniciam as despedidas. Gideon e Anj carregam os presentes para o quarto do bebê, e Robert leva Lola para alimentar o coelho enquanto eu fico para ajudar Hannah a limpar tudo. Só que Hannah está parada, olhando para alguma coisa no calendário da cozinha.

HANNAH

No quadrado de hoje, minha mãe escreveu "CB" — código para chá de bebê, caso eu me desse o trabalho de olhar. Dá para perceber que ela rabiscou algo que estava escrito embaixo.

Tiro o calendário da parede quando Aaron se aproxima e para ao meu lado.

AARON

Alguém rabiscou as palavras "Convidar Jay?" no quadrado de hoje. Hannah funga baixinho e eu pouso a mão em seu ombro.

— Pensei que a minha mãe tinha ido buscá-lo mais cedo.

De repente, seu humor exagerado faz sentido. Hannah segura o calendário com força e sem querer abre na folha da semana depois da próxima. No sábado, Lola escreveu: "ANIVERSÁRIO PAPAI!". Mais uma vez, as últimas letras ficaram espremidas para caberem no quadradinho.

HANNAH

E é aí que eu tenho a ideia.

SEGUNDA-FEIRA, 24 DE MAIO

HANNAH

Minha mãe vem me buscar depois da prova de física.

— Como foi?

— Ééé... — Foi "Ééé" menos mc², mas ela pode esperar até saírem os resultados para descobrir. Não adiantou nada assistir a *The Big Bang Theory* com o Robert. — Mãe?

— Si-imm? — Ela desconfia de algo logo de cara. O que não é um bom sinal.

— O que você vai fazer para o aniversário do Robert?

— Não. Você não pode sair nessa noite.

— Não é por isso que eu estou perguntando. — Como se eu estivesse saindo ultimamente. — Só quero saber.

— *Nós* vamos ter um belo jantar em família.

— E *nós* inclui...?

— A família. A frase "jantar em família" já diz tudo, Hannah. Pelo amor de Deus.

— Então o Jay vem?

Vejo quando ela franze o cenho. Claro que ele não vem. Ainda não.

— Ele está muito ocupado. Eu o convidei para o seu chá de bebê, mas...

— A festa do Robert é mais o estilo dele, não é? Ele pode ficar só uma noite. Aposto que ele vem se você se oferecer para pagar a gasolina... — Acho que estou me saindo muito bem com as minhas tramoias quando percebo que minha mãe está olhando para mim e não para a rua adiante. Eu a encaro, e ela volta a olhar para a rua.

— Você sente falta dele, não?

Eu não esperava por essa. O que eu posso dizer?

— Acho que sim...

— Claro que sente. Vocês eram muito próximos.

Céus, o que ela está dizendo? Para, mãe, por favor.

— Você bem que podia dar uma ligadinha para ele...

Nãããããããoooo...

— Você sabe como ele é, mãe. Se eu ligar, ele vai inventar alguma desculpa sobre as provas ou algo assim. — Boa, prepare o terreno antes. — Já se *você* ligar, pode dizer que o Robert está morrendo de saudade, e ele vai entender.

Minha mãe gira o volante para entrarmos na rua principal e ficamos caladas enquanto ela se concentra no trânsito, esperando uma oportunidade para entrar.

— Boa ideia. Vou fazer isso.

Na mosca.

AARON

Às dez da noite, recebo uma ligação da Hannah.

— Você devia estar estudando história — digo de cara. É a matéria em que ela tem mais dificuldade, depois de inglês, e sei que o meu pai tem suas dúvidas se ela vai passar ou não.

— Para sua informação, sr. Tyler, eu já estudei. Agora o senhor poderia chamar o seu filho? Preciso falar com ele.

Dou risada.

— Ele está muito ocupado assistindo a vídeos no YouTube de pugs fantasiados de super-heróis. É bom que seja muito importante.

Meu sorriso se desfaz quando ela me conta por que ligou.

SÁBADO, 5 DE JUNHO

HANNAH

Estou embaixo da água corrente há quase quinze minutos. Estou limpa e rosada. O bebê está acordado e tenta se acomodar dentro do meu corpo pequeno demais. Pouso a mão na barriga e dou risada dos seus esforços. A água escorre pelos meus cabelos, pelos ombros, entre os seios e desce em cascata por cima da barriga. Não consigo ver os respingos prateados que caem no chão, porque a minha barriga está tão grande que não enxergo nem meus dedos dos pés. Espero que as unhas que Anj pintou antes das provas não tenham descascado. Se tiverem, bom, o que posso fazer? Mal consigo alcançar os pés para calçar os sapatos, e não confio em Lola para pintar minhas unhas. Talvez eu pudesse pedir para minha mãe.

Desligo o chuveiro e fico parada, deixando a água escorrer um pouco, passando as mãos sobre o cabelo e chacoalhando as pontas antes de sair, tomando *muito* cuidado — tenho uma verdadeira paranoia de escorregar no piso molhado e cair. Enrolo a tolha ao redor do corpo e piso na nesga de sol que penetra através da janela, me sentindo confortável dentro do casulo quente e macio. O bebê pressiona lá dentro e eu faço uma careta, mas ele continua o movimento e o incômodo passa rápido.

Estou seca e usando meu vestido favorito com legging. Nem me dei o trabalho de me maquiar. Prevejo lágrimas para hoje e não quero ficar com olhos de panda — já é ruim o bastante ter de ficar com os olhos inchados. No momento tudo está inchado em mim. Meus tornozelos estão com um formato estranho, e os dedos também estão gordos. De certo modo, não vejo a hora de ter logo o bebê — pelo menos terei o meu corpo de volta, mesmo que fique diferente do que era quando tudo isso começou.

Escuto uma risada na sala e me preparo psicologicamente para o que me espera. Paro no alto da escada e penso em voltar correndo para o quarto, bater a porta e me recusar a sair, como se fosse uma diva depois que colocaram o champanhe errado no camarim. Será que posso fugir e me esconder? Por favor?

Mas correr é tudo o que eu tenho feito, e estou cansada. Está na hora de parar e me posicionar. Não é justo o Jay continuar se safando por mais tempo — ele é o pai. Ele não tem a opção de não participar. É assim que tem de ser.

Paro do outro lado da porta, dou uma olhada pelo batente, pronta para ver Jay e minha irmãzinha se divertindo sem mim. Robert também está lá, com um filho de cada lado, mostrando algo para ele no Wii. O lindo vestido de festa da Lola está enfiado na calcinha para que ela possa se movimentar com mais facilidade, e tem uma jaqueta que deve ser do Jay jogada no sofá. Minha mãe surge por trás de mim e pousa uma mão em meu ombro. Quando me viro, vejo que ela também os observa com um sorriso caloroso e feliz no rosto.

Será que vou conseguir fazer isso?

Alguém toca a campainha, e minha mãe contrai as sobrancelhas. Ela não está esperando mais nenhum convidado, e eu saio de debaixo do seu braço para chegar na frente. Abro a porta para Aaron, que está vestido como se tivesse vindo para o jantar, mas deveria ter vindo vestido para guerra.

Não falo nada, apenas me entrego ao seu abraço.

— Chegou a hora — digo, e Aaron beija meus cabelos.

AARON

Eu a sinto tremendo em meus braços.

— Chegou a hora — digo, desejando que não tivesse chegado. Quando ela me solta, luto contra a vontade de puxá-la de volta e dizer que ela não precisa fazer isso. Ela não precisa do Jay.

Mas precisar e querer são coisas distintas. Ela não pode fingir que isso tem a ver com pôr fim às mentiras, pois não é só isso. É que, mesmo depois de tudo que ele fez, a Hannah ainda quer o Jay.

HANNAH

Minha mãe foi para a sala para se juntar aos outros, por isso, quando entramos, nos deparamos com os quatro juntos.

— Aaron! — Minha mãe soa tão surpresa quanto parece. — Não estávamos esperando por você.

— Feliz aniversário, Robert — diz Aaron, e entrega um cartão e uma garrafa de uísque (dos bons; acho que ele deve ter pegado do seu pai. Nós dois sabemos que Robert vai precisar disso mais tarde).

— Er... obrigado. — Robert parece confuso.

O tempo todo evito olhar para Jay, mas não consigo me segurar mais. Seus lábios estão tão comprimidos que se tornaram uma linha branca, e o cabelo curto e a barba por fazer o deixam com um ar ameaçador. E ele está olhando para mim.

AARON

Paula dá uma olhada no relógio conforme entro, e quando se vira de volta para mim tenho certeza de que está achando que eu sou um incômodo.

— Eu não sabia que você vinha, Aaron. Estamos de saída para jantar...

— O Aaron pode ir também! — Lola pula para me dar um abraço e derruba um vaso de flores, molhando todo o seu vestido e o tapete. Eu me abaixo e pego o vaso enquanto a mãe delas briga com Lola, mandando a filha subir e trocar de roupa enquanto ela limpa a bagunça.

Lola sobe correndo, dizendo que vai escolher algo que seu pai vai adorar, e eu sinto Hannah tensa quando sua mãe volta com um pano de prato.

— Honestamente, não sei o que essa menina tem hoje. Ela ficou muito agitada porque você vinha, Jay...

HANNAH

— O Jay é o pai.

Céus, deve ter um jeito melhor do que este para fazer isso. Minha mãe está olhando para mim como se não fizesse a menor ideia do que eu acabei de dizer, e Jay está olhando para mim com raiva nos olhos. Não ouso olhar para Robert. Não ouso.

Abro os dedos e a mão do Aaron está lá antes de eu saber que estava tentando tocá-la. Ele também está tremendo, ou sou só eu? Sou eu. Estou apavorada.

— Hannah? — indaga minha mãe. Seus olhos suplicam quando olho para ela, como se estivesse me pedindo para pegar as palavras de volta e engoli-las, como se nunca tivessem saído.

— O Jay é o pai do meu bebê — repito, mais baixo desta vez.

— Aaron?

Nego com um aceno de cabeça e sinto seu polegar roçando a lateral da minha mão. Concordamos que ele deveria ficar calado; que ele está aqui para me dar força para conseguir fazer isso sozinha.

— Jason? — É a voz do Robert. Ergo os olhos e ele está encarando Jay, que ainda olha para mim e não para o pai. Quando Jay não diz nada, Robert repete seu nome. — Jason, o que está acontecendo?

Olho para Jay. Não me deixe sozinha, Jay. Por favor. Diga alguma coisa, diga alguma coisa.

— Não sei do que ela está falando.

— O quê? — ouço a voz de Aaron ecoando junto à minha.

— A Hannah está mentindo.

Quando eu disse "alguma coisa", não quis dizer *isso*. O horror do que acabei de ouvir trava minha garganta e congela meu rosto. Ele está dizendo que eu sou uma mentirosa? Está dizendo que estou inventando? Como ele pode fazer isso?

Avanço um passo e piso em um pedaço ensopado do tapete.

— Sente-se, Hannah — diz minha mãe, então grita para o alto da escada para Lola ficar praticando a dancinha de aniversário do meu pai antes de descer. Eu me sento no segundo sofá, Aaron se senta ao meu lado, minha mãe e Robert se sentam no outro, e Jay na minha poltrona favorita. Nós costumávamos brigar por ela, sentando um por cima do outro, tentando apertar o outro até um de nós se render, então acabávamos desistindo e ficávamos espremidos juntos. Aposto que eu venceria se sentasse em cima dele agora.

— Por que você está dizendo isso, Hannah? — pergunta minha mãe. Não sei se isso significa que ela acredita em mim ou não.

— Porque é verdade. O Jay e eu... a gente... e... — Olho para ela e espero que tenha entendido o que estou querendo dizer.

— Vocês dormiram juntos.

— Sim.

— Não.

Eu o encaro, mas seus olhos estão contraídos e frios, prontos para atravessar a minha alma.

— Por que você está fazendo isso? — sussurro, as palavras se misturando às minhas lágrimas quando saem.

— Por que *você* está fazendo isso? — diz Jay, mas não há um pingo de tristeza em sua voz que eu consiga identificar. Apenas raiva.

Não tenho resposta para isso e olho para ele. As lágrimas escorrem pelo meu rosto. Será que ele não sabe como está me ferindo? Será que não *vê*?

— É o aniversário do meu pai e você está dizendo tudo isso. Por quê, Hannah? Por que você faria isso com ele? — Jay está ganhando força agora, e eu percebo que ele pensa que a estratégia vai funcionar.

— Jason... — Robert pousa a mão no braço dele, mandando-o parar, então se volta para mim. — Se isso for uma brincadeira, não é nada engraçada.

Apesar do medo, eu o encaro. Seus olhos estão severos e brilhantes, iguais aos do Jay, mas não são rudes, apenas perdidos, desapontados comigo por estar inventando uma mentira dessas sobre o seu filho amado.

— Não é brincadeira — diz Aaron. Robert e minha mãe olham para ele como se tivessem esquecido que ele sabe falar. — A Hannah dormiu com o Jay e agora está prestes a ter um filho dele.

Jason olha para Aaron com raiva.

— Vocês não vão dar ouvidos ao que ele está dizendo. Ele só está tentando tirar o corpo fora, não está?

Minha mãe e Robert se entreolham. Eles podem até achar difícil acreditar que Jay seja o pai, mas não conseguem acreditar que tudo isso tenha sido ideia do Aaron.

— A data provável do nascimento do bebê é 11 de junho. Eu... — Aaron olha para mim, pedindo desculpas — só fiquei com a Hannah em outubro.

— Essas coisas não são tão exatas... — diz minha mãe, mas vai até a cozinha pegar o calendário e repassa os meses. Vejo quando ela volta de outubro para setembro, mas Robert não está olhando para ela; ele está olhando para mim.

— Quando?

— Na festa de despedida do Jay — respondo baixinho. Não quero olhar para ele, apesar de saber que terei de fazer isso.

— Ela está mentindo! A Hannah transou com um monte de caras! — Jay está praticamente gritando.

— Não é verdade — sussurro.

AARON

Ninguém além de mim ouve Hannah dizer que não é verdade. Mas então ela diz algo que todos nós escutamos:

— Você foi o primeiro.

E a sinto apertar minha mão com tanta força que meus dedos gelam, mas eu aperto de volta, dizendo que estou aqui para apoiá-la.

Jay foi o *primeiro*?

Nunca imaginei isso.

HANNAH

Tudo o que sinto é a mão do Aaron segurando a minha enquanto vejo Jay tentando entender o que acabei de dizer. Ele não sabia. Como poderia, quando a garota em sua cama estava fingindo, do jeito que fingiu durante todo o verão — para seus amigos no parque, para os garotos com quem ficou? Do mesmo jeito que fingiu para sua melhor amiga?

— Não é verdade! — A voz de Jay sai carregada de indignação, e quero tapar os ouvidos para não escutar isso. — Conte para eles sobre os outros.

Ninguém diz nada. Estamos todos olhando para Jay, que está olhando para mim e para Robert e para Aaron, e de canto de olho para minha mãe. Ao meu lado, Aaron diz baixinho:

— *Outros*, Jay?

Robert olha para Aaron e então para Jay. Ele fica pálido quando minha mãe se levanta e se aproxima de mim, com o calendário aberto em setembro, o dedo apontando o dia 19, a noite da festa do Jay, os olhos arregalados com uma pergunta que ela não quer fazer.

AARON

Finalmente, Robert diz alguma coisa.
— *Outros?*
Jay não parece entender. É muito para um universitário.
— Você dormiu com a sua *irmã*.
— Irmã postiça — Jay tenta justificar, mas Robert não está ouvindo.
— Você dormiu com a *Hannah*! — Robert está gritando, e quando ele cruza a sala Jay se encolhe, mas é da Hannah que seu pai se aproxima, para pousar uma mão no ombro dela. — Ela só tem *quinze* anos. Você dormiu com a sua... — Desta vez ele nem consegue repetir. O horror é insuportável.
Jay começa:
— Eu não...
O olhar de Robert corta o protesto de Jay. Seu pai olha para mim.
— E você? Outubro... — Ele arregala os olhos quando me encara. — Você sabia o tempo todo.
Quero balançar a cabeça. Quero dizer que não.
— Eu não sabia que era do Jay até...
O que eu vou dizer? Mas nem tenho a chance de terminar a frase.
— Você precisa ir embora — diz Robert, com toda a calma.
Olho para Hannah. Seus olhos estão marejados e inchados, mas é sua mãe quem responde:
— Você mentiu para nós, Aaron. — Seus olhos estão tão angustiados quanto os da filha. — Como pôde? Você devia saber que isso poderia...
— A culpa não é do Aaron — Hannah tenta, mas isso jamais funcionaria.
— Vá embora — Robert repete. — Isso é assunto de família. Você não é da família.
E vou embora, caminhando pela rua até o local onde minha mãe está esperando por mim, no carro. Não falamos nada enquanto ela acelera e eu recosto a cabeça no vidro, pensando no modo como a família da qual eu tinha me tornado parte me expulsou do seu ninho.
Está feito. Não sou mais o pai do bebê da Hannah.

SEGUNDA-FEIRA, 7 DE JUNHO

AARON

É importante dar espaço para as pessoas. Eu entendo, tanto que é por isso que só enviei uma mensagem, um e-mail e liguei no celular dela uma vez. Nenhuma resposta. Estabeleço o limite de não ligar na casa dela; não quero correr o risco de falar com Paula ou Robert. Ou, pior, com Jay.

Tendo ou não conseguido falar, em nenhum momento duvido de que Hannah saiba que estou aqui se ela precisar. Mas Hannah precisava do pai da criança agora, e finalmente conseguiu. Se Jay ainda estiver por perto, será mesmo que faz alguma diferença para ela por onde anda o seu melhor amigo?

HANNAH

Minha mãe bloqueou minha vida até que as coisas se acertem. Não entendo como tirar o meu celular e desligar o wi-fi vai ajudar, mas ninguém desta família está raciocinando direito no momento. Por algum motivo ela parece determinada a me impedir de falar com Aaron — como se ele fosse culpado de alguma coisa.

Quando chegamos à escola naquela tarde, minha mãe disse que preferiria que eu esperasse no carro até a hora da prova.

— Por quê?

O suspiro que ela solta soa como se estivesse tão cansada de falar comigo que umas palavrinhas a mais poderiam esgotá-la de vez.

— Não quero que você se distraia.

Minha mãe me olha enquanto observo Aaron passando com Gideon. Como posso descrever para ela — para qualquer um — a maneira como estou me sentindo? Aaron não é alguém que me desestabiliza como Jay — ele me acalma, me mantém sã. Será que ela não lembra como foi difícil quando eu e ele nos desentendemos no feriado da Páscoa? Será que não nota que vê-lo olhando para mim quando passa, triste porque eu não desço do carro para me juntar a ele, está partindo meu coração? Pior: está partindo o coração dele. Será que ele imagina que eu penso nele o tempo todo, quando deveria estar pensando em milhares de outras coisas?

Ele é o meu melhor amigo no mundo inteiro.

Será que ele sabe disso, se não enviei nem mesmo uma mensagem?

Mas o Aaron não é como eu. Se estivesse no meu lugar, ele teria soltado o cinto de segurança, aberto a porta e saído correndo pela rua, gritando meu nome para falar na minha cara que eu sou sua melhor amiga. Só para me lembrar disso. Só para garantir.

Mas eu não sou tão corajosa quanto ele. Apesar do meu histórico, não tenho coragem de desobedecer a minha mãe. Não neste caso.

AARON

Tudo que preciso saber é se ela está bem. Só isso.

Até quando digo isso para mim mesmo, sei que estou mentindo. Preciso saber se ela precisa de mim, porque *eu* ainda preciso dela. Hannah e seu bebê fazem parte da minha vida agora. Não quero perdê-los.

HANNAH

Sou a última a ocupar a carteira na sala. Dou uma olhada para Aaron, mas ele está olhando para o relógio. Olho para a folha sobre a minha mesa, para as canetas e os materiais que eu trouxe e de volta para a pessoa à minha frente. Dá para ver o sutiã dela através da blusa — tem uma gordurinha escapando pelo elástico das costas. Passo a ponta dos dedos nas minhas, como se eu conseguisse alcançar, mas não dá para saber como estão minhas costas. Desconfio que tenha dois calombos, para combinar com o par de peitos da frente.

Olho para Aaron outra vez, prestando atenção em todos os detalhes do seu rosto, nos cílios, nos lábios, na cicatriz no queixo que eu sei que vem de uma noite que ele preferiria esquecer — de uma vida anterior a esta. Quero contar para ele que estou incomunicável. Gritei, chorei, soquei a parede — eu poderia mostrar as juntas esfoladas dos meus dedos —, mas não consegui escapar.

— Se você colocar os pés fora de casa sem a minha permissão, não precisa nem voltar. — Não posso correr o risco de a ameaça se confirmar. Pelo bem do meu bebê, não meu. Não tenho permissão nem para visitar a vovó, para o caso de ela resolver marcar um encontro às escondidas com Aaron. Em vez disso, tive de ver minha mãe paranoica ligando para ela e contando o que aconteceu. Chorei de vergonha. Por que ela não me deixou contar? Depois minha mãe acabou me passando o telefone.

— Hannah? Você está bem? — Vovó parecia preocupada.

— Não muito.

— Lembra do que eu disse? Que você é uma menina corajosa e eu a amo?

Pensei que ela estivesse prestes a me dizer que ia retirar o que tinha dito, mas não.

— Eu devia ter dito também que você é a menina mais forte que eu conheço. A pessoa mais forte. Lembre-se disso, meu amor. Isso tudo vai acabar se resolvendo, e eu estarei aqui esperando por você assim que a sua mãe recuperar o juízo, e ela vai. Ela sempre acaba recuperando.

— Te amo, vó — falei entre soluços, mas minha mãe estava em cima, fazendo sinal para pegar o aparelho de volta.

Pelo menos minha mãe e eu estamos nos falando, se é que se pode chamar gritaria de conversa. Robert e Jay não estão se falando. Jay ainda está na casa da mãe dele — Robert disse que, se ele voltasse correndo para a faculdade, que ficasse por lá mesmo, e, assim como eu, Jay não está preparado para testar a ameaça. E Lola, a minha rocha, se foi. Ninguém sabia como contar a ela o que estava acontecendo, por isso a mandaram para a casa dos pais de Robert até todos pararem de gritar uns com os outros, depois que tivermos resolvido se vamos seguir em frente ou acabar com a nossa família.

Ninguém parece perceber que, para mim, Aaron também faz parte da família.

AARON

Estou aqui para fazer uma prova. Não estou aqui para me preocupar com a Hannah ou pensar no que está acontecendo entre nós.

Baixo os olhos para minha prova.

Preciso traçar a bissetriz de um ângulo.

É melhor começar logo.

HANNAH

O tempo da prova está se esgotando, e vejo que fui pior que nos simulados. Terei sorte se não tirar uma nota vermelha. A teoria da distração da minha mãe não faz nenhum sentido.

Ficar sentada tão perto de Aaron e não poder falar com ele está me matando. Estou só esperando recolherem minhas folhas para pular da carteira. Essa é a única chance que tenho para vê-lo, falar com ele, explicar...

Minha barriga esbarra na beirada da carteira e eu caio de volta na cadeira, desajeitada. *Merda*. Agora estou entalada, e um dos meus chinelos escapou do pé. Merda de chinelo. Aaron já está indo embora pelo corredor. Preciso sair daqui. Giro na cadeira e vou mancando atrás dele, com um pé de chinelo apenas.

— Hannah Sheppard — Prendergast me repreende e sou obrigada a voltar para pegar o chinelo. E o meu estojo. E a minha calculadora. E a minha garrafa d'água.

Vou arrastando o chinelo pelo corredor, tentando calçá-lo, porque se eu me abaixar para fazer isso nunca mais vou conseguir levantar, enquanto procuro por ele em meio à multidão...

Nenhum sinal do Aaron, somente da minha mãe, parada na frente da escola, esperando para me levar para casa.

AARON

Estou andando devagar. *Bem* devagar. Estou andando tão devagar que Gideon e Anj já chegaram ao final da rua antes mesmo de eu ter alcançado metade da subida. Eles se cansam de me esperar, dão meia-volta e vêm me encontrar na metade do caminho.

— O que deu em você? Foi só uma prova de matemática — diz Gideon, mas percebo a cara que Anj faz para ele. Não contei para eles o que aconteceu no fim de semana (cabe a Hannah contar sobre Jay e o bebê), mas Anj sentiu falta da Hannah antes da prova e sabe que não é um bom sinal.

Um carro passa e todos nós observamos calados quando a mãe da Hannah desacelera no fim da subida e entra na rua principal.

— Ela poderia ter oferecido uma carona, pelo menos — resmunga Gideon, e sai se arrastando subida acima com Anj novamente. Permaneço parado por um segundo, contendo a frustração, antes de ir atrás deles.

QUARTA-FEIRA, 9 DE JUNHO

HANNAH

Surpresa, surpresa. Estou acordada. É tarde da noite (ou madrugada, se você preferir) e todos estão dormindo, menos eu. E estou com vontade de fazer xixi. Sigo apressada pelo corredor e entro no banheiro. Escuto um barulho com a descarga e levo um susto quando saio do banheiro e vejo uma sombra no corredor. Instintivamente, saio dando tapas, acertando seja lá quem estiver no meu caminho. Minha boca está pronta para gritar...

— Shh, Han!

É o Jay.

— O que você está fazendo aqui? — sussurro, mas ele balança a cabeça e me leva de volta para o meu quarto, onde dou uma cotovelada em seu braço e recuo um passo para encará-lo. Ele parece agitado, os olhos estão menores em seu rosto cansado, e ele não faz a barba desde sábado. Nesta mesma época, nove meses atrás, eu estaria morrendo de vontade de me aproximar um pouco mais e tocar sua barba por fazer. Todas as partes do meu corpo estariam ansiando por chegar perto o suficiente para erguer o rosto até o seu, para sentir a promessa do que poderia acontecer antes de a minha boca tocar a sua. Eu seria capaz de tudo para fazer com que ele me notasse. Agora só estou com vontade de socá-lo. Várias vezes.

— Preciso ir.

— O Robert não sabe que você está aqui, então? — digo, cruzando os braços, pois sei que o meu sutiã horrendo de grávida está aparecendo pelo decote da camisola. Tento esconder.

Quando ergo os olhos, pego Jay me observando e vejo uma sombra do garoto por quem me apaixonei. Mesmo assim, ainda quero dar um soco nele.

— Eu queria te ver — ele diz, me surpreendendo com a proximidade. Não ficamos sozinhos desde que ele voltou para casa. Todas as conversas aconteceram desconfortavelmente na presença de um dos nossos pais, nós dois tentando desesperadamente passar por cima dos detalhes do que aconteceu.

Jay avança devagar e pousa as mãos sobre meus ombros, e o sinto me virando na direção da luz que penetra através da fresta da cortina. Ele me olha tão perto que meu lado romântico sonharia com ele se inclinando para um beijo, como se eu fosse a pessoa que ele mais desejasse neste mundo.

O meu lado gordo, grávido e sempre decepcionado não sonha com isso ao lembrar o resultado do beijo que Jay me deu. Mas pelo menos esse lado não quer dar uns socos nele.

— Eu não sabia — ele diz, baixinho.

— O quê? Será que dá para você começar a dizer coisa com coisa?

— Que eu fui, sabe... o seu...

Ah. Isso. Encolho os ombros.

— Primeiro. Sim.

— Mas você foi tão...

— Maravilhosa? — Dou uma risadinha e ele balança a cabeça, rindo baixo.

— Você é impossível. — Jay olha para mim; está sério novamente. — Pelo modo como você falava, eu simplesmente achei... Mas se eu soubesse...

Não importa. Sei que está tudo ferrado. A minha vida. A dele. Mas aquela noite com ele foi algo que eu queria. Não que eu quisesse acabar assim, obviamente. Jay ainda está com as mãos em meus ombros e eu tento imaginar o que ele veio dizer — será que é só isso?

— Merda. — Ele tira as mãos, comprime os olhos e esfrega o rosto. — Hannah. Preciso ir embora.

— Você já disse isso.

— Preciso voltar para Warwick.

— O quê? Quando? — Meu cérebro não consegue processar a informação.

— Amanhã.

Não consigo encontrar as palavras certas para expressar meus sentimentos.

— *Vai embora!*

— Me deixa explicar...

— Não tem nada para explicar. Você está fugindo! — Eu o empurro na direção da porta.

— Não estou fugindo, não dessa vez. Minha presença aqui não está ajudando ninguém. Minhas provas começam depois de amanhã, e de que vai adiantar se eu não passar de ano?

Paro, dando um tempo para processar. Mas ele não para de tentar me convencer.

— De que vai adiantar para o bebê? — Isso foi a coisa *mais* errada que ele poderia ter dito.

Pego o objeto mais próximo que consigo encontrar — um fichário com as anotações de biologia — e bato nele.

— Não venha me dizer o que é bom para o bebê *agora*! Você teve *meses* para fazer o que era certo. — Bato nele outra vez. Com mais força. — *Meses!* — Estou gritando e ele tenta desesperadamente me calar, pois é muito covarde para enfrentar seu pai se ele acordar.

— Hannah... para... ai!

Balanço o fichário outra vez. As argolas se abrem e folhas de papel se espalham pelo chão.

— *Vai embora!* — Uso a pasta meio vazia para obrigá-lo a sair, enquanto nossos pais saem do quarto deles. Continuo batendo em Jay até o topo da escada, onde ele se vira e desce correndo, parando na metade do caminho.

— Eu queria te falar pessoalmente! — ele grita para mim. — Isso não conta alguma coisa?

— Não, isso não conta nada! — Jogo o fichário nele e acerto seu ombro. Isso não conta absolutamente nada.

AARON

Quando acordo, tem uma carta em cima da mesa. Não está selada, e, de qualquer maneira, o carteiro ainda não passou. Pego e viro o envelope.

— Normalmente as pessoas abrem para descobrir o que tem dentro — diz o meu pai do seu lugar, no balcão.

— Só estou testando meu poder de premonição. — Mas na verdade não faço a menor ideia de quem pode ter deixado isso na minha casa. Enfio o dedo num canto, rasgo o envelope. Tem outro envelope dentro com um post-it na frente. Tiro o post-it e vejo que o segundo envelope está endereçado a Hannah.

Aaron,
 Sei que você não gosta de mim. Apenas entenda que não foi sempre assim. E eu não estou fugindo. Volto assim que terminarem as provas. Já que você é o único que estará por perto, será que daria para entregar a outra carta para a H depois que o bebê nascer?
 Sei que é pedir muito.

Obrigado.
J

P.S. Cuide dela. Como se eu precisasse pedir.

Seguro o envelope fechado em uma mão e bato com ele em cima da mesa, pensativo.

HANNAH

A culpa é do Jay por estarmos tão atrasadas. Ele perturbou o sono da minha mãe e do Robert, fazendo os dois perderem a hora. Minha mãe está tão agitada para me levar para a prova que atravessou um sinal amarelo-quase-vermelho e passou os três minutos seguintes com medo de ter levado uma multa. Eu me remexo no espaço apertado do banco do passageiro, tentando atenuar a dor nas costas, e falo para ela não se preocupar, que um monte de gente faz isso todos os dias e nunca é pega — ela seria muito azarada de ser multada na única vez em que fez isso. Quando ela murmura algo sobre ser a mulher mais azarada que ela conhece, fico calada.

Então eu dou azar, é isso?

Meu cinto de segurança está solto e eu desço assim que o carro para. A porta bate atrás de mim, cortando minha mãe, que me chama.

AARON

Estou enrolando perto da porta da sala, esperando, quando escuto um estalo nas portas do corredor e vejo Hannah entrando.

— Aaron, entre, por favor. — O sr. Dhupam sai e me apressa.

HANNAH

Estou me sentindo extremamente incomodada. Senti um pouco de dor nas costas quando acordei e, agora que estou sentada na carteira, está pior do que no carro. Talvez seja o nervosismo. Ou a noite maldormida. Acho que vi o Aaron esperando por mim, mas estou com dificuldade de me concentrar em outra coisa que não seja minha dor nas costas. Escuto o aviso para virarmos as provas e dou uma olhada na lista de exercícios. Parece estar muito difícil. Merda. Preciso *tentar*.

Minhas costas estão me matando.

Não consigo nem entender as perguntas. Talvez eu não devesse ter jogado no Jay os resumos de biologia, uma vez que precisaria deles para dar uma última olhadinha hoje cedo.

Por que as minhas costas doem tanto? Acho que dormi de mau jeito ou algo assim.

Concentre-se, Hannah. Você precisa tirar uma nota boa hoje.

Estou tentando me ajeitar e me concentrar em uma das questões pelo menos, mas está difícil porque ELAS NÃO FAZEM SENTIDO.

Eu me remexo na cadeira, mas não ajuda. Dou uma olhada em Aaron e vejo que ele está terminando a primeira folha e agora está lendo a seguinte. Observo-o erguer o canto esquerdo superior do papel enquanto lê entre o dedo indicador e o polegar.

Merda. Isso dói. Esfrego as costas. Estou imaginando se distendi um músculo sentando torta quando sinto algo molhado entre as pernas.

Meu Deus. Nem preciso olhar para baixo para saber do que se trata. Ondas de dores nas costas e me molhar só podem significar uma coisa: estou em trabalho de parto.

O sr. Dhupam se aproxima com mais algumas folhas quando vê minha mão erguida.

— A minha bolsa estourou — sussurro para ele, tentando não me apavorar. Estou nos últimos dias da gestação, mas todo mundo me disse que o primeiro bebê costuma atrasar umas duas semanas, e não estou me sentindo nem um pouco preparada. Isso pode até ser totalmente normal, supostamente é assim que acontece, não há com que se preocupar, mas eu me sentiria muito mais segura se estivesse em um hospital, cercada de enfermeiras, em vez de em uma sala de aula lotada de adolescentes nervosos, fazendo prova.

— Você está bem? — É ele. Aaron. Ele está agachado ao meu lado, com a mão sobre as minhas costas, como se nem tivesse notado o silêncio entre nós. Sinto vontade de chorar de alívio. Só que, ei! Estou em trabalho de parto. Chorar de alívio não é uma prioridade agora.

— Acho que chegou a hora — respondo, e nos entreolhamos. Já ensaiamos para este momento.

— Meu pai vai levar a gente — ele diz sem hesitar. — Vamos.

Aaron me ajuda a levantar e me guia pelo corredor. Eu não tinha percebido como minhas costas estavam doendo até ficar em pé, e olho para as marcas molhadas que estou deixando no chão. Anj tenta enlouquecidamente chamar minha atenção, mas me pega bem no meio de uma pontada e tudo o que consigo é responder com um leve aceno. Espero que ela não pense que fui indelicada. Ouço sussurros por onde passo, e o sr. Dhupam pede desesperadamente por silêncio.

Aaron pede para um garoto que está andando pela secretaria para ir chamar o pai dele na sala dos professores, e eu ligo para minha mãe do telefone de Aaron. E daí se eu estou brava com ela? Ela ainda é a minha mãe e eu ainda quero que ela esteja lá. Cai na caixa postal. Não acho certo deixar recado, por isso tento Robert.

— Alô?

— Oi, Robert. Sou eu, a Hannah.

— De quem é este telefone? Pensei que você estivesse fazendo prova. Está tudo bem? — Percebo que ele está no viva-voz do carro.

— Hum... Acho que entrei em trabalho de parto.

— O quê?

— A minha bolsa estourou durante a prova de biologia. — Ele começa a soltar um monte de palavrões do outro lado da linha e praticamente tenho de gritar para ele pegar minha mala da maternidade, que está no quarto do bebê. — Você pode ligar para a minha mãe?

— Vou buscá-la. Ou... — Uma pausa se segue, então. — Acho que o Jay ainda não foi embora. Ele poderia...

Sei que ele está pensando que Jay poderia pegar minha mãe no caminho do hospital.

— Não quero o Jay — digo, olhando para Aaron, que está mordendo os cantos do polegar enquanto me observa. — O Aaron está comigo.

Outra pausa.

— Tudo bem. Nos vemos daqui a pouco.

— Não se preocupe, Robert. Estou bem. As contrações não doem tanto assim.

Quando chegamos ao hospital, já estou achando que as contrações doem um montão.

AARON

Hannah está se comportando como se estivesse calma, mas dá para perceber que está apavorada, mesmo agora que já está plugada em um monitor, para onde ela olha fixamente, como se estivesse assistindo a um episódio de *EastEnders*.

— Han?

— Hã? — Ela olha para mim, de volta para os batimentos cardíacos do bebê e de volta para mim.

— Quando a sua mãe chegar, vou ligar para o meu pai e perguntar se ele pode vir me buscar depois do almoço. — Ela parece confusa. — Antes de as aulas da tarde começarem.

Ela fecha os olhos e franze o cenho. Isso foi uma contração. Ela tem ficado calada e franzido o cenho a cada cinco minutos desde que chegamos. Eu aguardo.

— Você poderia ficar?

— Onde, na sala de espera? Tenho certeza que... — Ela está chacoalhando a cabeça.

— Comigo. Por favor?

Não sei o que dizer. Nunca falamos sobre eu ficar aqui na hora do parto — era para ser a mãe dela, a Paula, que acabei de descobrir que tinha confiscado o telefone da filha para que ela não pudesse falar comigo...

— Sua mãe vai chegar logo...

— Ela vai ter de entender. Eu preciso de você.

Olho para Hannah por um tempo. Ela parece determinada — e vulnerável. Lembro do recado no post-it do Jay: *Cuide dela*. Estou em pé ao lado da cama, me inclino para lhe dar um beijo no rosto e encosto minha testa na sua. Jay estava certo: ele nem precisava ter me pedido.

— Eu quero ficar aqui. — Tanto que nem consigo encontrar as palavras certas. — Se você quer que eu fique, então eu vou ficar.

Seu rosto se contorce novamente e ela assente.

— Mas fique ao norte, tá? — diz ela, entredentes.

— Fiz o curso de pré-natal, lembra? Não preciso da reprise ao vivo. — Apesar do desconforto, ela ri.

HANNAH

Estou em um mundo de dor. As contrações são insuportáveis. Não tem nada que eu possa fazer para me sentir mais confortável. Se mais uma pessoa me disser que não vai demorar muito agora, vou arrancar a cabeça dela. *Sete centímetros de dilatação não é nada.* Eu gostaria de abrir sete centímetros de dilatação neles só para ver se concordam. Não, eu não quero comer, porra — se fizer isso, não poderei cerrar os dentes por um segundo. Se Aaron tentar acariciar meu cabelo mais uma vez, juro que vou quebrar cada um dos seus dedos. Quero ficar sozinha, mas não muito sozinha. Fiquei brava quando Aaron foi arrumar algo para comer e mais brava ainda quando ele trouxe uns petiscos para minha mãe e para Robert, porque eu queria ficar em paz um pouco. Já andei, me agachei, pulei sentada em cima de uma bola estúpida, ajoelhei de quatro e deitei de lado, mas NADA FAZ COM QUE EU ME SINTA MELHOR.

QUINTA-FEIRA, 10 DE JUNHO
3H07

HANNAH

Está a maior barulheira ao meu redor. Minha mãe está chorando e Robert está abraçando-a e apertando meu ombro. A enfermeira está dizendo que fui muito bem e que eu sou uma boa menina, e parece que meus olhos triplicaram de tamanho de tanto fazer força.

Ouço um gritinho que parece um lamento, vindo de algum lugar no quarto, e reconheço que é do meu bebê. Não sei se é menino ou menina — eles me mostraram as partes baixas, mas estou cansada e confusa e não sabia direito o que estava vendo. Alguém está me aplicando uma injeção para fazer os cuidados do pós-parto, o que é algo que eu não quero ver. Parece que tem um exército de gente de uniforme rosa — será que é para disfarçar todo o sangue? Tem mais sangue do que eu pensei que teria...

Meus olhos ardem por causa do suor, e parece que os músculos dos meus braços e pernas foram sugados e substituídos por gelatina.

— Aaron?

— Estou aqui. — Ele está. Em pé ao lado da minha cabeça, sua mão repousando suavemente sobre meus cabelos encharcados de suor. — Você está bem?

— Onde está o bebê?

— Eles estão medindo e fazendo umas outras coisas. — Ele aponta para um amontoado de gente perto de uma incubadora. — Pesando, vendo se está tudo certo, tirando as digitais.

— É menino ou menina? — pergunto num sussurro, pois não quero que ninguém perceba que eu não sei.

— Err, não vi e eles não estão falando muito.

— Ele está bem, não está?

— Sim. Com certeza está bem. Ninguém parece preocupado, tirando você. FF, tá?

Sorrio para o seu "fica fria". Aaron nunca usa letras quando pode usar palavras. Ele está olhando para mim de um jeito esquisito.

— O que foi?

— Nada.

— Mamãe, você está pronta para segurar o seu bebê? — A enfermeira, que pode ou não se chamar Nicky, pega alguma coisa enrolada em uma toalha branca. Ela está segurando o meu bebê e então o coloca sobre o meu peito.

MEU DEUS, ESTE É O MEU BEBÊ! EU TENHO UM BEBÊ. ISSO É MUITO LOUCO.

Parece que o meu rosto vai partir ao meio de tanto sorrir. Não estou nem aí se essa pessoazinha é roxa e tem uma cara engraçada — ele? ela? é INCRÍVEL.

— Que nome você vai dar a ela?

Ela. Nicky acabou de dizer "ela". Eu tenho uma menininha. Uma MENININHA!!! Quero gritar de alegria. Eu tenho uma filha. EU SOU MÃE.

— Hannah?

Olho para minha mãe e Robert, que observam por cima do meu ombro o bebê sobre o meu peito. Sinto a mão do Aaron acariciando meu cabelo do jeito que tem feito há mais de doze horas. Olho para o bebê, só mais um pouquinho, em seguida para Aaron e sorrio.

— Como ela vai se chamar? — ele pergunta.

Baixo os olhos para o meu bebê, vejo seus dedinhos se abrirem e observo Aaron encaixar o dedo mínimo na mãozinha dela. Faço carinho em seu rosto e ela se mexe quando a toco. Veja a pessoazinha incrível que eu fiz! Penso em toda a encrenca que ela causou, na dor de cabeça, nas mentiras, na traição. Mas ela não causou nada disso, não é mesmo? Não essa pessoazinha. Sua vida está começando do zero. Do mesmo jeito que a do Aaron recomeçou.

Olho para ele e sorrio, então de volta para o meu bebê. O nome dela será em homenagem à pessoa mais importante da vida dela. A pessoa mais importante da minha vida.

— Ela vai se chamar Tyler. Bebê Ty.

AARON

Olho fixamente para Hannah.

Uma vez Neville me disse que eu precisava fazer algo importante. Acho que eu fiz.

— Pegue. — Ela ergue o bebê para mim. — Segure a sua filha de mentirinha.

AGRADECIMENTOS

Nunca vi muito sentido nos agradecimentos. (Eu sei, que babaca.) Felizmente sou uma pessoa melhor hoje em dia e aprendi que é preciso dizer às pessoas quando elas são incríveis, para o caso de elas não terem percebido.

Obrigada, Denise Johnstone-Burt e Annalie Grainger, não apenas por serem minhas editoras preferidas, mas por serem minhas duas pessoas preferidas. Vocês transformaram *Encrenca* no livro que eu queria escrever. E a todos da Walker Books, incluindo Daisy Jellicoe, por ser criteriosa e adorável, e Jack Noel, por ser visionário e criativo no "lance dos espermas". Da S&S nos EUA, agradeço a Alexandra Cooper, que descobriu este livro, e a Christian Trimmer, que coordenou tudo de modo inacreditavelmente incrível. Para um escritor, quanto mais editores melhor.

Muito, muito obrigada mesmo a minha querida agente, Jane Finigan, por encontrar um título, por conseguir o melhor acordo e por amar este livro mais do que eu. E por ser brilhante por e-mail. E pessoalmente. E em geral. Na verdade, toda a equipe da Lutyens and Rubinstein é maravilhosa.

Obrigado aos meus leitores críticos: em primeiro lugar, Laura Hedley, por não ter odiado o livro; Liz Bankes, cuja crítica costumo ler quando estou triste; Conrad Mason: devo a você o meu primogênito por isso; e Freddie Carver, que não merece agradecimentos, uma vez que não leu o manuscrito.

À equipe do BWC, Cat Clarke e Kate, que já não é mais Knighton. Saudades de vocês. Escrever capítulos sem a recompensa de uma cerveja no pub não é tão gratificante.

Um viva aos blogueiros literários que conheci na internet antes de conhecer pessoalmente. Vocês são todos campeões, mas eu gostaria de agradecer especialmente a Kirsty Connor, por sugerir a bebida preferida do Neville e por ter cuidado para que eu fosse convidada para os encontros, e a Liz de Jager, que não é mais blogueira, mas será para sempre uma amiga, que segurou minha mão enquanto trilhávamos juntas o caminho da publicação.

Faz sentido agradecer minha família agora. Mãe, você ganhou uma dedicatória, o que torna este livro inteiro um verdadeiro agradecimento. E, pai, eu sei que você entende que estar junto não tem nada a ver com geografia.

E ao Pragmático Dan: obrigada por tudo, mas especialmente pela paciência.

Impresso no Brasil pelo Sistema Cameron da Divisão Gráfica da
DISTRIBUIDORA RECORD DE SERVIÇOS DE IMPRENSA S.A.